NOAH FITZ

MISCHA

vertrieben

Teil 1
Ein Junge auf der Flucht erzählt seine bewegende Geschichte!

KAPITEL 1

Johannsfelden (Roter Oktober), Russland an der Wolga, Oktober 1941

Als der erste Schnee liegen blieb, veränderte sich das Leben vieler Deutscher in Russland. Johanna Berg holte ihre Tochter Anita wie jeden Tag, außer Sonntag, vom Kindergarten ab. Michael, ihr dreizehnjähriger Sohn, begleitete sie.

Er kam gerade von der Schule und war strahlender Laune. Heute hatte er eine gute Note bekommen und wollte unbedingt seiner Schwester davon erzählen. Eigentlich waren diese Neuigkeiten nur ein Vorwand, Michael wollte nämlich vor allem die neue Erzieherin sehen. Ihr Name war Elena, sie war jung und hübsch, und sie lächelte immer so schön, wenn sie ihn erblickte. Michaels Herz machte dabei Riesensprünge, und ihm wurde bei dem Anblick sehr warm ums Herz.

Johanna nahm ihren Sohn bei der Hand, sie mussten sich beeilen. Michael schien wie so oft in Gedanken versunken, auf seinem Gesicht lag ein undefinierbares Grinsen.

Nachdem das rotwangige kleine Mädchen angezogen war und Johanna sich von der netten jungen Dame verabschiedete, stand Michael wie angewurzelt da. Als er endlich aus der Starre erwachte, schlug er vor, den Hof vom Schnee zu befreien. Elena bedankte sich höflich und zeigte auf den grauen Himmel. Die dicken Wolken hingen schwer über dem Dorf und streuten unzählige große Flocken auf die friedliche Siedlung. »Ich denke, deine Anstrengung wird verlorene Liebesmüh sein, denn wenn sich das Wetter nicht ändert, versinken wir wieder bis zur Hüfte im Schnee.« Sie lachte fröhlich und zwinkerte dem Jungen freundlich zu.

Johanna lächelte und verabschiedete sich schnell, Michael entblößte zwei Reihen weißer Zähne und stammelte ein leises »Auf Wiedersehen«. Seine Wangen glühten, die Augen glänzten vor Verlegenheit. Dann beeilten sich die drei, nach Hause zu kommen, denn dort warteten zwei weitere Kinder, und das Mittagessen musste noch fertig zubereitet werden.

»Kommt, Kinder! Vielleicht kommt Papa heute heim«, ermunterte Johanna ihre Kinder. Die aufkeimende Hoffnung brannte in ihrer Brust wie ein kleines Feuer. Sie wollte diese Aussicht nicht verlieren, denn mehr war ihr nicht geblieben.

Draußen kreiselten wieder die Schneeflocken und vollführten einen anmutigen Tanz, bis sie zu Boden fielen und sich dort zu Schneebergen türmten. Die weiße Schicht knirschte laut unter ihren Füßen.

»Was ist *Partisanen?*«, wollte Anita auf dem Nachhauseweg wissen.

»Dafür bist du noch zu klein«, entgegnete Michael. Er beugte sich schnell nach vorne, griff tief in das weiße Pulver und knetete daraus eine Kugel. Schon flog der Schneeball und traf das kleine Mädchen am Rücken. Anita kicherte und versuchte umständlich, eine Kugel zu formen, die aber immer wieder auseinanderfiel und als Klumpen an ihren Fäustlingen haften blieb.

Johanna verfolgte das Spiel der beiden amüsiert, die Eile war vergessen. Ab und zu bekam auch sie eine Schneewolke ins Gesicht, wenn Anitas Schneebälle andere Flugbahnen nahmen als beabsichtigt. Die Kinder plapperten fröhlich miteinander, stapften vergnügt über die vom Schnee verwehten Wege und machten Schneeengel. Völlig erschöpft, aber glücklich, erreichten sie ihr kleines Haus.

Davor stand Gregor mit vor der Brust verschränkten Armen und Schmollmund. »Wo wart ihr so lange?«

Johanna zerzauste mit geröteter Hand sein dunkles Haar und trat ein. Sie wies die beiden vom Schnee bedeckten Kinder an, sich vor der Tür auszuziehen und ihre Anziehsachen abzuklopfen. Michael und Anita taten wie ihnen geheißen. Gregor hielt einen Brief von ihrem ältesten Sohn Alexander in den Händen. Johanna griff nach dem Kuvert, als er damit vor ihrer Nase herumwedelte.

»Aber lies bitte laut vor«, sagte Gregor mit gespielter Ernsthaftigkeit. In wenigen Sätzen berichtete Alexander, dass es ihm an nichts fehle. Johanna überflog den kurzen Text mehrmals und legte das gefaltete Blatt zu seinen anderen Briefen auf die Fensterbank. Viele waren es nicht. Aber bald würde Johanna wieder aufatmen können, wenn ihr Sohn endlich nach Hause kam. Sie freute sich schon jetzt darauf und zählte die Tage bis zu seiner Entlassung aus der Armee.

Alexander war der ganze Stolz ihrer Familie, ein schlaksiger junger Mann von zwanzig Jahren. Blond, blauäugig, von schmaler Statur, voller Lebensfreude und stets gut gelaunt. Er diente an der Grenze zu Litauen dem russischen Land als Soldat. Seine Dienstpflicht lief im Sommer aus, danach, so hatte er seinem Vater versprochen, würde er wieder nach Hause kommen.

Vor sechs Monaten hatte er seine Familie besuchen dürfen. Da war Roman noch bei ihnen gewesen. Sie saßen alle beisammen und hörten ihrem ältesten Sohn und Bruder gespannt zu. Michael und Gregor verfolgten das Ganze mit offenen Mündern. Damals schon sprach Alexander von einer sehr angespannten Atmosphäre, und darüber, dass seine Kameraden ihn immer öfter einen Verräter und Faschisten schimpften. »Wir sind aber zu fünft, wir halten zusammen«, erklärte er seiner Mutter mit einem Augenzwinkern, als sie anfing zu weinen. Alexander war schon immer ein Optimist gewesen.

»Was sind Faschisten?«, fragte der stets wissbegierige Michael stirnrunzelnd.

Johanna fehlten die Worte. Schweigend strich sie ihm über den blonden Schopf. Sie wusste nicht, wie sie ihrem Kind das am besten erklären sollte. Michael hatte vor wenigen Wochen sein dreizehntes Lebensjahr vollendet.

»Das sind die Deutschen, die den Krieg angefangen haben und jetzt alle Menschen in Europa erschießen«, erklärte Gregor mit finsterer Miene. Er war schon vierzehn und ging seit fast sieben Jahren zur Schule. Jeden Tag mussten er, sein jüngerer Bruder Michael und zwanzig weitere Kinder bei Wind und Wetter zu Fuß acht Kilometer ins Nachbardorf laufen, um die dortige Schule zu besuchen. »Wir sind auch deutsch«, entgegnete Anita mürrisch.

»Was du nicht sagst, du kleines Mädchen«, äffte Gregor sie mit übertrieben piepsiger Stimme nach.

»Ich bin schon sechs«, begehrte das kleine Mädchen trotzig auf und streckte ihm ihre spitze Zunge heraus. Darauf, dass sie schon sechs Jahre alt war, war Anita besonders stolz. Mit ernster Miene band sie es jedem auf die Nase, wenn sie nach ihrem Alter gefragt wurde – und wenn nicht, tat sie es trotzdem.

Gregor schnaubte verärgert und verzog genervt das Gesicht. Alle seine Geschwister, außer Alexander, waren blöd und nervig, vor allem aber Anita. Sie war ihm ein ständiger Klotz am Bein, beschwerte er sich bei seiner Mutter. Johanna gab sich Mühe, den Hausfrieden zu wahren, und schlichtete die Auseinandersetzungen zwischen den Kindern, wo sie konnte. Leider gelang ihr das nicht immer. In solchen Momenten vermisste sie ihren Mann am meisten.

Als Gregor seine Schwester an den Zöpfen packen wollte, ermahnte sie ihn, drohte ihm sogar eine Strafe an. Erst als sie sagte, dass er ohne Essen ins Bett gehen müsse, ließ Gregor von Anita ab. Zornig kreuzte er seine Arme vor der Brust und schmollte. Anita bekam von ihrer Mutter einen leichten Klaps auf den Hinterkopf, als sie ihm erneut frech ihre Zunge herausstreckte.

»Die Rote Armee wird alle Faschisten dem Erdboden gleichmachen«, brummte Gregor. »Das hat unser Lehrer gesagt«, fügte er mit noch finsterer Miene hinzu.

»Sind wir auch Faschisten, Mama?«, fragte Anita mit ängstlichen Augen. Ihr Kinn zitterte, als würde sie frieren.

»Nein, Kind, sind wir nicht.« Johannas Stimme klang kehlig und rau. Ihr Mann Roman war vor fünf Tagen von russischen Soldaten abtransportiert worden. Sie kamen in der Nacht, klopften an die Tür und verlangten, dass er ihnen folgte. Roman tat wie ihm geheißen, verabschiedete sich nur mit einem raschen Kuss von ihr, die Kinder schliefen bereits. Er sagte, er müsse mit den Männern etwas besprechen, aber Johanna wusste, dass er log.

Roman kehrte nicht wieder zurück. Manche munkelten, er sei ein Krimineller und gehe krummen Geschäften nach, indem er das Korn an die deutschen Soldaten verkaufe. Und die anderen, die mit ihm in einem Laster abtransportiert wurden, wären seine Komplizen gewesen. Ein Klüngel von deutschen Verrätern, so wurden sie beschimpft. Andere sagten, sie hätten unweit ihres Dorfes Schüsse gehört. Johanna glaubte ihnen, denn sie waren allesamt erfahrene Jäger, die einen Gewehrschuss sehr wohl vom Axtschlag der Holzfäller unterscheiden konnten. Wassilij, einer von den Jägern, war Romans Stellvertreter als Bürgermeister. Er klopfte eines Abends betrunken an ihre Tür und erzählte Johanna unter Tränen, er habe mit eigenen Augen gesehen, wie Roman erschossen worden war.

»Was? Verschwinde aus meinem Haus und hüte deine Zunge, Wassilij. Bevor du so einen Unfug verbreitest, solltest du lieber schlafen gehen.«

Wassilij beharrte jedoch auf seiner Behauptung. Er weinte und ermutigte sie zur Flucht, solange sie noch Zeit zum Packen hätte. Sie hörte nicht auf ihn. »Scher dich doch zum Teufel, du Säufer«, schimpfte sie stattdessen und schickte ihn nach Hause, drohte ihm eine Tracht Prügel mit dem Schürhaken an, den sie in ihren Händen hielt.

»Sei keine Närrin, Johanna. Fahr zu seinen Eltern. Dein Mann kommt nie wieder zurück. Ich habe ihn schon vor Monaten gewarnt, aber er war ein ergebener Kommunist. Er glaubte an die Menschenrechte und an Lenins Worte. *Wir sind alle gleich,* an diesem Traum hat er bis zur letzten Stunde festgehalten.« Auf einmal sah Wassilij noch trauriger aus. Der Glanz in seinen Augen war eisig. Sie befürchtete, dass er die Wahrheit sagte, aber sie wischte die Zweifel mit einer energischen Handbewegung beiseite. In dieser Nacht hörte sie nur auf ihr Herz und unterdrückte die lautstarke Warnung ihres Verstandes.

»Schlaf dich aus«, sagte sie mit Tränen in den Augen und schob ihn aus der Tür.

»Du tust dir und deinen Kindern keinen Gefallen, wenn du hierbleibst. Viele Deutsche sind schon aus unserem Dorf geflohen. Denk an meine Worte, deiner Kinder wegen.« Er torkelte in die Dunkelheit hinaus, der mit Splitt durchsetzte Schnee knirschte unter seinen Stiefeln wie Glasscherben.

Auch vier andere Männer kamen nicht mehr nach Hause. Sie hatten sich für die Rechte der Deutschen in Russland eingesetzt. Immer mehr Häuser standen nun leer, nachdem die Familien nur mit dem Nötigsten auf Karren verladen worden waren und für immer verschwanden. Keiner wusste, wohin die Menschen gebracht wurden. Oft wurden die Räumungsaktionen in tiefster Nacht durchgeführt. Wie schon Jahre zuvor im Sommer 1937, als die über ein Jahr anhaltende Repression viele Deutsche das Leben gekostet hatte. *Die große Säuberung* nannten die

Russen die vom NKWD durchgeführte Operation. Sie kamen im Schutz der Dunkelheit, zerstörten Häuser, verschleppten Männer und Frauen, nahmen alles mit, was nicht niet- und nagelfest war, raubten und plünderten. Alles, was blieb, waren Leid und unheilbare Wunden an Leib und Seele der deutschen Bevölkerung, aber auch anderer ethnischer Gruppen in der grenzenlosen Sowjetunion. Die Übergriffe dauerten nur wenige Stunden. Am nächsten Tag waren die betroffenen Familien wie vom Erdboden verschluckt. Das herrenlose Nutzvieh wurde von den Kolchosen übernommen, die restlichen Habseligkeiten rissen sich skrupellose Nachbarn unter den Nagel.

Michaels nächste Frage schreckte Johanna aus ihren Erinnerungen auf. Er wollte das Thema nicht ruhen lassen. »Was sind wir dann?« Seine Augen funkelten.

Johanna wischte sich mit ihrem Handrücken eine verirrte Träne ab. Sie spürte, wie in ihrem Innern ein Gefühl des Zorns aufstieg. Was würde aus ihrer Familie werden, wenn ihr Mann ihren täglichen Gebeten und aller Hoffnung zum Trotz nicht nach Hause kommen sollte? Wenn eine Familie keinen Mann im Haus hatte, war sie dem Untergang geweiht. So hart und zugleich einfach war das Leben nun mal. Eine Frau mit fünf Kindern war machtlos gegen die Kapriolen des Schicksals.

»Aber wir sind doch auch Deutsche«, bohrte Michael nach und riss sie aus ihren sorgenvollen Gedanken. Seine Finger zupften am Ärmel ihres Kleides. Er war schon immer sehr schüchtern und in sich gekehrt gewesen, aber auch hartnäckig und sehr intelligent. Stets wollte er alles wissen und den Lauf der Dinge begreifen. Besonders dann, wenn er um seine Familie bangen musste.

Johanna machte sich oft Sorgen um ihn. Er war anders als die anderen Kinder. Manchmal befürchtete sie, dass ihr Junge nicht ganz normal war. Selten spielte er mit Gleichaltrigen und Klassenkameraden, was in dem kleinen Dorf oft für Gesprächsstoff sorgte. Die alten Tratschweiber zerrissen sich nicht selten die Mäuler darüber, dass Michael ein Sonderling war. Stets in Gedanken versunken, grübelte er über Dinge nach, die nicht einmal einem Erwachsenen in den Sinn gekommen wären.

Sein älterer Bruder Gregor war in dieser Hinsicht einfacher gestrickt. Sich den Kopf zu zerbrechen wäre ihm gar nicht in den Sinn gekommen. Er spielte lieber fangen, stritt sich mit den Nachbarskindern oder schlug sich die Nase blutig.

Die beiden Brüder zankten sich oft. Sie waren von Grund auf verschieden. Gregor mit seinem dunklen Haar und den kastanienbraunen Augen war ganz der Vater, Michael kam eher nach seiner Mutter. Sein strohblondes Haar und die hellgrauen Augen verliehen ihm die Züge eines Engels, dachte Johanna. *Wäre er nur nicht so aufbrausend und stur, was seine Ansichten betrifft,* ging es ihr durch den Kopf. Michael hielt sich normalerweise aus allen Konflikten heraus, versuchte, alles zu regeln, ohne sich zu prügeln. So war er nun mal. *E*in kleiner Erwachsener, dachte Johanna und strich mit ihren Fingern sanft sein blondes Haar zurecht.

Einmal hatte er sie gefragt, warum sie nicht in Deutschland lebten, obwohl sie Deutsche waren. Warum er zwei Sprachen beherrschte, und Nikolai Bobrow, der drei Jahre älter war als er, nicht mal eine richtig sprechen konnte. Auch, warum sie jetzt auf einmal als Verräter und Feinde der Sowjetunion beschimpft wurden. Johanna erzählte ihm die Geschichte über die Volkswanderung, dass die Deutschen schon seit mehreren Generationen in Russland lebten, und dass die russische Zarin Ekaterina die Zweite eigentlich eine deutsche Prinzessin gewesen war. Und dass sie auch diejenige war, die das deutsche Volk zu dieser Reise ermutigt hatte.

»Jetzt hat sich die Situation verändert. In Europa herrscht Krieg, weil Deutschland andere Länder überfällt«, versuchte Johanna ihrem Sohn so schonend wie möglich beizubringen, warum die ganze Welt sich gegen sie gewendet hatte.

»Bekommen wir jetzt Ärger, weil die Deutschen unschuldige Menschen töten?«, hatte Michael mit zittriger Stimme gefragt. Seine hellblauen Augen waren voller Sorge gewesen, als er zu seiner Mutter aufsah. Johanna suchte nach Worten.

»Aber *wir* töten doch niemanden, du Dummkopf«, entgegnete Gregor wichtigtuerisch.

»Ich bin kein Dummkopf!«, schrie Michael beleidigt und begann zu weinen. Er hasste es, wenn er als Dummkopf bezeichnet wurde, vor allem von seinem Bruder. Gregor wusste das und nutzte jede Gelegenheit, um Michael damit zu ärgern. Seinen Bruder als Idioten hinzustellen, machte dem ungeduldigen Gregor Spaß.

Michael legte seine dünnen Arme auf die Tischkante, vergrub das Gesicht darin und schluchzte lautlos. Nur sein zuckender Rücken verriet, dass er weinte. »Ich möchte, dass Papa nach Hause kommt«, flüsterte er. Seine Stimme klang dumpf und kläglich. »Er weiß alles, er ist Bürgermeister von Johannsfelden.«

War Bürgermeister, korrigierte Johanna in Gedanken und fuhr herum, als die kreischende Stimme des Babys durch das ganze Haus hallte.

»Jetzt hast du Anja geweckt«, schimpfte Gregor und verpasste Michael eine Kopfnuss. Gregor war zwar älter als Michael, aber Letzterer hatte trotz aller Friedfertigkeit keine Angst, sich zu wehren. Niemals. Auch das machte Johanna Angst. Wenn sein Temperament mit ihm durchging, konnte ihn niemand mehr beruhigen. Genau wie jetzt. Mit seiner kleinen Faust schlug er seinem Bruder heftig auf die Nase, präzise wie ein Schmiedehammer.

Gregor presste seine rechte Hand flach auf das schmerzverzerrte Gesicht. In hellem Rot schimmerndes Blut quoll durch seine wulstigen Finger.

Johanna packte die beiden am Kragen und stellte sie in die Ecke. Dem verletzten Gregor wusch sie mit einem Handtuch die immer noch blutende Nase und wies ihn mit ernster Miene an, den Kopf in den Nacken zu legen.

»Willst du dich nicht bei deinem Bruder entschuldigen?«, wollte sie von Michael wissen, und er immer noch mit gesenktem Kopf in der Ecke stand.

Der schüttelte nur den Kopf und murmelte: »Er hat es verdient.«

Gregor saß mit seiner Schwester am Tisch und aß. Er schaute voller Erwartung zu seiner Mutter und rieb sich die immer noch gerötete Nase. Er war zwar ebenso aufbrausend, aber nicht so nachtragend und entschuldigte sich ziemlich schnell für seine Taten. Michael nicht.

Johanna strich ihrem Sohn über das blonde Haar und schickte ihn schweren Herzens ohne Abendessen ins Bett.

Er trottete mit bleiernen Schritten davon, den Kopf immer noch eingezogen, die Hände zu Fäusten geballt.

* * *

Die Deutschen kamen immer näher. Alexander hatte Angst davor, gegen sein eigenes Volk kämpfen zu müssen. Wie würde er reagieren, wenn er plötzlich einem deutschen Soldaten gegenüberstand? Waren sie wirklich so brutal und unmenschlich? Verbrannten sie ihre Feinde tatsächlich bei lebendigem Leib? Auch ihn, wenn er in ihre Hände geraten sollte?

Seine Befürchtungen erwiesen sich als grundlos. Er würde nicht gegen die Deutschen kämpfen – es kam viel schlimmer. Sie kamen wie Diebe in der Nacht. Grobe Hände packten ihn, und plötzlich war er ein Gefangener. Die schweren Stiefel trafen ihn hart in den Bauch. Alexander wusste nicht, ob er sich wehren sollte. Die hämischen Fratzen seiner falschen Kameraden schimmerten blass im schwachen Licht. Jemand hielt ihm eine Petroleumlampe dicht vors Gesicht. Alexander schloss demütig die Augen.

»Jetzt bist du fällig, du Verräter! Wir wissen was du getan hast – du hast uns an die Faschisten verraten«, zischte eine Stimme hinter dem flackernden Licht. Alexander roch eine Alkoholfahne. Sein malträtierter Körper wurde an den Armen gepackt und weggeschleift, nachdem er mit dem Gewehrkolben einen heftigen Schlag gegen die Schläfe bekommen hatte. Erst am nächsten Morgen kam er mit brummendem Schädel wieder zu sich.

Voller Genugtuung verkündeten seine einstigen Waffenbrüder ihm und anderen deutschstämmigen Soldaten eine grausige Botschaft. Alexander saß immer noch gefesselt in einem Schuppen und hörte sich mit gesenktem Kopf an, was ihn in den nächsten Tagen erwartete, falls er heute nicht erschossen wurde. Sie sagten, dass er und die anderen allesamt deutsche Schweine und Verräter seien. Darum würden sie auch wie Tiere nach Sibirien verfrachtet. In Tierwaggons, so, wie es Verrätern eben gebührte, zusammen mit den Schweinen, schrien sie ihm lauthals lachend hinterher, als er mit hinter den Rücken gebundenen Händen abgeführt wurde. Wie ein Verbrecher.

Zur Feier des Erfolgs, die Verräter endlich losgeworden zu sein, erlaubte der russische Kommandeur seinen sowjetischen Soldaten und treuen Mitgliedern der roten Partei, die Säuberung ihrer Reihen mit Schnaps zu begießen. Sie prosteten ihren früheren Kameraden zu. Unter den Aussätzigen waren nicht nur Deutsche vertreten. Juden und litauische Partisanen teilten sich dasselbe Schicksal. Sie stellten sich am Gleis entlang in einer Linie auf, die Köpfe zwischen den Schultern eingezogen. Entwaffnet, degradiert und entehrt warteten die Männer auf weitere Befehle. Der Zug hielt mit durchdringendem Pfeifen und Schnauben. Die Waggons waren nichts anderes als auf die Schnelle zusammengezimmerte Holzcontainer.

Scham und Abscheu vor sich selbst ließen Alexander sich innerlich schmutzig fühlen, als habe jemand seine Seele herausgerissen und mit schweren, nach Kuhmist stinkenden Stiefeln in den Dreck getreten.

Unter Schmährufen und Tritten wurden Alexander und viele andere willkürlich in den Waggons zusammengepfercht und zu Tausenden in Richtung Osten abtransportiert. Wer die höllische Fahrt überlebte, würde in den kalten Weiten des sibirischen Waldes zur Zwangsarbeit verdammt sein. Sie waren Verräter, Fahnenflüchtige, Juden, Faschisten, der letzte Abschaum der menschlichen Rasse. Alexander focht jetzt einen anderen Krieg aus – den Kampf ums nackte Überleben.

Um der Situation zumindest den Anschein von Legalität zu verleihen, durften Alexander und seine Leidensgenossen vor ihrer Abreise noch einen Abschiedsbrief an die Familie schreiben. Allerdings befürchtete er, dass der nie bei seiner Mutter ankommen würde. Trotzdem glomm ein kleiner Funken Hoffnung ihn ihm auf. Dieses schwache Leuchten in seiner Brust spendete ihm die Wärme und Kraft, nicht aufzugeben. Alexander kauerte am Boden, breitete den Fetzen Papier auf einem flachen Stein aus und schrieb mit zittriger Hand wenige Worte nieder. Die Grafitmine hinterließ unsicher wirkende Linien auf dem karierten Blatt Papier. Alexander hatte nicht viel Zeit zum Überlegen, er schrieb, dass es ihm gut ginge und er nicht mehr kämpfen müsse.

Die Briefe wurden eingesammelt und in einen Sack gesteckt. »Hoffentlich hat keiner seine Adresse vergessen«, bemerkte der Mann mit dem Jutesack sarkastisch. Seine Stimme troff vor Schadenfreude.

»Und jetzt alle einsteigen! Im Schnellschritt«, kommandierte ein älterer Mann. »Komm, Junge, mach, dass du einsteigst«, sagte er zu Alexander, der dem falschen Briefträger nachschaute. Als sie fast allein dastanden, griff er Alexander unter den Arm und half ihm auf die Beine. »Meine Enkelin ist auch so jung wie du. Wie heißt du denn?«

»Alexander«, flüsterte er.

»Der Sieger, der Ruhmreiche. Ich heiße Wladimir. War Lehrer, jetzt muss ich an die Front ...« Plötzlich räusperte sich der betagte Mann und schob Alexander grob Richtung Zug. »Schneller. Komm, beweg deine Füße«, befahl er schroff. Alexander begriff den Grund für den Stimmungswechsel sofort. Der selbst ernannte Briefträger schlurfte an ihnen vorbei und stierte die beiden misstrauisch an. Als Alexander in den Waggon stieg, sah er aus dem Augenwinkel, wie der Sack in hohem Bogen zu vielen anderen auf einen Karren geworfen wurde.

»Die Hoffnung darf niemals erlöschen«, sagte ein schwarzhaariger Mann mit krummer Nase, die leicht bläulich schimmerte. Er saß neben Alexander, den schmalen Rücken an die Bretter gelehnt. Dieser Mann war kein Soldat. Er trug keine Uniform. Sein Gesicht wirkte leicht asymmetrisch. Die linke Gesichtshälfte war stark angeschwollen, das Augenlid spannte sich über dem Augapfel wie eine überreife Pflaume. Alexander schaute ihn skeptisch an und irgendwie gab ihm dieser Anblick Kraft. Der stoische Trotz des Fremden schürte seine Wut aufs Neue und fachte sie zu einer unauslöschlichen Flamme an. Alexander nickte dem Mann kaum merklich zu. Sein Nachbar erwiderte die Geste mit einem Augenzwinkern – mit dem intakten rechten Auge. Trotzdem verzog er schmerzerfüllt das Gesicht.

KAPITEL 2

Die Enteignung und der lange Marsch

»Mama, warum nehmen die Männer unsere Kuh mit?«, fragte Michael erstaunt, als er auf einem Schemel vor dem Fenster stand und die uniformierten Männer beobachtete, die ihre Kuh verluden. Seine Augen waren tellergroß.

»Weil wir sie nicht mehr brauchen«, log Johanna. Ihre Stimme bebte. Die Gerüchte waren zur bitteren Realität geworden. *Die Deutschen werden nach Sibirien umgesiedelt,* tuschelten ihre Nachbarn. Familie Berg erhielt im Lebensmittelladen kein Brot mehr, keine Eier, auch kein Fleisch.

Die Verkäuferin Galina Ivanovna meinte: »Liebe Johanna – euch darf ich nichts mehr verkaufen.« In ihren Augen glitzerten Tränen. Sie nahm Johannas rechte Hand in ihre warme, weiche Hand und zog sie fest an ihren fülligen Körper. »Warum? Warum geschieht das?« Johannas Stimme brach und Galina ließ sie los, fasste sich an die Brust, tat einen tiefen Atemzug und verschwand im Nebenzimmer, um gleich darauf mit zwei Laiben Brot und ein paar Eiern zurückzukehren. Schnell wickelte sie alles in Zeitungspapier und schob Johanna durch einen Hinterausgang nach draußen. »Mehr kann ich nicht für dich tun«, verabschiedete sie sich und zog die schwere Tür laut hinter sich ins Schloss.

Eier hatten sie schon seit drei Tagen nicht mehr gegessen, ihr Nachbar Fedor hatte alle ihre Hühner eingefangen und in seinem Hühnerstall versteckt. Jetzt, da ihre Kuh weg war, würden sie auch keine Milch mehr haben. Johannas Finger zitterten, als sie das schwarze Brot in etwas Milch einweichte. Was sollte sie ihren Kindern in den nächsten Tagen zu essen geben? Gedankenversunken schaute sie aus dem Fenster. Die Brotkrumen schwammen in der Schüssel und lösten sich in kleine braune Flocken auf.

Erschrocken zuckte sie zusammen, als die Tür scheppernd aufflog. Im Rahmen stand Ivan Petrow, ein Freund ihres Mannes, aber auch Johanna kannte den großgewachsenen Mann mit den markanten Zügen schon lange. Sie waren noch Kinder gewesen, als er hinter einer Scheune heimlich ihren ersten Kuss gestohlen hatte. Ivan mochte sie immer noch, das wusste Johanna. Obwohl auch er verheiratet und mit vier Kindern gesegnet war, waren seine Gefühle für sie nie erloschen. Tamara, seine Frau, sei immer kränklich und tauge als Hausfrau nur wenig, hatte er ihr einmal erzählt, als sie sich nach der Arbeit auf dem Nachhauseweg begegnet waren. Seitdem mied sie seine Gegenwart nach Möglichkeit. Sie wollte ihrem Mann keinen Anlass zur Eifersucht geben. Gerüchte wucherten schneller als jedes Unkraut, vor allem, wenn es um Liebesbeziehungen ging. Johanna schwelgte oft in den Erinnerungen an ihre Jugend. Nicht selten überlegte sie, was wohl aus ihr geworden wäre, wenn sie sich damals für Ivan entschieden hätte.

Jetzt stand er mit puterrotem Gesicht vor ihr. Eine kalte Windbö wirbelte eine Schneewolke herein, als die Tür hinter ihm ins Schloss fiel. Seine schweren Stiefel polterten laut auf den hölzernen Dielen.

»Sie kommen! Pack deine Sachen, Johanna, nimm die Kinder und verschwinde von hier.« Er keuchte schwer, völlig erschöpft und außer Atem schnappte er nach Luft.

»Wer kommt?« Mehr brachte die erschrockene Frau nicht heraus.

»Die Soldaten! Jede Kolchose wird nach Deutschen durchsucht. Sie werden euch …« Er begann lautlos zu weinen. Johanna traute ihren Augen kaum. Der große starke Ivan weinte?

Seine schwieligen Hände, riesig wie Schaufeln, packten sie grob an den Schultern und pressten ihren schmalen Körper fest an sich. »Meine Johanna, meine kleine Johanna, ich hätte dich damals heiraten sollen.« Dabei küsste er sie sanft auf die Wange, sah ihr tief in die Augen und sagte: »Beeilt euch, ich bringe euch hier weg.« Es war nur ein Flüstern, trotzdem dröhnten seine Worte markerschütternd laut in ihren Ohren.

Ivan half Johanna beim Zusammenpacken. Nur das Nötigste wurde in eine Tagesdecke gesteckt. Die zu Tode erschrockenen Kinder standen mehr im Weg, als dass sie hilfreich waren, trotzdem war Johanna dankbar, dass auch sie beschäftigt waren und die eine oder andere Habseligkeit mit einpackten. Als das Bündel voll war, zogen sie gemeinsam die Kinder an. Michael wunderte sich, warum er auf einmal zwei Mäntel, drei Paar Socken und zwei

Hosen anziehen musste. Auch Gregor sah verdutzt drein, als er sich die ganzen Sachen überstreifen musste – sogar die Jacke seines Vaters.

»Ich kann mich gar nicht bewegen«, jammerte Anita, wurde aber ignoriert. Die Ärmel des Mantels, den sie trug, berührten fast den Boden. Ivan stülpte ihr eine dicke Pelzmütze über den Schopf und bugsierte sie und ihre Brüder nach draußen.

»Schnell, Johanna! Die werden bald da sein!«, drängte Ivan die verzweifelte Mutter zur Eile. »Gregor, lauf zu mir nach Hause und warte dort bei den Pferden! Du auch, Michael!«, schrie er die Kinder mehr aus Verzweiflung als in böser Absicht an.

Johanna hatte in den ganzen vierzig Jahren ihres Lebens noch nie so viel Angst gehabt wie jetzt. Nicht einmal bei den beiden Fehlgeburten nach Alexander hatte sie so sehr um ihr Leben gebangt. *Meine Hände zittern wie die eines Säufers*, ärgerte sie sich über sich selbst und versuchte vergeblich, sich zu beruhigen. Sie verzweifelte beinahe an dem dicken Schal, in den sie ihre Kleinste einwickeln wollte. Johannas Blick verschwamm, Tränen verschleierten ihre Sicht. Anja war erst drei Monate alt. »Ein Kind der Liebe«, sagte Roman, als sie ihm mehr als zwölf Jahre nach Michaels Geburt eröffnet hatte, dass sie erneut schwanger war. Im Dorf wurde hinter vorgehaltener Hand darüber getuschelt und gelacht, dass sie in ihrem Alter immer noch mit ihrem Mann schlief. Eine Weile schämte sich Johanna dafür, und als sie hochschwanger war, verließ sie kaum mehr das Haus. Die giftigen Blicke der gehässigen alten Weiber verfolgten sie, selbst wenn sie bloß im Hof die Wäsche aufhängte oder die Latrine aufsuchte.

Ihren Beruf als Lehrerin hatte sie aufgeben müssen. Johannas Vater war Schuldirektor gewesen, ihre Mutter Deutschlehrerin, und beide waren damals sehr stolz auf sie, als sie ihnen verkündet hatte, sie arbeite jetzt auch als Lehrerin. Die Freude ihrer Eltern verpuffte allerdings schlagartig, nachdem Johanna sie darüber in Kenntnis gesetzt hatte, wo sich die Schule befand. Zum Glück dauerte die Verstimmung nicht sehr lange.

»Die Schule ist klein und das Dorf ruhig und beschaulich«, berichtete sie den aufgebrachten Eltern. Sie würde sie regelmäßig besuchen – niemals würde sie ihre Mutter und ihren Vater im Stich lassen – und wäre immer für sie da, versicherte sie. Die beiden ließen ihre einzige Tochter schweren Herzens ziehen. Wie Johanna versprochen hatte, hielt sie den Kontakt aufrecht und wurde nicht von ihren Eltern verstoßen. Als der erste Enkelsohn zur Welt kam, war die Enttäuschung schnell vergessen gewesen.

Nun waren ihre Eltern seit mehr als fünf Jahren tot, beide starben im selben Jahr. Ihr Herz war von Trauer und Schmerz erfüllt, als sie an die Vergangenheit dachte. Jetzt musste sie fliehen, war mit vier Kindern ganz allein. Johanna knotete mit letzter Kraft das wärmende Gewebe um das schreiende Kind. Der Schal aus Kaninchenflaum sollte Anja vor der eisigen Kälte schützen können. Sie durfte nur nicht in die Windeln machen, dachte sie mit einem schiefen Grinsen. Warum mussten sie überhaupt von hier weg? Warum tat man ihnen das alles an? Sie hatten doch schon immer hier gelebt, mit achtzehn war sie damals hierhergezogen. Das Dorf Johannsfelden gab es schon seit der Zeit von Katharina der Zweiten, lange vor der Oktoberrevolution. Wegen der kommunistischen

Ideale war aus Johannsfelden später »Roter Oktober« geworden, aber die Menschen waren die Gleichen geblieben. Nach dem Großen Terror kamen die Russen ins Dorf, vorher war das kleine Örtchen rein deutsch gewesen.

Johannas Augen tränten. Vor Angst, Verzweiflung und Wut zitterte sie am ganzen Körper, als würde sie frieren. Wer gab diesen Menschen das Recht, sie wie Hunde zu vertreiben, ihr Hab und Gut zu stehlen? Sie waren doch immer gesetzestreue Bürger gewesen. Bei diesen Gedanken erschien eine Zornesfalte auf ihrer geröteten Stirn.

Das Gespräch mit Wassilij fiel Johanna ein. Die schlimmste Nachricht ihres Lebens – ihr Mann Roman sei erschossen worden. Auch jetzt nahm sie den Alkoholdunst wahr, wie in der Nacht, als Wassilij vor ihrer Haustür gestanden hatte. Sie warf Ivan einen Blick zu, dem alten Freund, der ihr helfen wollte – auch er war betrunken. Aus dem Augenwinkel bemerkte sie, wie sich seine Lippen bewegten. Tonlos, als spräche er durch eine Fensterscheibe. Blind vor Tränen nahm sie ihr jüngstes Kind auf den Arm und drehte sich langsam zu ihm um. Ivan stand dicht hinter ihr. Erst jetzt hörte sie seine Worte, roch den selbstgebrannten Schnaps in seinem Atem.

»Ich glaube, es ist alles zu spät.« Sein Gesicht war aschfahl geworden, die Augen blutunterlaufen. Sein Flüstern vermischte sich mit anderen Stimmen. Männer! Johanna lief zum Fenster und lugte auf den Hof hinaus, wo die Unruhestifter herumbrüllten. Allesamt unbekannte Gesichter. Ihr Geschrei wurde von aufgeregten Rufen unterbrochen. Johanna konnte nicht mit Bestimmtheit sagen, aber ihr war, als höre sie Frauen weinen.

Jemand rief: »Ihr Hurensöhne!«

Das Getuschel der Schaulustigen steigerte sich zu einem Stimmengewirr aus Flüchen und Verwünschungen. Die Dorfbewohner, die immer alles zu wissen glaubten und jede Lüge für bare Münze nahmen, hatten sich nun vor dem schiefen Zaun ihres Hauses versammelt. Ein einzelner Gewehrschuss fiel und das Geschrei erstarb. Plötzlich herrschte Totenstille.

Johanna erstarrte. Sämtliche Muskelstränge verkrampften sich, ein dicker Kloß in ihrem Hals hinderte sie am Atmen. Sie drehte sich zu Ivan um, der das Ganze mit ernster Miene verfolgte.

Sie werden noch viele Tagen damit verbringen, sich die Mäuler darüber zu zerreißen, was Familie Berg wohl verbrochen hat, war der einzige Gedanke, der durch ihren Kopf irrte. *Erst der Mann, dann die Frau und ihre ungezogenen Kinder.* Alexander war ihren Geschichten nach schon längst zu den Deutschen übergelaufen. Johanna warf erneut einen kurzen Blick durch das beschlagene Fenster. Endlich konnte sie sich aus der Starre lösen, doch bevor sie irgendetwas tat, hielt sie einen Lidschlag lang inne. Wartete. Ihr Blick war immer noch auf den Hof gerichtet. Sie blinzelte, hoffte, alles wäre nur ein böser Traum. Erst jetzt konnte sie die Fremden richtig sehen. Sie beobachtete, wie die Männer zielstrebig über ihren Hof liefen. An ihrer Körperhaltung erkannte sie die Absicht des unangekündigten Besuchs. Einer der drei Männer, sein Rücken war verwachsen und zu einem auffälligen Buckel gekrümmt, trat nach dem Hund, der sich den Eindringlingen in den Weg stellte. Die viel zu kurze Kette hinderte den Schäferhund daran, die Männer wirklich anzugreifen. Als er nicht aufhörte zu bellen, schoss der verkrüppelte Mann dem armen Tier in den Kopf. Johanna biss auf ihre Faust, um den aufsteigenden Schreckensschrei zu unterdrücken. Der arme Hund winselte und schnappte in der letzten Sekunde seines Lebens nach seiner rechten Pfote. Sein Körper zuckte konvulsiv, dann erschlaffte er und blieb im kalten Schnee liegen. Der dampfende Fleck unter dem Kadaver wurde mit jeder Sekunde größer und färbte den Schnee leuchtend rot.

Als die polternden Schritte von schweren Stiefeln im Flur zu hören waren, und ein kalter Hauch von Tabak und Alkohol die uniformierten Männer ankündigte, sah Johanna Ivan erneut ins Gesicht.

Für einen Moment kniff er seine stahlgrauen, von vielen kleinen Fältchen gesäumten Augen zusammen. Dann wandte er sich von ihr ab und sprach mit eisiger Stimme: »Ich konnte sie noch rechtzeitig aufhalten, Genossen. Sie war gerade im Begriff, samt ihren Kindern zu fliehen. Als ehrlicher Bürger und Kommunist sehe ich mich dazu verpflichtet, euch die Verräterin zu übergeben, damit sie ihrer gerechten Strafe zugeführt werden kann.« Wie ein Reibeisen dröhnte seine Stimme durch das kleine, jetzt überfüllte Haus. Ivan hatte schon immer eine Art an sich gehabt, die ihn von anderen Menschen unterschied, doch dieser heuchlerische Opportunismus war Johanna neu. Erstauntes Gemurmel brandete auf. Die Männer schienen verdutzt.

Johanna war so schockiert, sie konnte ihre Fassungslosigkeit nicht verbergen. Beinahe hätte sie ihre greinende Tochter fallen lassen. Alles um sie herum wirkte wie von einem grauen Schleier bedeckt. Wie Spinnweben legte sich die grausige Wirklichkeit über sie und blieb an ihrer Seele kleben. Das Geschehen glich einem Albtraum. Johanna hoffte mit der ganzen Zuversicht einer zutiefst verzweifelten Seele auf eine friedliche Lösung. *Das Ganze muss ein Irrtum sein.* Ivan verabschiedete sich mit einem unverbindlichen Winken von den drei bewaffneten Männern und ging mit gesenktem Kopf hinaus. Johanna sah ihm stumm hinterher. Nie wieder würde sie irgendjemandem vertrauen, schwor sie sich in diesem Augenblick.

Wie es schien, hatte sich inzwischen das ganze Dorf vor ihrem Haus versammelt. *Wenn alle anwesend sind, kann das Spektakel ja beginnen,* dachte sie mit einem Hauch von Sarkasmus. Alle gierten nach dem bisschen Hab und Gut, das sie sich all die Jahre mit Blut, Schweiß und Tränen erarbeitet hatten. Wie die anderen angeblichen Vaterlandsverräter wurde auch ihre Familie eskortiert und auf einen Schlitten geladen, vor den ein alter Klepper gespannt war. Sie waren nicht die Ersten, dämmerte es Johanna. Die Pferdeschlitten waren nicht leer. Johanna wurde abgeführt, wie ihr Mann seinerzeit, nur konnte sie ihre Kinder nicht in der Freiheit zurücklassen. Sie weinte lautlos, gab sich Mühe, tapfer zu sein. Sie spürte, wie ihre beiden Söhne nach ihren Armen griffen und ihr stumm folgten. Anita ging neben Michael und hielt seine Hand.

Die Familien Traubenwein und Buchweizen saßen schon mit ihren bunten Bündeln in den Wagen und warteten. Die Pferde waren unruhig, weiße Dampfwolken stiegen von ihren Nüstern in die kalte Luft auf. Johanna sah insgesamt drei der klapprigen Gefährte an dem schiefen Zaun vor ihrem Haus stehen. Wie in Trance lief sie darauf zu, sie nahm nur Bruchstücke des Geschehens um sie herum wahr. Sie achtete nicht darauf, wer ihr in den Schlitten half oder wer ihr Bündel zu den anderen warf. Alles, worauf sie achtgab, waren ihre Kinder. Immer wieder huschten ihre Augen besorgt über die blassen, ängstlichen Gesichter.

Als der Tross eben aufbrechen wollte, veränderte sich die Atmosphäre gravierend. Die Luft knisterte regelrecht, wie vor einem Sturm. Alle schienen zum Zerreißen angespannt. Plötzlich begann sich die Menge der Schaulustigen in Bewegung zu setzen. Hier und da erklang eine aufgebrachte Stimme und wurde sofort von einem lauten Warnruf übertönt. Johannas Verstand klärte sich allmählich. Die Umwelt gewann wieder an Konturen. Sie ließ ihren Blick schweifen, nahm zum allerletzten Mal das Bild ihres Hauses in sich auf. Eine weiße Rauchwolke stieg zum Himmel empor, sie hatte vergessen, den Topf vom Feuer zu nehmen. Jetzt war die Suppe bestimmt schon verbrannt, dachte sie bei sich. Wie der Rauch aus dem Schornstein verflüchtigte sich auch ihr bisheriges Leben, die glücklichen Tage schienen nur noch eine vage Erinnerung. Sollte doch auch das Haus in Flammen aufgehen. Die Russen hatten kein Recht, sich einfach so ihres Heims zu bemächtigen. Sie ließ von den Gedanken an ihr Zuhause ab, maß dem Ganzen keine Bedeutung mehr bei und konzentrierte sich stattdessen auf die aufgebrachten Menschen, die einst ihre Freunde und Nachbarn gewesen waren. Immer lauter murrten die empörten Stimmen, aber das Dröhnen in ihrem Kopf ließ nach, sie nahm ihre Umgebung wieder deutlicher wahr. Der Unmut breitete sich unüberhörbar unter den Anwesenden aus. Sie spürte, dass gleich etwas Schreckliches passieren würde. Johanna drückte ihre Kinder noch enger an sich. Plötzlich schrie eine Frau: »Lasst ihn nicht vorbei!« Diese Stimme war Johanna wohlvertraut. Aljona, ihre Nachbarin.

Erst als sich die Menge widerwillig teilte, wurde ihr klar, warum die Proteste immer lauter wurden. Wassilij kam auf die Schlitten zu. Trotzdem mischte sich keiner ein. Niemand wagte, sich ihm in den Weg zu stellen, geschweige denn, ihn anzugreifen. Jeder, der auch nur ein Fünkchen Verstand besaß, wusste, was Wassilij mit demjenigen anstellen würde, der ihn von seinem Vorhaben abbringen wollte.

Wassilij hatte mächtig Schlagseite. Die nackte Wut brannte in seinen Augen. Schon von Weitem grölte er, beschimpfte die drei Fremden aufs Äußerste, er riss an ihren Gewehren und zog Johanna und ihre Kinder wieder von dem Schlitten. Er verfluchte die Kommunisten und ihre Methoden. Seine Eltern seien von der Roten Armee enteignet und umgebracht worden, brüllte er die Männer an, die diese unerwartete Wendung in eine regelrechte Schockstarre versetzt hatte. Er hätte in einem Waisenheim aufwachsen müssen, hätte niemanden außer seiner Frau und seinen Kindern, schrie er. »Meine Eltern wurden von den Kommunisten erschossen, direkt vor meinen Augen, bloß weil mein Vater sich gewehrt hat. Nur hatte *er* damals kein Gewehr bei sich – ich aber schon«, lallte er kaum verständlich.

Wassilij war so betrunken wie noch nie. Seine Frau war auch eine Deutsche, sie saß ebenfalls in einem der Schlitten, stellte Johanna mit Entsetzen fest. Ihre gemeinsamen Kinder sollten mit ihrer Mutter verschleppt werden. Sie weinten und schrien, streckten die kleinen, von der Kälte roten Hände nach ihrem Vater aus, da bemerkte die Frau, dass eines ihrer Kinder fehlte.

Langsam kam wieder Bewegung in die Menge. Der Zank zwischen den Schaulustigen eskalierte zu einem handgreiflichen Streit und endete schließlich in einer brutalen Rauferei. Frauen wurden an den Haaren gepackt, Männer trugen blutige Kratzer auf Armen und Wangen davon. Zwei von ihnen lagen am Boden. Einige Vernünftigere versuchten dazwischenzugehen, um die Kämpfenden zu trennen, mussten aber letzten Endes ohnmächtig zusehen, wie das Ganze in eine Massenschlägerei ausartete.

Dann fiel ein Schuss. Johanna konnte in der darauffolgenden Stille ihren eigenen Atem hören. Der Anstifter des ganzen Tumults war Konstantin, Wassilijs Sohn. Er hielt das doppelläufige Jagdgewehr seines Vaters in der Hand und richtete es auf die Fremden. Seine Brust hob und senkte sich schwer. Das ursprünglich weiße Leinenhemd hing in schmutzigen Fetzen von seinem knochigen Oberkörper. Er hatte sich mit der Waffe seines Vaters im Wald versteckt. Konstantins Augen waren rot und verquollen. Von dem Lauf stieg eine dichte Wolke auf. Johanna roch das Schießpulver. Aus dem Augenwinkel sah sie einen der Männer zuckend zu Boden fallen. Er hatte die ganze Zeit etwas abseits neben dem ersten Pferd gestanden. Jetzt lag er im Schnee. Seine Beine traten im Todeskampf ziellos auf die kalte Erde und gegen die Pferdeschlitten. Das Weiß unter ihm färbte sich rot. Der Körper zuckte ein letztes Mal, bevor er erschlaffte, schließlich lag der Mann still. Es war der Bucklige, stellte Johanna mit kaltherziger Genugtuung fest.

Für einen Augenblick herrschte Grabesstille, die durch einen zweiten Schuss verjagt wurde wie ein scheues Tier. Gleich darauf sackte Konstantin zusammen. Mit einem großen Loch in der Brust lag der junge Mann in seinem Blut. Die Menschen warfen sich erschrocken zu Boden. Der nächste Schuss ließ nicht lange auf sich warten, und Wassilij folgte seinem Sohn in den Tod, weil er nicht wie die anderen Deckung gesucht hatte. Er wollte zu seinem toten Sohn hinüberlaufen. Nach nur drei Schritten traf die Kugel seinen Rücken. Er taumelte weiter und schaffte es noch, sich über seinen Sohn zu werfen, bevor alles Leben aus seinem Körper wich. Schreiend und fluchend rappelten sich die Dorfbewohner auf, um sich in alle Himmelsrichtungen zu zerstreuen wie eine Meute feiger Hunde.

Krähen umkreisten das kleine Dorf wie eine schwarze Wolke und verfluchten dessen Bewohner mit ihrem kehligen Krächzen, das aus Hunderten von Schnäbeln in einer Kakofonie auf die Fliehenden niederprasselte. Johannas Kehle zog sich zusammen. Nur mit Mühe konnte sie sich bei Sinnen halten, war einer Ohnmacht nah. Mit all ihrer Kraft hielt sie an ihrem Leben fest, »der Kinder wegen«, wiederholte sie die Worte wie ein Gebet. Nur ihre Lippen bewegten sich, ihre Stimme versagte. »Nur meiner Kinder wegen«, flüsterte sie immer und immer wieder.

Die Massenpanik dauerte mehrere Minuten an, erst dann hatten die bewaffneten Männer die Situation wieder unter Kontrolle. Rücken an Rücken standen sie paarweise nebeneinander und sondierten die Umgebung auf weitere potenzielle Gegner. Alles blieb ruhig, niemand wagte, die Männer erneut anzugreifen. Keiner der Einwohner wollte riskieren, das Schicksal der Deutschen zu teilen. Immer noch aufgebracht und auf alles gefasst lösten sich die Männer aus ihrer Formation. Der Bucklige wurde auf einem der Anhänger aufgebahrt, die anderen beiden Toten ließ man wie angeschossenes Wild blutüberströmt im schmutzigen Schnee liegen. Vater und Sohn im Tod vereint.

Die Schreie von Wassilijs Frau Regina, die die Exekution ihrer zwei liebsten Männer hautnah hatte miterleben müssen, waren verstummt. Ihre vor Entsetzen geweiteten Augen huschten zwischen den beiden reglosen Körpern hin und her, sie schüttelte den Kopf, so als wolle sie das Geschehen nicht wahrhaben. Sie konnte die grausige Tatsache nicht akzeptieren, ihren Mann und ihren Sohn nie mehr in den Arm nehmen zu können – nicht einmal jetzt, um sich für immer von ihnen zu verabschieden.

»Bitte helft den beiden auf. Kann jemand meinen Sohn aufheben? Er wird sonst krank, er hat eine schwache Lunge. Er wird sich noch eine Lungenentzündung holen. Bitte, helft ihm doch«, krächzte sie mit vom Schreien heiserer Stimme.

Keiner rührte sich.

»Die Hunde werden sich um deinen Sohn kümmern. Jetzt schweig, sonst holst du dir selbst noch eine Lungenentzündung, Weib«, herrschte sie einer der Männer barsch an.

Regina wandte sich nach dem Sprecher um. Ein junger Kerl von nicht einmal neunzehn Jahren, der die ganze Zeit neben dem Buckligen bei den Pferden geblieben war, nestelte an den Zügeln und trat drohend einen Schritt auf die aufgelöste Frau zu. Regina schaute ihn unverwandt an.

Ein anderer Mann ergriff jetzt das Wort. »Bitte, machen Sie keinen Ärger. Wir führen nur unsere Befehle aus. Denken Sie jetzt an Ihre anderen Kinder – *noch* leben sie ja alle, das kann sich jedoch sehr schnell ändern.

Ihr Schicksal liegt in Ihren Händen«, sagte er. Die Frau schien ihn nicht zu hören. »Bitte, reißen Sie sich zusammen, sonst sind wir gezwungen, uns eurer zu entledigen.« Seine Worte klangen nicht wie eine Drohung, die Stimme war melodisch und freundlich, trotzdem begriff Regina die Warnung dahinter, sehr zu Johannas Erleichterung. Die Einschüchterung war gelungen. Den Blick gesenkt, begann Regina am ganzen Körper zu zucken. Sie weinte stumm. Ihre Kinder drückten sich verängstigt an sie.

»Wir machen jetzt genau das, was der Onkel da sagt, ja?«, flüsterte Regina. Der vertraute Ton wirkte beruhigend auf die aufgewühlten Gemüter der Kleinen.

»Jeder, der ohne unsere Erlaubnis auch nur einen Schritt wagt, wird auf der Stelle erschossen«, donnerte eine herrische Stimme über den Platz.

Johanna schaute den Mann mit den vor der Brust verschränkten Armen abwartend an. Sein Blick war genauso eisig wie das Wetter und jagte jedem, den er traf, eine Gänsehaut über den Rücken. Die Worte waren scharf wie Glasscherben und hinterließen tiefe, gezackte Wunden, die niemals verheilen würden, denn sie veränderten alles, wirklich alles, dachte Johanna schmerzerfüllt. Sie spürte, wie ihr Herz blutete, während sie Michael unbewusst über die kalte, tränennasse Wange strich. Unverwandt starrte sie den Mann an. Etwas an ihm schien drohendes Unheil anzukündigen. Der buschige Schnurrbart verdeckte seinen Mund, dabei entstand der Eindruck, als habe jemand anderer für ihn das Reden übernommen. Unzählige winzige Eiszapfen säumten seine knollige Nasenspitze, über die sich ein Netz von blauen Äderchen zog.

Mit jedem Satz wurde das Grölen lauter, die Worte schneidiger. »Ich meine es ernst! Niemand bewegt sich!« Das Gewehr geschultert und wild gestikulierend, schien der verlebt wirkende Mann zunehmend in seiner Rolle als selbst ernannter Anführer aufzugehen. Jedem der Gefangenen war klar, dass er um sein Leben bangen musste.

Johanna und einige andere Erwachsene mussten aussteigen und den Fußmarsch antreten, denn einer der Schlitten wurde jetzt für den toten Soldaten benötigt. Die wenigen persönlichen Gegenstände, die sie auf die Schnelle zusammengepackt hatten, blieben hinter ihnen im Schnee zurück.

Johanna sah zu dem jungen Mann auf, der, notdürftig mit Stroh zugedeckt, tot auf dem Schlitten lag. Seine Wimpern waren in der beißenden Kälte vom Raureif beschlagen, die Lippen blau, das strohblonde Haar klebte an seiner Stirn. Er konnte kaum älter gewesen sein als ihr Sohn Alexander, aber der Tod ließ ihn vorzeitig gealtert erscheinen. Seine Gesichtszüge hatten jegliche Menschlichkeit verloren und wirkten wie eine Maske: die Wangen eingefallen, die grauen Augen von einer dünnen Eisschicht überzogen.

Hoffentlich lebt Alexander noch, dachte sie. Ihr Herz machte einen Sprung und hämmerte bei jedem Schlag heftig gegen die Rippen. *Wir unterscheiden uns nur durch unsere Namen,* überlegte sie voller Trauer. *Auch dieser Junge könnte mein Sohn gewesen sein.* Schließlich wandte sie den Blick von dem Toten ab und schaute auf ihre Kinder, die dicht aneinandergeschmiegt dastanden und erwartungsvoll zu ihr aufsahen. Johanna nickte stumm und half ihnen auf den Schlitten. Michael wollte protestieren, aber als sie ihm seine jüngste Schwester in die Arme legte, verebbte sein Ärger. Er hielt Anja beschützend fest. Sein Blick folgte seiner Mutter die ganze Zeit.

* * *

Keiner weinte, nicht einmal die Kinder. Jeder lief in seine Überlegungen vertieft an den schmalen Kufenspuren entlang, die die Schlitten in dem weichen Schnee hinterließen. Wie ein Zug aus Menschen folgten sie der Spur wie auf unsichtbaren Schienen. Bisher war alles ruhig und ohne ernsthafte Zwischenfälle verlaufen. Nur einmal stieß einer der Soldaten einen alten gebrechlichen Mann hart mit dem Gewehrkolben in die Magengrube, weil der gefragt hatte, wohin sie denn jetzt gebracht würden. Der alte Mann hieß Alfred, Johanna kannte ihn schon fast ihr ganzes Leben lang. Er war schon damals alt gewesen, als Johanna ins Dorf kam. Jetzt war Alfred der einzige erwachsene Mann unter den Gefangenen, ansonsten bestand der Tross nur aus Kindern und Frauen.

»Das geht dich nichts an, alter Mann!«, hatte der Uniformierte gefaucht. Sein dünner schwarzer Oberlippenbart war von winzigen Eiszapfen übersät. Während er sprach, stiegen Dampfwolken aus seinem Mund und tauten die Eiskristalle auf. Sein Bart glänzte. Mikroskopisch kleine Wassertropfen bildeten sich darin, um wieder zu Kristallen zu werden, sobald der Mann schwieg. Er spuckte verächtlich in den makellos weißen Schnee, als sein Blick auf seinen toten Kameraden fiel. »Wir hassen diese Arbeit, alter Mann. Ich bin Bauer, kein Soldat. Wir hassen euch Deutsche nicht. Ihr habt uns nichts getan, nur haben wir auch Familien, und wenn wir unsere Arbeit schlecht tun, sitzen wir an eurer Stelle auf diesen verdammten Schlitten, und ein anderer führt die Zügel. Lasst uns das hier bitte einfach zu Ende bringen. Wie ist dein Name, alter Mann?«

»Alfred«, krächzte der Greis.

»Lass mich dir helfen, Alfred«, sagte der Soldat, legte sein Gewehr in den Schlitten und packte Alfred unter den Achseln.

Johanna stockte der Atem vor Verblüffung, als sie sah, wie derselbe Soldat, der Konstantin und Wassilij ohne Zögern erschossen hatte, den alten Alfred auf den Schlitten hob, in dem der tote Junge lag. Alfred wehrte sich panisch und bekam beinahe einen Herzanfall, weil er dachte, dass auch er gleich erschossen würde.

»Halt still, ich tu dir schon nichts, ich bin kein Unmensch. Auch ich kannte viele Deutsche. Ich komme aus der Nachbarschaft.« Der Soldat zündete sich eine Zigarette an, die Wassertropfen verflüchtigten sich. Seine Worte waren sehr leise, sodass seine Kameraden am Kopf des Zuges ihn nicht hören konnten. Ein Mann um die fünfzig und einer, der nicht viel älter als zwanzig sein konnte. Der Schwarzbärtige bildete zusammen mit den erwachsenen Gefangenen die Nachhut. Zum Fliehen waren die Frauen ohnehin zu schwach, und ohne ihre Kinder würden sie es erst gar nicht versuchen. Auch als die Kinder herumlaufen durften, bestand zu keiner Zeit die Gefahr einer Flucht. Nachdem die Kleinen vom Laufen müde geworden waren, hatten die Männer sie alle in den vordersten Pferdeschlitten gesetzt.

Johannas Blick wanderte immer wieder zum ersten Schlitten, dorthin, wo sich ihre Kinder und die der Nachbarn aneinandergekuschelt in den Armen hielten. Die meisten weinten im Stillen. Nur Michael nicht. Er hielt die kleine Anja in seinen dünnen Ärmchen und wachte über sie wie ein Erwachsener.

»Aus unserem Dorf wurden auch alle vertrieben, so wie ihr jetzt«, ertönte plötzlich die angenehm melodisch klingende Stimme des bärtigen Soldaten, der sein Gewehr wieder geschultert hatte. Er sprang zu Alfred auf den Schlitten und setzte sich neben ihn. Die Zügel der klapperdürren Pferde waren der Reihe nach aneinandergebunden, sodass der jüngste Soldat nur das vorderste zu führen brauchte.

»Versteh mich nicht falsch – wie soll ich es sagen?« Er rieb sich nachdenklich die Stirn. »Weißt du, alter Mann, die Welt will wieder kämpfen.« Er bot dem alten Alfred sogar seine Zigarette an, was nicht nur bei den Russen ein Zeichen der Freundschaft bedeutete. Alfred hob den selbstgedrehten Glimmstängel an seine rissigen, von unzähligen feinen Falten gesäumten Lippen und zog daran. Schweigend gab er dem Soldaten die Zigarette zurück, als er den weißen Rauch durch die fleischige Nase blies.

»Nicht die Welt, nur einige wenige«, entgegnete er hustend. Sein faltiges Gesicht war voller Trauer. Unzählige Furchen gruben sich wie Spinnweben in seine freundlichen Züge. In seinen Augen stand große Sorge.

»Wie dem auch sei, wir sind nur kleine Rädchen in einem großen Mechanismus, alter Mann. Du und ich.«

»Nein, ich nicht. Ich bin ein Mensch, kein Rädchen. Ich kam mit meinen Eltern nach Russland.« Alfred sprach mit einem sehr starken Akzent. Immer wieder huschten auch deutsche Worte aus seinem blutleeren Mund. Viele der Deutschen beherrschten die russische Sprache überhaupt nicht oder sprachen so wie der alte Alfred, der jeden Satz erst in Gedanken vom Deutschen ins Russische übersetzen musste, bevor er ihn aussprach. Johanna zählte zu den wenigen, bei denen man den Akzent nicht mehr heraushören konnte. Ihre Familie war mit den ersten Pilgern aus Deutschland nach Russland gekommen. »Wir kamen Hand in Hand mit der Zarin«, scherzte ihr Vater oft.

»Warum wirst du denn dann wie ein Tier abtransportiert, du Mensch?«, fragte der Soldat mit einem traurigen Lächeln auf seinem von Wind und Wetter gegerbten Gesicht. »Was glaubst du, was mit euch passieren wird?«

Alfred schüttelte resigniert den Kopf.

»Ihr kommt in Arbeitslager – wie die Juden in Deutschland.«

»Dann will ich lieber vergast werden, anstatt Frauen und Kinder in die Gaskammer zu stecken«, krächzte Alfred. »Kein Mann erschießt Kinder, kein Mann plündert Häuser, aus denen die Männer vertrieben wurden. Wenn jeder nur das macht, was die Banditen im Kreml befehlen, wird die Welt demnächst ihren schlimmsten Albtraum erleben.« Er prophezeite auch, aus diesem Krieg würden keine Sieger hervorgehen, sondern nur Verlierer, egal, wie er enden würde. Im Westen herrsche ein Tyrann, in Russland ein Verrückter – das waren seine Worte. Hitler und Stalin wären dem Schoß derselben Hexe entsprungen, deren Name Tod und Leid sei.

Johanna lief ein kalter Schauer über den Rücken. Sie wusste nichts von Juden oder Deutschland. Alles, worum sie sich gekümmert hatte, war ihre Familie und der Haushalt gewesen. Auch ihr Mann hatte nichts davon gewusst. Oder hatte er ihr das ganze Martyrium einfach verschwiegen? Sie verwarf diesen Gedanken sofort. Roman war stets ehrlich zu ihr gewesen. In den guten Zeiten ihrer Ehe wie auch in den schlechten.

Der schnauzbärtige Soldat schnippte seinen Zigarettenstummel in den Schnee. Seine Stimme klang kratzig, als er weitersprach: »Aber glaub mir, mein Lieber, eure Lager müsst ihr selber bauen. In Sibirien wird keiner«, die nächsten Worte spie er förmlich aus, »für euch *Menschen* freiwillig etwas tun.«

»Wir sind noch überall zurechtgekommen«, entgegnete Alfred trocken. Seine Hände und die Nase waren blau von der Eiseskälte. Die Handschuhe hatte er seiner Enkelin über die kleinen Füßchen gezogen, da sie ihre Schuhe irgendwo in dem Durcheinander verloren hatte.

»Mal sehen, was du und deine Frauen auf die Beine stellt, du *Mensch*«, antwortete der Soldat. Er wirkte jetzt sehr gereizt. Abfällig schnaubte er durch die Nase, stieß den Alten grob vom Schlitten und sprang dann hinterher. Woher der plötzliche Stimmungswechsel kam, war Johanna nicht ganz klar. Vielleicht lag es auch daran, dass Alfred Stalin beleidigt hatte.

Alfred stolperte und fiel hart in den vereisten Schnee. Dort bekam er einen weiteren, noch heftigeren Stoß in den Nacken verpasst. Niemand außer Johanna und seiner Tochter schien sich darum zu kümmern. Obwohl er dürr und knochig war, fiel es den beiden Frauen schwer, den alten Mann wieder auf die Beine zu hieven. Beschämt stemmte sich Alfred hoch, seine Wangen glühten vor Zorn und Erniedrigung.

Der Soldat richtete seine Doppelläufige auf Johanna. »Du lässt ihn sofort los – und du auch!« Die Mündung zeigte jetzt auf Marga, Alfreds einzige überlebende Tochter. Seine Frau und die anderen Kinder waren vor drei Jahren im Winter von einer schweren Grippe dahingerafft worden. Johanna kannte Alfreds Geschichte nur vom Hörensagen. Vor der Machtübernahme war er ein reicher Großgrundbesitzer gewesen, und viele Jahre ein Stachel im Fleisch des Politbüros. Das war der Grund, warum er von den Kommunisten zum Feind der Arbeiter und Bauern abgestempelt und enteignet worden war. Nun stand er da und musste von zwei Frauen gestützt werden. Marga krallte sich in den Ärmel ihres Vaters und starrte den Soldaten voller Verachtung an, die Augen zu Schlitzen verengt.

»Warst du derjenige –« Marga stockte, suchte verzweifelt nach Worten, die ihr in der Aufregung nicht einfallen wollten. Ihr Gesicht glühte. »Hast du … vor einer Woche meinen Mann abgeführt wie ein verfluchter Feigling? Und irgendwo im Wald erschossen, als wäre er ein nichtsnutziger Köter? Nur weil du dir sein Pferd unter den Nagel reißen wolltest, du Hurensohn!« Mit hasserfülltem Blick spie sie ihm die Beleidigung entgegen. Zu ihrem Glück war sie unbewusst in die deutsche Sprache verfallen, sodass ihr Gegenüber verständnislos die Augenbrauen hochzog, bis sie unter seiner Pelzmütze verschwanden. Mit ausdrucksloser Miene spannte er den linken Hahn. Der Schlagbolzen klackte laut, als er einrastete.

»Sei still!«, herrschte Alfred seine Tochter verzweifelt an. Als sie erneut etwas sagen wollte, riss er sich von ihr los und torkelte auf den bärtigen Soldaten zu. Der zweite Hahn schnappte ein, viel langsamer jetzt, und noch lauter.

Johanna schwante nichts Gutes. Sie meinte schon den beißenden Rauch und den Tod in der frischen Luft riechen. Ihre Nasenflügel bebten. Stumm verfolgte sie das Szenario, ohne sich einzumischen – ihre Kinder waren wichtiger.

»Leg die Waffe weg. So feige kannst nicht mal du sein, auf einen alten Sack wie mich und zwei Weiber zu schießen, du *Rädchen*«, fuhr Alfred den verdutzten Soldaten in barschem Ton an.

Der Mann hielt das Gewehr vor die Brust und lief rückwärts, ohne sich dabei umzusehen. *Er braucht nur zu straucheln,* dachte Johanna entsetzt. Der Greis wankte an dem Soldaten vorbei, der Lauf des Gewehrs folgte ihm, dann senkte der Mann endlich die Flinte und atmete unvermittelt erleichtert aus. Schweißperlen bedeckten seine Stirn. Auch Johanna fiel ein Stein vom Herzen.

* * *

Für eine Schrecksekunde bekam Johanna keine Luft. Wie elektrisiert streckte sie ihre Arme aus und bettelte den Halbwüchsigen mit zitternder Stimme an: »Bitte nicht, das ist mein Kind! Tu ihr nichts, sie hat nur Hunger.«

Tatsächlich war Anja nass. Auch Michaels Kleidung war durchnässt, aber aus Furcht, man würde ihm seine Schwester wegnehmen, hatte er geschwiegen. Bittere Tränen nahmen Johanna die Sicht, sie realisierte alles wie durch einen Nebelschleier, während Gregor seinem Bruder Romans Jacke gab.

Johanna wickelte ihr Kind, während sie dem Schlitten hinterherlief und sich die Tränen aus den Augen rieb. Sie legte das Kind auf ihren Mantel und benutzte ihr Kopftuch als Windel.

Die Männer, die den kleinen Trupp begleiteten, durften nicht zu spät kommen. Es war ihnen nicht gestattet, ihren Kommandanten zu verärgern, sagte der Älteste von den dreien. »Es gibt wegen des Toten schon mehr als genug Probleme«, fügte er gereizt hinzu. Sonst würden sie selbst zusammen mit den Deutschen nach Sibirien geschickt.

Schnell zog Johanna auch noch ihre Strickjacke aus und steckte die zappelnden Füßchen ihres Kinds hinein. Die Ärmel band sie zu einem festen Knoten zusammen. Dann endlich durfte Michael seine Schwester unter der dicken Jacke verstecken, nachdem sie einige wenige Male an der Brust ihrer Mutter gesaugt hatte. Johannas Brüste schmerzten bereits, doch Anja weigerte sich, zu trinken.

Den weiteren Weg legten sie schweigend zurück. Keiner sagte ein Wort. Das Baby schien jetzt zu schlafen, und jemand schluchzte leise. Johanna konnte jedoch nicht ausmachen, wer die kläglichen Laute von sich gab. Der Schnee knirschte ohrenbetäubend unter ihren Füßen, und der Atem brannte in ihrer Lunge. Die flachen Felder boten keinen Schutz vor dem eisigen Wind, als die Kälte an ihren müden Knochen zerrte und ihre Glieder unerträglich schwer wurden.

* * *

Wie Kinder eben sind, begannen sie nach anfänglichem Zögern schreiend herumzulaufen und zu toben. Schnee stob über die glücklichen Gesichter der lachenden Kinder, deren Backen rot glänzten. Nur Michael blieb bei seiner

Mutter. Die Freude der Kinder hatte ein schnelles Ende, als eine plötzliche Schneeböe das vorderste Pferd aufscheuchte. Der junge Soldat schrie auf, richtete sein Gewehr auf die zu Tode erschrockenen Kinder und brüllte mit weit aufgerissenen Augen: »Ich knalle jeden Einzelnen von euch ab, wenn ihr nicht sofort mit dem Scheiß aufhört!«

Seine Stimme wurde von einer Faust erstickt, die mitten in seinem Gesicht landete. Der nachfolgende heftige Stoß mit dem Gewehrkolben gab dem Jüngling den Rest. Wieder war es der ältere Mann, der nicht sehr redselig zu sein schien. Er schlug seinen Kameraden mit dem Gewehr ins Kreuz, dass dieser aufkeuchte und vornüber in den Schnee fiel. »Du knallst hier niemanden ab, verstanden, du Hurensohn? Hast du mich verstanden?«

Der Hitzkopf lag zusammengekrümmt im Schnee und versuchte winselnd, sich mit den Armen vor Fußtritten zu schützen.

»Steh auf, Milchgesicht!«, fauchte ihn der Ältere zornig an. Sein dichter Vollbart war weiß vom Schnee. Nur an den Wangen konnte man noch Spuren von dunklem Braun erkennen. »Wir sind hier nicht im Krieg! Die armen Frauen wurden ihrer Männer, des Hofes und des Viehs beraubt. Jetzt willst du ihnen noch ihre Kinder nehmen? Wie tief kann ein Mensch nur sinken, sobald er nur etwas …« Die Stimme des Bärtigen brach, bevor er den Satz beenden konnte. Er nahm das Gewehr des blutverschmierten Jünglings an sich, warf es achtlos auf den Schlitten und zog am Zaumzeug der alten grauen Leitstute. Im Hintergrund war der Soldat, der gerade noch die Flinte auf Alfred gerichtet hatte, in sich zusammengesunken. Auch er schien vor dem Bärtigen Respekt zu haben.

KAPITEL 3

Der Bahnhof

Wie ist Ihr Name?«, sprach ein grobschlächtiger Mann jeden Einzelnen an, der an seinen zusammengezimmerten Tisch trat. Mit der rauen Stimme eines Kettenrauchers wies er alle darauf hin, dass sie ab jetzt kein freier Mann oder keine freie Frau mehr seien. Der weitere Verlauf ihres Lebens unterliege nun strengen Gesetzen. Alle Deportierten müssten sich an die Richtlinien halten, egal, ob Greis oder Kind. Keiner dürfe sich einen Fehltritt erlauben, wenn er am Leben bleiben wolle.

Er sah jedem, der vor ihm stand, grimmig und voller Abscheu entgegen. Der Gesichtsausdruck des beleibten Mannes unterstrich den Hass, den er den Befragten gegenüber an den Tag legte. Eine selbst gedrehte Zigarette klebte in einem Winkel seines dünnlippigen Mundes. Bei jedem Wort wippte der glühende Punkt und leuchtete ab und zu hellrot auf, wenn der Mann daran zog.

Alle waren bis auf die Knochen durchgefroren. Frauen und Kinder, mit ihren wenigen Habseligkeiten bepackt, sammelten sich und warteten auf weitere Anordnungen.

»Sogar jetzt sind sie noch pünktlich und organisiert – wie es sich halt für einen Deutschen gehört«, hörte Johanna einen älteren Soldaten spöttisch reden. Er lachte leise und schüttelte ungläubig den Kopf.

»Wie ist dein Name?«, wandte sich der Schreiber an den Mann, der vor Johanna an der Reihe war.

»Von Hornoff, mit zwei F.« Sein deutscher Akzent war nicht zu überhören.

Michael hob verblüfft den Blick. Männer gab es hier nur wenige, abgesehen von den Soldaten. Der Mann vor ihm war ungefähr im Alter seines Vaters. Er humpelte stark auf dem linken Bein, versuchte jedoch, aufrecht zu stehen. Michael drehte sich um, ließ seinen Blick verstohlen über die fremden Gesichter schweifen, um nach weiteren Männern zu suchen. Vielleicht war sein Vater auch hier? Seine Hoffnung erfüllte sich nicht, und Enttäuschung machte sich in ihm breit. Die empörte Stimme des Soldaten riss ihn aus seinen Gedanken.

»Wie? Bist du Halbrusse oder was? Was ist mit deinem Gesicht passiert? Bist du ein Überläufer?«, leierte der dicke Kommandant seinen auswendig gelernten Text gelangweilt herunter, musterte sein Gegenüber jedoch mit ernster Miene und durchdringendem Blick.

»Nein, Genosse Kommandant, ich …«

»Ab heute heißt du Gorn, verstanden? Und deine Familie auch. Nur Gorn, ohne ›von‹ und ohne zwei F.« Er verzog angewidert seine Lippen.

Der Mann mit dem verletzten Bein nickte nur.

»Gornow klingt zu russisch, findest du nicht? Oder bist du Jude? Wie ist dein Vorname?«

Johanna wusste, dass kein Russe den Namen richtig aussprechen konnte – zu Hitler sagten sie Gitler –, in ihrer Sprache existierte das weiche H nicht.

Herr von Hornoff schwieg einen Augenblick. Schon dieses kurze Zögern dauerte dem schlecht gelaunten Russen zu lang und bot ihm einen willkommenen Anlass, dem Gefangenen eine weitere Lektion zu erteilen. Sofort sprangen zwei von der Patrouille auf den erschrockenen Mann zu und drehten ihm die Arme auf den gekrümmten Rücken. Der Schreiber nickte abwartend, seine Augenbrauen zogen sich finster zusammen.

»Adolf, ich heiße Adolf«, keuchte Herr von Hornoff. »Bitte lasst mich los. Meine Kinder … oh Gott, bitte, meine Kinder. Ich bin ohne meine Frau hier. Eure Soldaten haben sie unterwegs vergewaltigt und umgebracht.« Der letzte Teil kam auf Deutsch.

Der mürrische Mann kapierte kein Wort und kratzte mit einem schabenden Geräusch über die Stoppel an seinem Kinn. Michael verstand jedoch alles, bis auf ›*vergewaltigt*‹. Dieses Wort setzte sich in seinem Gedächtnis fest, denn er erkannte instinktiv, dass es sich um etwas Schreckliches handeln musste. *VERGEWALTIGT*, hallte das Wort in seinen Gedanken nach.

Der schluchzende Mann schrie verzweifelt nach seinen Kindern. Zwei Jungen und ein Mädchen. »Sie sind zwischen sechs und fünfzehn«, stotterte er hilflos und sah sich hektisch um. Immer wieder rief er ihre Namen.

Das fünfzehnjährige Mädchen mit den blonden Zöpfen und vom Weinen geröteten Augen hielt seine jüngeren Brüder fest an sich gedrückt, als es von einem Soldaten angeschrien wurde, der es nicht durchlassen wollte. »Papa!

Hier sind wir!«, schrie sie auf Deutsch, den Befehlen zum Trotz.

Die Rufe ihres Vaters verstummten unter den Tritten zweier Paar schwarzer Stiefel und einem Schlag mit dem Gewehrkolben auf den ungeschützten Kopf. Der Schnee verwandelte sich in roten, dampfenden Schlamm. Johanna drückte Michaels Gesicht an ihren Bauch, konnte aber nicht verhindern, dass er sah, wie der leblose Körper des Mannes weggeschleppt wurde.

»So, ihr drei. Jetzt seid ihr Waisen. Ich hoffe, ihr habt heute etwas Wichtiges gelernt.« Der Kommandant war jetzt erstaunlich gut gelaunt. »Wenn ihr euch an die Regeln haltet, wird euch nichts passieren. Was soll ich nun mit euch machen, mhm? Immerhin sind wir jetzt *einen* Adolf losgeworden, nicht wahr?«

Er hatte kaum ausgesprochen, da beförderte ihn ein mächtiger Fußtritt vom Stuhl. Augenblicklich verstummte das höhnische Gelächter der umstehenden Soldaten. Ein schlaksiger Herr mit meliertem Haar und straffer Körperhaltung packte den dicken Kommandanten am Kragen und zerrte ihn wieder auf die Beine. Mit Schlamm und Schnee besudelt stand der Schreiber da, schniefte und begann mit eingezogenem Kopf, den Schmutz von seinen Sachen zu klopfen. Die Zigarette fiel aus seinem Mundwinkel auf die vereiste Erde, ein leises Zischen, dann erlosch der Glimmstängel.

»Du kommst vors Militärtribunal, wenn du die Leute schikanierst wie den armen Kerl von vorhin. Auf meinen Befehl hin wird man dich erschlagen wie einen verdammten Straßenköter! Habe ich mich klar und deutlich ausgedrückt?« Obwohl der ältere Herr nur flüsterte, zuckte sein Gegenüber zusammen, sein schwammiges Gesicht wurde aschfahl. »Wie soll ich mit Frauen und Kindern die Arbeitslager errichten, du Schwachkopf?«, fuhr der aufgebrachte Mann seinen Kontrahenten an, der eingeschüchtert auf die schmutzige Erde starrte. Die Hände zu Fäusten geballt, trat er noch einen Schritt auf den Kommandanten zu. Der Dicke rührte sich nicht, nur ein leichtes Zucken verriet die Furcht, die er vor seinem Vorgesetzten empfand.

»Wie sollen die Deutschen ihr Soll erfüllen? *Wie,* frage ich dich? Wie soll Russland davon profitieren, wenn ich nur hungrige Mäuler bekomme und keine starken Arme, die imstande wären, mehr zu leisten als ihr nichtsnutzigen Idioten? Ihr seid nichts als Abschaum, ein Pack verworfener Arschlöcher. Wenn der Deutsche auf uns losmarschiert, sind wir im Arsch. Ihr haltet euch gefälligst an meine Anweisungen, habe ich mich klar ausgedrückt?«, schrie der ältere Herr.

»Jawohl, Genosse Litwinow!« Alle Schadenfreude war aus dem feisten Gesicht gewichen, als er dem älteren Befehlshaber ins Antlitz sah. Der Dicke stand stramm, salutierte und schlug die Fersen zusammen. Der runde Bauch zerrte gefährlich an seiner etwas zu klein geratenen Uniform. Erst als Litwinow ihm gestattete, mit seiner Arbeit fortzufahren, erlaubte sich der Dicke, wieder zu atmen.

»Wie ist dein Name, Frau?« Der Kommandant strahlte erneut unverhohlenen Hass aus, auch wenn er sich offensichtlich Mühe gab, sich zu beherrschen. In den rot unterlaufenen Augen lag nichts als Abscheu, während er Johanna und ihre Familie taxierte. Sie sah ihm ihrerseits eine Weile nur offen ins Gesicht. Er fragte erneut nach ihrem Namen, die dreckigen Witze aber blieben aus.

»Berg«, antwortete Johanna schlicht.

»Habt ihr gehört? Ja, ihr – *Adolfskinder* –, ihr heißt ab jetzt auch Berg.« Seine Augen bohrten sich in die des eingeschüchterten jungen Mädchens, bis es seinem Blick nicht mehr trotzen konnte und flatternd die Lider senkte. Sie nickte nur und ihre Unterlippe bebte. Mit geschlossenen Augen stand sie nur da und wartete auf weitere Anweisungen. Tränen liefen über ihr mageres Gesicht.

Das schrille Pfeifen eines ankommenden Zuges kreischte mehrmals durch die eisige Luft. Die Kinder zuckten erschrocken zusammen, so laut und durchdringend war der Warnruf der riesigen Lokomotive. Auch Johanna fuhr entgeistert herum. Dampf stieg in einer weißen Säule in den grauen, von dicken Wolken verhangenen Himmel empor. Als der Zug langsam zum Stehen kam, keuchte der Koloss und stieß noch mehr Dampf in die klirrend kalte Luft. Das Schaben von Metall auf Metall erzeugte ein quietschendes Gekreische, das einem einen kalten Schauer durch die Glieder jagte.

»Begrüßt eure neue Mutter und betet zu Gott, dass sie sich nicht vergewaltigen und töten lässt wie eure erste.« Ein wenig erschrocken über seine eigenen derben Worte blickte sich der Dicke ängstlich um, aber Generaloberst Litwinow stand außer Hörweite. Sichtlich erleichtert atmete der Schreiber auf. Mit einer energischen Handbewegung winkte er von Hornoffs Kinder heran. Sein Nebenmann kicherte wie ein Schakal.

Das Mädchen ging zu Johanna, umarmte sie und sagte auf Deutsch: »Danke schön. Ich verstehe nicht, was der Mann da sagt. Alles, was ich verstanden habe, war ›Mutter‹. Als er mit dem Finger auf euch gezeigt hat, da dachte ich … ich dachte …« Die Scham nahm ihr die Luft, sie rieb sich mit den langen Fingern über die Augen, holte Luft und begann von Neuem. Ihre Stimme zitterte. »Ich habe mir gedacht, er meint Sie damit. Meine Mama ist gestorben, und Papa … Ist er auch tot?« Sie vergrub ihren Kopf an Johannas Brust. Ihre Schultern zuckten, sie weinte die bitteren Tränen eines Kindes, das nicht mehr weiterwusste. Johanna nickte, obwohl das Mädchen sie nicht sehen konnte, und küsste es sanft auf den Kopf. Mit ihrer Rechten strich sie ihr über den schmalen Rücken, der nur von einem dünnen Mantel verhüllt war.

»Ich nehme euch mit, doch wo wir hingebracht werden, weiß nur Gott allein.« Eine grobe Hand riss Johanna am Ärmel herum. Sie stürzte fast, so heftig war der Ruck.

»Sprecht Russisch, ihr faschistischen Schweine!«, zischte der dicke Mann durch seine gelben Zähne. Der schäbige Tisch keuchte unter der Last seines vorgebeugten Oberkörpers.

»Sie ist der russischen Sprache nicht mächtig«, entgegnete Johanna mit gespielter Gelassenheit. Er ließ ihren Arm abrupt los. Durch die Wucht schlug Johannas Hand gegen das spindeldürre Mädchen. Das arme Kind japste vor Schmerz, sagte aber nichts.

»Wie lautet dein Vorname? Den wirst du doch wohl nicht vergessen haben? Auch den deiner Bälger und dieser drei Hurenkinder muss ich zu Protokoll bringen.« Die Namen wurden in unsicherer, fast schon kindlicher Schrift notiert.

Früher, in der Blütezeit ihrer Jugend, als sie ohne Sorgen in den Tag lebte, ihr Leben genoss, da hatte Johanna die lüsternen Blicke der Männer auf sich gezogen. Als sie

Roman kennengelernt hatte, schienen all ihre Träume in Erfüllung zu gehen. Mit der Geburt der Kinder wurde das Leben nicht leichter. Alles wurde anders, interessanter, dachte sie damals. Sie bereute keine ihrer Entscheidungen. Oft schwelgte sie in den Erinnerungen an ihre Vergangenheit, wenn sie im Bett lag und auf ihren Mann wartete. Sie wusste, dass Roman die Nächte damit verbrachte, Pläne für eine gute Sache zu schmieden. Nun stand sie da, ganz allein mit ihren Kindern und noch drei weiteren, die ab heute zu ihr gehörten. Wie sollte sie nur weiterleben? Wo war ihre Stütze, ihr Roman? Ergeben fügte sie sich ihrem Schicksal. Sie beantwortete alle Fragen, zuletzt unterschrieb sie mit klammen Fingern die Papiere, um sich der Menschenmenge anzuschließen, die nur ein paar Fußlängen weiter vorne stand und auf Anweisungen wartete. Als ihre Personalien aufgenommen waren, kam schon die nächste Familie an die Reihe. Auch hier suchte man vergebens nach einem erwachsenen Mann.

»Führt sie endlich ab!«, hörte Johanna den Kommandanten mit sich überschlagender Stimme Befehle erteilen. Ein Ausdruck des Missfallens huschte über das magere Gesicht eines Soldaten, der eilig auf sie und ihre Familie zuschritt. Von ihm bekam sie einen Zettel mit ihrem Namen. Das war ihr Reisepass nach Sibirien. So viel stand nun fest. Der junge Soldat blieb vor ihr stehen und bedeutete ihr mit seinem Gewehr, ihm zu folgen.

Johanna schüttelte resigniert den Kopf, dann fiel ihr Blick auf die sieben Kinder, deren Augen voller Hoffnung zu ihr aufschauten. Sie versuchte, die Situation mit einem Lächeln zu entschärfen, scheiterte jedoch bei ihrem Sohn kläglich. Michael schien die Ausweglosigkeit als Einziger richtig einzuschätzen, seine Augen waren ernst und voller Sorge. Er hielt immer noch seine kleine Schwester im Arm. Johannas Herz zog sich vor Schmerz zusammen. Welche Zukunft würde sie wohl erwarten?

»Na los, gehen Sie schon!«, herrschte sie der junge Mann mit schriller Stimme an. Er schien kaum weniger verzweifelt als sie selbst.

KAPITEL 4

Explosion

Ganze Berge von Bündeln mit den Habseligkeiten der Gefangenen lagen neben den Gleisen. Johanna sah, wie ein Mann sich dorthin stahl, schnell zusammenraffte, so viel er tragen konnte, und es auf einen bereitstehenden Eselskarren warf. Er war nicht der Einzige.

Michael beobachtete die ganze Zeit das hübsche Mädchen. Maria lautete ihr Name. Sie musste seinen Blick bemerkt haben. Ihre stahlgrauen Augen sahen ihn traurig an, und ihre schmale Hand streifte flüchtig seine Wange, als sie das Tuch zurechtrückte, in das die kleine Anja eingewickelt war. Dabei vermied sie es, Michael in die Augen zu schauen. Ihre Finger waren eiskalt. Die feinen Gesichtszüge waren vollkommen und makellos, wie die einer Puppe, nur schöner und lebendiger. Er schluckte schwer, sein ganzes Augenmerk war auf ihre puterroten Finger gerichtet.

* * *

»Ihr armen Kinder«, murmelte Johanna. Sie musste handeln, und einmal mehr dachte sie voller Sehnsucht an das kleine Bündel, das bei ihrem Abtransport im Schnee zurückgeblieben war. Wie dringend hätten sie die wenigen Sachen jetzt gebrauchen können! »Viel habe ich nicht da, meine Süßen«, sprach sie mehr mit sich selbst als zu den Kindern.

Der junge Soldat stand unentschlossen da und trat ungeduldig von einem Bein aufs andere. »Ihr bleibt alle schön hier. Ich muss jetzt weg. Jemand wird euch gleich holen kommen«, sagte er nach einer Weile. Er gab sich Mühe, seine Stimme befehlsgewohnt klingen zu lassen. Johanna beachtete ihn nicht.

»Der liebe Gott wird mir meine Sünden verzeihen müssen, wenn ich als Mutter irgendwo einen Fehler begangen habe«, flüsterte sie weinend vor sich hin. Sie überlegte fieberhaft, was sie den Kindern zum Schutz vor der Kälte geben konnte, bis sie schließlich in einer Tasche ihres Mantels mehrere zusammengeknüllte Wollsocken fand. Erleichtert holte sie sie heraus und zog sie den Knirpsen wie Fäustlinge über die kleinen Hände. Thomas reichten die an den Fersen gestopften Socken bis zu den Ellenbogen. Der Junge begann zu weinen, als sich seine eisigen Finger unter brennenden Schmerzen langsam erwärmten.

Ein anderer junger Mann kam auf sie zu und Johannas Herz zog sich zusammen. Sie rechnete mit Schlägen oder zumindest mit barschen Worten. Sie blinzelte. *Wo ist der andere geblieben?,* blitzte ein Gedanke in ihrem Kopf auf. Der junge Soldat wurde schneller, immer wieder warf er einen Blick zurück über seine Schulter, das Gewehr trug er lässig in seiner rechten Hand. Johanna kniff die Augen zusammen, wappnete sich für die Attacke. Ihre Hoffnung auf Besserung verflüchtigte sich mit jedem Atemzug mehr.

Gleich würde sie für ihren Ungehorsam bestraft werden. Ohne sich abzusprechen, bildeten die Kinder mit ihren Körpern einen Schutzwall um die Mutter. Auch sie rechneten mit dem Schlimmsten, aber anstatt die eingeschüchterte Frau und die schutzlosen Kinder zurechtzuweisen oder gar anzubrüllen, beugte sich der junge Soldat nach vorn und griff nach Marias offen stehendem Kragen. Zuerst dachte Johanna, er wolle sie begrapschen oder ihr sonst etwas Böses antun. *Ich werde ihn wegstoßen oder schlagen, meinetwegen um Hilfe schreien,* nahm sie sich vor. Doch sie blieb stumm. Die Angst lähmte sie. Johanna erkannte zu ihrem Entsetzen, dass sie nichts dergleichen unternehmen würde. Alles nur Wunschdenken. Ihren Kindern zuliebe würde sie schweigen, alles über sich ergehen lassen. Sie schämte sich so sehr, als ihre Augen auch schon von bitteren Tränen brannten.

»Die darfst du erst im Zug anziehen«, flüsterte ihr der junge Soldat ins Ohr. Erst jetzt begriff Johanna, dass er ihr sein eigenes Paar Handschuhe unter den Mantel geschoben hatte. Er war nicht viel älter als ihr Sohn Alexander. Wo mochte der jetzt wohl sein?

»Ihr geht jetzt alle zum Zug!«, rief ihr heimlicher Helfer unvermittelt mit lauter, fester Stimme. Er korrigierte kurz den Sitz seiner Uniform, dann ging er schnellen Schrittes weiter, ohne sich ein einziges Mal umzudrehen. Johanna schickte ein Stoßgebet zum Himmel und sah auf ihre Karte. ›Gleis 3‹ stand auf dem zerknitterten Zettel.

Über einen Steg aus grob gehauenen Brettern wurden sie in die Waggons geführt. Wer sich nicht schnell genug bewegte, kriegte einen Gewehrkolben in den Rücken. Familie Berg, seit Kurzem um drei Kinder reicher und um einen weiteren Vater ärmer geworden, bekam keine Schläge. Der Zug war voll, der Waggon völlig überfüllt. *Und nun?*, fragte sich Johanna im Stillen. Ihr Atem stieg in weißen Wolken auf und vermischte sich mit dem der anderen Menschen, die unschlüssig dastanden. Schreie, Stöhnen und verzweifelte Rufe hallten zu allen Seiten aus der Eisenbahnstation Nummer zwölf. Die Luft war von beißendem Qualm geschwängert. Mancherorts lagen Menschen mit erstarrten Gesichtern im zähen Schlamm auf der kalten Erde.

* * *

Ein lautes Pfeifen durchbrach Michaels panischen Zustand. Er zitterte am ganzen Körper, befürchtete sogar, sich in die Hose gepinkelt zu haben. Verstohlen zog er seinen Handschuh aus und griff sich in den Schritt. Die Finger waren so kalt und klamm, dass er nicht sofort spürte, ob der dicke Stoff seiner Hose trocken oder durchnässt war.

* * *

Zuerst blickte der Mann die Frau verständnislos an, erst danach registrierte er die vielen Kinder. Seine Augen waren nur zwei schmale Schlitze, das Haar rabenschwarz. *Wie ein Chinese,* dachte Michael. So hatte er sich die Chinesen immer vorgestellt. Als der Mann begriff, was Johanna von ihm wollte, prustete er los: »Hey, Andrej, hast du das gehört? Die Frau fragt nach einer Toilette!« Er lachte schallend und klopfte sich dabei auf die Oberschenkel.

»Diese Deutschen sind doch nicht ganz dicht. Oder was meinst du, wo ich dir jetzt eine Porzellanschüssel herzaubern könnte?«

Der letzte Satz galt wieder Johanna. Ihre Wangen glühten vor Scham. Die Situation war ihr außerordentlich peinlich. Von einem fremden Mann wegen so etwas Banalem ausgelacht zu werden, noch dazu in aller Öffentlichkeit, nagte an ihrer Selbstachtung. Die Würde eines Menschen durfte nicht so in den Dreck gestampft werden, lag ihr auf der Zunge, stattdessen biss sie sich auf die Lippen.

»Wir wollen doch nur pinkeln«, mischte sich Michael mit ernster Miene in das Gespräch ein. Gregor zupfte ihm nervös am Ärmel.

»Hör lieber auf deinen älteren Bruder, Junge«, ermahnte ihn der Mann und schielte in Gregors Richtung. Der ließ sofort von seinem Bruder ab und versteckte sich hinter seiner Mutter.

»Schau dich um, Mutter. Du kannst hinpissen, wo es dir beliebt. Sind diese Bälger alle von ein und demselben Mann? Oder gleicht dein Schoß dem einer Hündin?«, lachte der Mann spöttisch und griff Johanna an den Busen. Sie stöhnte vor Schmerzen und Tränen stiegen ihr in die Augen. Ihre Brust war voller Milch und zum Zerreißen gespannt. Der Soldat deutete ihre Reaktion falsch und schlug ihr mit der flachen Hand ins Gesicht. »Kein Wunder, dass euch Genosse Stalin alle nach Sibirien schickt«, zischte er verächtlich, spuckte Johanna vor die Füße und rief einem älteren Herrn etwas zu, das Johanna nicht verstehen konnte. Er sprach eine ihr unbekannte Sprache. Dann drehte er sich zu Michael um, der ihn drängend am Ärmel zog.

»Was ist los, warum starrst du mich so an? Noch nie einen Kasachen gesehen? Ich sehe euch Deutsche auch zum ersten Mal. Wo sind denn eure Hörner? Ein weiser Mann hat mir mal erzählt, dass ihr welche habt. Hat man sie euch etwa schon abgesägt?«

Johanna begriff, dass der Mann nicht scherzte – er meinte das völlig ernst. Der Kasache riss grob an ihrem Haar, das unter dem dicken Wolltuch herauslugte. Sie verzog schmerzerfüllt das Gesicht, blieb jedoch stumm. Vor ihm wollte sie keine Schwäche zeigen, aber auch nicht vor den Kleinen. *Wann wird das Ganze ein Ende haben, wann kommen wir endlich hier weg?*, dachte sie mit nach außen stoischer Miene.

Plötzlich ging ein alter Mann dazwischen. Er packte den Jüngeren grob an der Schulter und redete in gebrochenem Russisch auf ihn ein. Der ruppige Kasache wiederum verteidigte sich in seiner Muttersprache.

»So darfst du nicht mit der Frau umgehen«, schimpfte der Alte, ungeachtet dessen, was sein Landsmann von sich gab. Dann zog der Grauhaarige sogar eine Knute hervor und holte zum Schlag aus. Mit einem ohrenbetäubend lauten Knall entlud der lange Lederriemen seine geballte Energie in der emotionsgeladenen Luft. Die Spitze schrammte so dicht am Gesicht des Kasachen vorbei, dass dieser zusammenzuckte. Endlich wich er von Johanna zurück. Das Geräusch hallte noch lange nach, wie eine langsam verblassende Erinnerung. Dann knallte es erneut, wie ein Pistolenschuss. »Hör auf!«, kreischte der Kasache und duckte sich unter den langen Schlaufen der Peitsche weg.

Der Alte steckte den dunklen Griff hinter seinen breiten Ledergürtel. Der Lederriemen lag wie eine tote Schlange auf dem schmutzigen Schnee. »Zeigen Sie mir Ihre Papiere, junge Frau. Sie haben alle Kinder bei sich?« Seine Stimme klang rau wie die eines Rauchers, seine Augen waren noch schmaler als die seines jungen Kameraden, sodass Johanna zwischen seinen Lidern nichts erkennen konnte, bis der Jüngere erneut etwas erwidern wollte. Der alte Herr riss seine Augen so weit auf, wie nur möglich. Zwei bernsteinfarbene Murmeln wurden sichtbar. Mit einer schnellen Armbewegung zog er erneut die Peitsche, diesmal schlug er mit dem Griff auf den schmalen Rücken des Jünglings ein. Die wattierte Jacke dämpfte die heftigen Hiebe etwas, der junge Kasache schrie mehr vor Schreck auf als vor Schmerz. Als der Greis merkte, dass seine Schläge wenig Wirkung hatten, wirbelte er seine Knute durch die Luft, fing sie geschickt auf, holte weit aus und ließ den dünnen Riemen erneut über den Jüngeren tanzen. Der grobe Stoff der dicken Jacke platzte unter den dumpfen Hieben an mehreren Stellen auf. Gelbe Watte quoll aus den Rissen hervor. Damit war die Machtdemonstration beendet.

»Ich bringe Sie zu Kommandant Petrow, er wird sich um Sie kümmern«, sagte der Alte leicht außer Atem.

Petrow? Obwohl der Name in Russland nicht gerade selten war, konnte Johanna ihre Überraschung nicht verbergen.

»Stimmt etwas nicht?«, wollte der Mann mit der Peitsche wissen, als er sah, wie sie zusammenzuckte.

»Die Kinder müssen auf die Toilette, und ich auch«, lenkte sie ab.

»Natürlich, natürlich.« Er führte die ganze Familie hinter einen Wagen, der etwas weiter abseits stand als die vielen anderen, die mit den Habseligkeiten der Vertriebenen beladen waren. Mit einem flüchtigen Wink wies er in die Richtung, wo sie ihre Notdurft verrichten konnten. Sie schaute ihn fragend an. Er nickte zustimmend. Seine Hand legte sich auf Johannas Rücken und schob sie leicht voran.

»Dieses Pferd ist alles für mich – Frau, Kinder, Familie. Mein Gaul ist alles, was ich habe«, sagte er zärtlich, als sie bei dem Karren ankamen. Dabei strich der alte Kasache dem klapprigen Tier liebevoll über die weiße Blesse.

Johanna lief um den Wagen herum und ging in die Hocke. Dabei wurde sie den Eindruck nicht los, dass der Mann sie beobachtete, wie sie sich erleichterte. *Tiefer kann ich nicht mehr sinken,* dachte sie traurig und half dann ihren Kindern beim Anziehen. Als sie fast fertig waren, begann das Pferd zu wiehern. Der gewaltige Kopf fing an zu zucken, die Hufe stampften auf die gefrorene Erde. Kleine Klumpen stoben in alle Richtungen. Der Alte redete sanft auf sein Tier ein, strich dem aufgeschreckten Pferd beruhigend über den Hals. Trotz seiner Bemühungen tobte der Gaul nur noch heftiger und zerrte an seinem Geschirr, als wollte er sich losreißen und davonpreschen. In seiner Hilflosigkeit zog der alte Kasache die Peitsche und schlug das Tier. Dicke rote Striemen verunstalteten die rechte Flanke, als der Riemen darauf niedersauste.

Auf einmal wurde es ganz still. Unmittelbar danach bebte die Erde, eine gewaltige Explosion ließ alles erzittern. Eine schwarze Wolke verdunkelte den Himmel, um von einer riesigen Flamme, die hoch in die Luft schoss, vertrieben zu werden.

»Krieg, Krieg!«, schrien die Menschen, von Panik ergriffen, wie aus einer Kehle. Soldaten, Zivilisten und Gefan-

gene liefen wie von Sinnen ohne erkennbares Ziel hin und her. Schüsse peitschten, Kugeln pfiffen, hier und da fielen Körper zu Boden. Johanna war so verwirrt, dass tausend zusammenhanglose Gedanken in ihrem Kopf durcheinanderschwirrten. Sie zählte ihre Kinder. Mehrmals. Kam immer wieder auf eine andere Zahl. Rief ihre Namen. Gregor weinte. Anja schrie aus vollem Hals. Maria hielt ihre Geschwister fest an sich gedrückt. Der alte Kasache lag am Boden und brüllte, seine Bauchdecke war aufgerissen. Die Gedärme quollen zwischen seinen schmutzigen Händen heraus. Eine weitere gigantische Stichflamme schwärzte den Himmel. Eine erneute Explosion folgte, dann noch eine und noch eine.

»Schnell, Kinder! Alle in den Anhänger!«, schrie Johanna mit weit aufgerissenen Augen. Hastig krabbelten sie hinauf, Johanna nahm die Zügel und war eben im Begriff, davonzufahren, aber sie kamen nicht weit. Der junge Kasache versperrte ihnen den Weg, riss an den Zügeln, das alte Pferd scheute, stellte sich auf die Hinterhand, dann stürzte der abgemagerte Klepper wiehernd zur Seite. Irgendwie gelang es dem panischen Tier, sich mit letzter Kraft hochzustemmen. In der ganzen Aufregung flog etwas Schwarzes unbemerkt direkt auf die kleine Gruppe zu. Endlich stand das Pferd wieder auf allen vieren. Seine Muskeln zitterten vor Anstrengung. Das schwarze Etwas begann zu glühen und zog einen dunklen Schweif hinter sich her, während es sich mit zunehmender Geschwindigkeit näherte. Schließlich traf das inzwischen brennende Etwas das Tier in die Flanke, genau zwischen den Rippen. Johanna hörte die Knochen des alten Pferdes trocken knacken. Ein intensiver Geruch nach verbranntem Fleisch stieg ihr in die Nase. Die Deichsel des Karrens brach, als das arme Tier strauchelte, mit den Hufen scharrte und vergebens versuchte, wieder auf die Beine zu kommen. Der graue Schnee färbte sich rot. Ein Schuss aus nächster Nähe ließ Johanna und die Kinder aufschreien. Dampf vermischte sich mit dem schwarzen Rauch, der von überall her zu kommen schien, zu einem dichten Nebel. Hilflos suchten Johannas Augen nach dem Todesschützen. Der kupferartige Geruch von Blut war allgegenwärtig. Ringsherum lagen tote oder verletzte Menschen.

»Schafft den Kadaver weg«, ertönte eine herrische Stimme. Wie ein Bote aus der Unterwelt schälte sich eine drahtige Gestalt in sowjetischer Uniform aus dem Dunst. Mit knappen Bewegungen wies er mehrere Soldaten an, das um sich tretende Pferd zu erschießen, damit es niemanden mit seinen Hufen verletzen konnte. Der alte Kasache rührte sich nicht mehr, sein jüngerer Begleiter stand mit erhobenen Händen da und schaute sich hektisch um. Er zitterte vor Angst.

»Sieh mal einer an«, lachte der uniformierte Mann zynisch. Sein höhnisches Grinsen galt dem Kasachen. »Die Söldner ergeben sich. Einer tot, der andere hat die Hose voll. Was wohl mit dir passiert wäre, wenn das hier wirklich ein Luftangriff gewesen wäre? Nimm deine Arme runter und verschwinde – und die hier kommen mit.« Er zeigte mit seiner Rechten lässig auf Johanna und die eingeschüchterten Kinder, die sich auf dem Karren zusammengekauert hatten.

»Keine Angst, bitte beruhigen Sie sich! Wir haben keinen Krieg, noch nicht. Alles halb so schlimm, das war nur ein Tank, der in die Luft gegangen ist, nichts weiter«, beschwichtigte ein Mann die aufgebrachten Menschen, laut, aber in ruhigem Ton. Die meisten lagen immer noch auf der kalten Erde und trauten sich nicht aufzustehen.

»Ich habe gesagt, ihr sollt weitermachen! Und die hier …«, jetzt schrie der drahtige Mann, zog demonstrativ seine Pistole aus dem Holster und schoss zweimal in die Luft, »kommen mit mir, verstanden? Wer sich widersetzt, bekommt neun Gramm Blei verpasst.« Wie zum Beweis, dass er das ernst meinte, richtete er seine Waffe langsam auf einen jungen Soldaten, der eifrig nickte und anfing, die Kinder von dem Karren herunterzuziehen. Dem verdutzten Gregor versetzte er sogar einen Tritt, weil er hinfiel und nicht sofort wieder auf die Beine kam. Mit tränenden Augen rappelte sich der verängstigte Junge hoch und humpelte zu Johanna. Wie Sträflinge folgten Johanna und ihre Kinderschar den beiden Soldaten, die sich beinahe überschlugen, um es ihrem Kommandeur recht zu machen. Der schien es im Moment ziemlich eilig zu haben. Er achtete nicht darauf, ob die Gruppe mit ihm Schritt halten konnte. Sein energischer Gang deutete auf einen hohen Posten hin, und auf seine Unabkömmlichkeit im Büro. Vielleicht wollte er aber auch nur den Anschein erwecken, dass es so war. Kurze Zeit später verschwand der unsympathische Mann in einem der großen Gebäude des riesigen Bahnhofs. Johanna kannte diese Art Mensch und hoffte, ihm nicht noch einmal zu begegnen.

Sie und die Kinder trotteten weiter ihrem Schicksal entgegen. Der Schnee war knöchelhoch, an manchen Stellen sanken sie noch tiefer ein, sodass das Vorankommen sehr beschwerlich war. Keiner sagte ein Wort, selbst Anja schlief ruhig. Johanna legte ihrem kleinen Engel die Wange dicht an Mund und Nase und hielt die Luft an. Mit großer Erleichterung stellte sie fest, dass ihre kleine Tochter noch atmete. Als sie den warmen Hauch auf ihrer Haut spürte, fiel ihr ein Stein vom Herzen. Danach galt ihr Augenmerk den restlichen Kindern. Bis auf Gregors leichtes Humpeln konnte sie keine weiteren äußeren Verletzungen an ihren Schützlingen ausmachen. Alle schienen körperlich unversehrt, aber die seelischen Wunden würden niemals heilen, davon war sie überzeugt.

Michael schritt mit zusammengekniffenen Augen neben ihr her. Ihre Hand strich über seine Schulter und drückte seinen kleinen Körper leicht an sich. Er ließ sie gewähren, schaute kurz auf und zauberte das vertraute Lächeln auf sein Gesicht, das ihr wieder neue Hoffnung gab.

KAPITEL 5

Vernehmung

»Du da! Ihr müsst alle hier warten!«, durchschnitt eine Männerstimme die stickige Luft wie eine scharfe Klinge. Johanna und ihre Kinder befanden sich in einem Gebäude, das vermutlich zu Verhörzwecken diente. Überall hingen Plakate mit Parolen, die zum Krieg gegen die Deutschen aufriefen. Hier und da saßen Schreiber und protokollierten die Aussagen von Männern und Frauen. Dutzende von Stimmen schilderten die Eskalation aus ihrer Sicht, ihre Klagen klangen gedämpft, aufgeregt und emotional. Das monotone Gemurmel schwoll zu einem tiefen Brummen an. Vereinzelt konnte Johanna einige Wortfetzen heraushören. Dann begriff sie, dass hier nicht nur der schreckliche Unfall geschildert und aufgenommen wurde.

»Nein, ich bin kein Spion.«

»Ich werde nicht gegen Russen kämpfen.«

»Der Weizen gehört mir.«

»Ich bin nur ein Bauer.«

»Das Gewehr hab ich nur bei mir gehabt, weil ich Jäger bin.«

Johanna schaute sich um. Überall sah sie verängstigte Menschen. Furcht und Hilflosigkeit standen ihnen in die Gesichter gemeißelt.

»Diesen hier stellt ihr an die Wand«, dröhnte es durch den Raum. Johanna lief es eisig den Rücken hinunter. *An die Wand,* diese drei Worte bedeuteten das Todesurteil. Ein Mann um die sechzig wurde grob vom Stuhl gerissen und auf seine bleistiftdünnen Beine gestellt. Der Gewehrkolben in seinem Kreuz trieb ihn zur Eile an, er keuchte vor Schmerz. Das Gesicht des Fremden war kreidebleich, die Augen in Panik geweitet, aber jede Bitte um Erbarmen blieb aus.

Als er von zwei Soldaten hinausgeschleift wurde, schrie er endlich um Gnade, die Lippen blutig und verzerrt vor Entsetzen. Er riss sich los und fiel vor seinen Peinigern auf die Knie. Vergebens, sein Urteil war gefällt. Einer der Männer rammte ihm das Knie ins Gesicht.

Als Johanna blinzeln musste, wurde ihr für einen Augenblick schwindlig. Sie strauchelte, fand irgendwie Halt, konnte den alten Herrn aber nirgendwo mehr ausmachen. Von draußen drang der dumpfe Knall eines Gewehrs herein. Der Befehl war ausgeführt worden.

Ein weiterer Mann, etwa so alt wie ihr Sohn Alexander, wurde an den Armen gepackt und wie ein Schwerverletzter von einem der Tische weggeschleift. Seine Schuhe schabten über die Holzdielen. Sein Blick heftete sich auf Johannas Augen. Sie erkannte ihren Nachbarn Achim. Er war mit Alexander in dieselbe Klasse gegangen und hatte in Moskau studieren wollen. Achim Scherenkind war ein sehr lieber Kerl gewesen, immer nett und hilfsbereit. *Gewesen?* Wurde er auch an die Wand gestellt …? Johanna erschauderte. Ihr Blick folgte dem schmächtigen Mann, ohne zu blinzeln. Seine Mutter war immer so stolz auf ihr einziges Kind gewesen. Sie hatte unaufhörlich davon geschwärmt, wie es wohl sein würde, wenn sie zu ihrem Sohn nach Moskau zöge. Eines der Tratschweiber fragte sie scheinheilig, ob sie denn ihr Pferd, die Kuh, die Schweine und ihren Mann mitnehmen würde. Damals lachten alle schallend über den Witz.

»Hey, du da! Vortreten«, herrschte eine tiefe Stimme sie an und riss sie grob aus ihren Gedanken. »Das Bündel kannst du hierlassen«, fuhr der Kerl sie an und versuchte, ihr Anja zu entreißen. Den Blick immer noch zu Achim gewandt, war sie einen Moment wie vor den Kopf gestoßen.

»Das Bündel sollst du dort ablegen!«, wiederholte der Mann gereizt.

»Das ist mein Kind!«, schrie sie ihn an und schützte das schlafende Baby mit ihrem Körper. Erst jetzt hatte sie begriffen, was der Mann von ihr wollte. Beunruhigt fasste sie ihrem Kind an die Stirn. Die samtige Haut fühlte sich heiß an. Anja war krank. Eine Welle der Übelkeit durchfuhr ihren Körper. »Sie ist krank«, stammelte sie mit weinerlicher Stimme.

»Ist mir egal. Die Saat des Teufels muss ausgerottet werden, je früher, umso besser, samt der Wurzel, so lehrt es uns die Partei«, entgegnete er gelassen und packte Johanna am Hals. Seine Finger drückten zu und hinderten sie am Atmen. Trotzdem ließ sie ihr Kind nicht los. Mit einem heftigen Ruck wurde ihr müder Körper gegen eine Wand geschleudert und rutschte daran entlang zu Boden. Niemand kam ihr zur Hilfe.

»Lassen Sie meine Mutter los!« Michael stellte sich schützend vor seine Mutter und bot dem Mann die Stirn.

»Michael, nicht«, keuchte Johanna. Sie wollte nicht, dass ihr Sohn sich einmischte. Mit gnadenloser Gewissheit war ihr klar, dass er vor dem großen Mann nicht zurückweichen würde. Eher würde er sterben, als seine Mutter im Stich zu lassen. Die folgenden Worte ihres Jungen wurden vom Geschrei der aufgeschreckten Anja übertönt. Johanna hörte nur derbe Flüche und die Geräusche eines Handgemenges, konnte durch den Tränenschleier nicht sehen, was der Uniformierte mit ihrem Sohn tat. Sie hörte Michael winseln und keuchen. Das Klatschen heftiger Ohrfeigen vermischte sich mit schweren Schritten auf den Holzdielen. Johanna tastete immer noch blindlings nach den schemenhaften Gestalten. Jedes Mal griff sie ins Leere. Vergebens versuchte sie, auf die Beine zu kommen.

»Stillgestanden, Soldat«, mischte sich plötzlich jemand ein und beendete den ungleichen Kampf. Johanna rieb sich grob die Augen und sah sich um. Vor ihnen stand derselbe mürrische Mann, der sie hierher hatte abführen lassen. Sie sah ihn unverwandt an. Er hob irritiert eine seiner buschigen Augenbrauen und zeigte mit ausgestreckter Hand auf sie.

Anja plärrte aus vollem Halse. Der Verzweiflung nahe, wollte Johanna ihr die Brust geben, als ihr bewusst wurde, wie peinlich und erniedrigend es sein würde, auf dem Boden kauernd ihre Brust zu entblößen und ihr Baby zu stillen. Stattdessen ließ sie Anja an ihrem kleinen Finger nuckeln. Das entkräftete Kind wehrte sich nicht lange. Johanna spürte die zahnlosen Kiefer an ihrer Fingerkuppe. Das Baby schreckte noch einmal hoch, bekam einen heftigen Schluckauf, beruhigte sich aber zum Glück schnell und döste langsam ein.

»Können Sie mir dieses Durcheinander erklären?«, wollte der Kommandeur inzwischen von seinem Untergebenen wissen, der keuchend vor ihm strammstand. Michaels Mütze hatte er in der einen Hand, mit der anderen hielt er Gregor am Kragen fest. Michael kroch auf allen vieren zu seiner Mutter und Gregor riss sich los und taumelte ebenfalls auf Johanna zu. Er nahm seinen Bruder an der Hand und zog ihn auf die Füße. Danach halfen die Kinder ihrer Mutter auf die Beine. Eine Woge des Stolzes durchfuhr sie – in der Not hielten die Brüder zusammen.

»Erklären Sie mir das.«

Der Soldat zog schnell seine Uniform zurecht und salutierte vor dem finster dreinblickenden Kommandanten. »Oberleutnant Petrow«, hüstelte er kaum hörbar. »Ich kann das …«

»Seit wann schlagen Soldaten der Roten Armee Frauen und Kinder?«, setzte sein Vorgesetzter im gleichen Verhörton nach. Sein Blick bohrte sich in die Augen des grobschlächtigen Soldaten, der unsicher Michaels Mütze in seiner Hand knetete. Dann schnellte sein Kopf nach rechts.

»Und den dort … *HAALT!*«, schrie Petrow durch den langen Korridor. Die sonore Stimme hallte von den nackten Wänden wider und ließ alle Anwesenden innehalten. »Der bleibt hier!«, kommandierte er.

Johanna bemerkte erleichtert, dass es sich um Achim Scherenkind handelte, der schon fast am Ausgang stand. Die beiden Uniformierten, die ihn eskortierten, blieben wie angewurzelt stehen und ließen den jungen Mann so plötzlich los, als hätten sie sich an seiner Kleidung verbrannt. Schuldbewusst hefteten sie den Blick auf den schmutzigen Boden. Keiner der beiden traute sich, dem Oberleutnant in die Augen zu schauen.

»Ihr drei kommt vors Tribunal!«, donnerte Oberleutnant Petrow lauthals. Wie zur Beruhigung fuhr er sich mit der flachen Hand über die zornesrote Stirn. Das grau melierte Haar war kurz geschoren, sein kantiges Gesicht sauber rasiert. Sein gepflegtes Äußeres unterschied ihn von den meisten hier Versammelten.

»Bin ich hier nur von Idioten umgeben?«, blaffte er sein Gegenüber an. »Gib ihm sofort seine Mütze zurück und hilf der Frau beim Aufstehen.« Johanna hing immer noch halb mit dem Rücken an die Wand gelehnt. Der Soldat nickte und zerrte sie eilig auf die Beine.

»Und der dort mit der Brille kommt in mein Büro. Die Kinder auch«, schloss Petrow kurz angebunden. Danach verschwand er hinter einer verglasten Tür, deren Scheiben mit vergilbten Zeitungen zugeklebt waren. Die Tür fiel scheppernd zu.

Achim weinte dicke Tränen der Erleichterung, dem Tod so knapp von der Schippe gesprungen zu sein. Er musste von den Soldaten beim Gehen gestützt werden. Der große Mann, der Johanna vorhin so grob angepackt hatte, warf Michael seine Mütze ins Gesicht. Michael fing sie mit eleganter Leichtigkeit auf. Die Unterkiefer des Mannes mahlten vor Wut. »Braucht ihr eine Extraeinladung oder was?«, brummte er durch die Zähne.

Johanna suchte verzweifelt nach Halt, ihre Knie waren immer noch weich, und Maria stützte sie. Michael trotzte dem Mann mit herausforderndem Blick.

»Stier mich nicht so an …«, blaffte der Riese und stockte, als die Tür erneut aufgerissen wurde.

»Meine Geduld ist erschöpft, wo bleiben die Gefangenen?«, wollte der grauhaarige Petrow wissen. Johanna, die Kinder und der bebrillte Student wurden zur Eile gedrängt. Schleunigst führte der Soldat sie alle in das kleine Zimmer. Der Raum war nur notdürftig eingerichtet und kalt. Johanna bekam eine Gänsehaut, nicht nur weil draußen der frühe Winter sein Unwesen trieb. Die erdrückend eisige Atmosphäre schnürte ihr die Kehle zu. Hier roch die Luft nach Kummer, Verzweiflung und Pein.

Dicht aneinandergedrängt reihten sie sich Schulter an Schulter an der kahlen Wand auf, dem Oberleutnant gegenüber, der hinter einem schäbigen Tisch saß. Trotz seiner gedrungenen, fast schon schmächtigen Statur flößte er ihnen Angst ein. Gregor versteckte sich hinter seiner Mutter, während Maria ihre Geschwister umklammerte und fest an sich drückte. Johanna starrte an die weiß getünchte Wand. Ein Schimmelfleck dicht über dem Kopf von Petrow schien sie anzugrinsen wie ein Geist aus dem Jenseits, der ihr nach dem Leben trachtete. Ihre Mutter hatte immer gesagt, Schimmel sei giftig und verwirre die Köpfe der Menschen. Wenn man die verpestete Luft einatmete, würde man verrückt. Hatte dieser Petrow zu viel davon eingeatmet?

Petrows Augen suchten die ihren, doch Johanna stierte weiterhin an ihm vorbei, wartete einfach ab.

»Du gefällst mir«, grinste der Mann zweideutig.

Genau das hatte sie befürchtet.

Genüsslich zündete er sich eine Zigarette an. »Wie ist dein Name?« Sein Blick war auf Michael gerichtet.

Erschrocken räusperte sie sich. Petrows Worte hatten nicht ihr gegolten, sondern ihrem tapferen Sohn, denn er schien als Einziger keine Angst zu haben.

Mit leicht gesenktem Kopf stand er vor seiner Mutter, trotzdem hielt er seine Augen auf den Mann gerichtet. Selbst der Student versuchte, sich klein zu machen. Nur Michael nicht, er beschützte seine Familie – *so wie sein Vater es getan hätte,* dachte Johanna mit Tränen in den Augen.

»Michael Romanowitsch Berg«, beantwortete er die Frage mit fester Stimme. Stolz schwang in seinen Worten mit.

»Bist du stolz darauf, ein Deutscher zu sein?«, wollte der Mann wissen.

Der Bub zuckte nur mit den Schultern.

»Du bist schlau. Du hast einen sehr schlauen Sohn, Frau. Wie alt bist du denn?«

»Dreizehn«, entgegnete Michael.

»Sind das alles deine Kinder, Genossin Berg?« Der blaue Qualm waberte um die nackte Glühbirne und warf geisterhafte Schatten auf die kahlen Wände und den Boden. Der Schimmelfleck schien zum Leben zu erwachen, als das Schattenspiel über die Mauer kroch. »Sind die Bälger deinem Schoß entsprungen? Kannst du mich verstehen?« Er schnippte laut mit den Fingern.

Laut den Papieren schon, wäre es ihr beinahe herausgerutscht. Stattdessen nickte sie nur.

»Nun denn, setz dich doch bitte, wir haben etwas zu besprechen.«

Sie rührte sich nicht, blieb bei ihren Kindern stehen und zog ihren tapferen Jungen näher an sich heran.

»Das war keine Bitte!« Die Worte kamen trocken, in dem für ihn typischen Befehlston, der keinen Widerspruch duldete.

Zögernd trat Johanna an den Tisch und nahm Platz. Anja begann leise zu quengeln. Sie hatte Hunger. Ihr kleines Gesicht glühte, zum Schreien fehlte ihr die Kraft.

»Willst du dein Kind denn nicht füttern?« Sein Blick war jetzt auf ihre pralle Brust gerichtet. »Na los, hörst du ihn denn nicht schreien?«

»Ihr Name ist Anja. Sie ist ein Mädchen«, mischte sich Michael wieder ein, wie so oft, wenn er sich ungerecht behandelt fühlte.

»Im Windelalter sehen die Blagen doch alle gleich aus«, warf der Kommandant mit freundlicher Miene ein. Mit einem Auge blinzelte er Michael zu, worauf dieser nicht reagierte.

»Na los, gib ihr die Brust. Übrigens habt ihr euer Glück meinem Bruder zu verdanken. Jetzt verstehe ich auch, warum er sich so für dich eingesetzt hat.« Er grunzte zufrieden, schaute Johanna kurz in die Augen und dann wieder auf ihren Oberkörper.

Unsicher begann Johanna zuerst den Pullunder aufzuknöpfen, nach kurzem Zögern auch die oberen Knöpfe ihres Kleids. Langsam hob sie das schreiende Kind an die Brust, ohne sie zu entblößen. Erst als Anjas Mund sie beinahe berührte, schob sie den Stoff zur Seite. Das gierige Mäulchen schnappte nach ihrer Brustwarze wie ein Fisch.

Enttäuscht hob Oberleutnant Petrow den Blick und sah Johanna durchdringend an. Irgendetwas Unheilvolles ging in seinem Kopf vor, befürchtete sie. Um ihre Angst nicht zu zeigen, tat sie so, als konzentriere sie sich jetzt nur auf das Stillen.

Er räusperte sich, blies den Rauch durch die Nase aus, schwieg eine Weile, und sagte schließlich in beiläufigem Ton: »Er bat mich fast auf Knien, dich vor der Deportation zu retten. Ihm lag viel daran. Das Ganze wird kein leichtes Unterfangen. Ich bin nicht abgeneigt, meinem Bruder unter die Arme zu greifen, mehr noch, diese Entwicklung der Dinge spielt mir sogar in die Hände, so gesehen trifft es sich gut, dass …« Er brach abrupt ab und wartete auf ihre Reaktion. Als die ausblieb, goss er sich aus dem verrußten Teekessel etwas heißen Tee ein. Fast schon anmutig hob er die leicht verbeulte Aluminiumtasse an seine rissigen Lippen. Dabei schaute er sie über den Tassenrand hinweg abwartend an, verfolgte jede ihrer Bewegungen. Seine Augen huschten forschend über ihr Gesicht, suchten nach einem leichten Zögern oder Zusammenzucken.

Nichts dergleichen geschah, Johanna blieb äußerlich völlig gelassen. »Ist Ivan Petrow Ihr jüngerer Bruder?«, erkundigte sie sich schließlich beiläufig.

Er nickte kaum merklich, verzog die Mundwinkel zu einem zufriedenen Grinsen und wartete wieder. Erneut musste er enttäuscht feststellen, dass Johanna kein redseliger Mensch zu sein schien. Was auch seine Vorteile hatte, dachte er, denn es bedeutete, dass sie kein Tratschweib war. Das gefiel ihm gut.

»Das Problem liegt ganz woanders«, fuhr er schließlich fort, als Johanna stumm blieb. »Sie zu retten liegt zwar außerhalb meiner Möglichkeiten und obliegt nicht meinem Aufgabenbereich, auch *meine* Befugnisse sind begrenzt …« Bedeutungsschwanger ließ er den Satz auf sie wirken.

Meine Befugnisse. Für Johanna hatten die zwei Worte einen üblen Beigeschmack, bitter wie Galle. Ihr schwante nichts Gutes. Was mochte er wohl im Schilde führen?

Als wolle er ihr seine Harmlosigkeit beweisen, hob er die Hände, um sie gleich darauf um die Tasse zu schließen, dann fügte er hinzu: »Dennoch könnte ich euch das ganze Dilemma ersparen.« Erneut führte er den Becher an die Lippen und genoss die aufkeimende Hoffnung, die er in Johannas Augen zu sehen glaubte. Er täuschte sich. Nicht die Aussicht auf Rettung ließ ihre Augen leuchten, sondern tiefste Verachtung.

Welche Gegenleistung erwartet dieser Petrow für seine Unterstützung von mir? Johanna fröstelte, als sie an seinen begehrlichen Blick dachte.

»Was muss ich dafür tun?«, fragte sie ohne Umschweife. Den Rücken gestreckt, den Blick offen auf ihn gerichtet, wartete sie auf die alles entscheidende Antwort.

»So mag ich dich noch viel lieber. Das eigentliche Problem bei dem Ganzen sind all diese Anhängsel.« Die dunklen Augen verengten sich zu Schlitzen, als er über ihre Schulter hinwegschaute.

»Die Kinder?« Sie klang empört und erschrocken zugleich.

»Ja.« Er grinste breit. »Du könntest drei von ihnen behalten. Der Kleine da ist mir sogar ans Herz gewachsen.« Dabei deutete er mit seinem kantigen Kinn auf Michael und warf ihm lässig einen Zuckerwürfel zu. Der Knirps fing ihn gekonnt auf und gab die kostbare Süßigkeit sofort an seine Schwester Anita weiter.

»Was stört Sie an meinen Kindern?«

Er klatschte sich theatralisch mit der flachen Hand auf die Stirn. Sein maliziöses Grinsen war die schlechte Parodie eines Lächelns. »Ihre Anzahl, Dummerchen«, sagte er immer noch lachend. »Sieben Mäuler zu stopfen ist ja nicht ganz ohne – wir haben *Krieg,* Frau.« Seine Stimme wurde dunkler. »Mit deinen Landsleuten«, schloss er und nippte wieder an seinem Tee.

»Ich verstehe Sie trotzdem nicht. Was wollen Sie denn von mir?«

Er fuhr nachdenklich mit der Zungenspitze über seine Oberlippe. »Dich.« Dabei entblößte er eine Reihe gelber Zähne.

Johanna traute ihren Ohren nicht. Der Silberstreif am Horizont, die Hoffnung, dem Martyrium in letzter Sekunde doch noch entronnen zu sein, verblasste und wurde zu einer Gewitterwolke. Anja schien ihren Unmut zu spüren, ließ die Brustwarze los und begann zu schreien. Die Milch spritzte in hohem Bogen über ihr kleines Köpfchen hinweg. Einige Tropfen landeten auf dem Tisch und zogen für eine Sekunde den Blick des Mannes auf sich. Tröstend klopfte Johanna auf den winzigen Rücken ihres Babys.

»Willst du überleben oder nicht? Drei Kinder sind immer noch besser als gar keins«, fuhr Petrow in brüskem Ton auf.

»Ich habe aber acht«, begehrte Johanna auf. Mit der Hand verdeckte sie ihre entblößte Brust. Sie konnte nicht verhindern, dass ihr die Tränen kamen.

»Ich habe die Macht, darüber zu entscheiden, was mit dir und vielen anderen von eurer Sorte passiert, verstehst du? Ivan sprach in den höchsten Tönen von dir. Er meinte, du wärst klug. Du hättest fünf Kinder, allesamt gut erzogen. Du sagst nun aber, es sind acht. Wo ist das achte denn abgeblieben?« Speichel spritzte von den verkniffenen Lippen.

Wie Gift, dachte Johanna und wich vor ihm zurück, bis sich die Stuhllehne schmerzhaft in ihren müden Rücken presste.

Johanna hasste Männer seines Schlages – selbstgerecht und überheblich –, selbst wenn ihre Absichten aufrichtig sein mochten. Sie glaubte nicht, dass das auf Petrow zutraf.

»Er kämpft an vorderster Front, an der Grenze zu Litauen«, entgegnete sie leise und schluckte ihren Zorn herunter.

»Was glotzt du so dämlich?«, fuhr der Oberleutnant plötzlich auf. Sein großer Kopf wurde auf einmal rot und seine Stimme laut. Er sah über Johanna hinweg, stellte sie fest. Petrow schrie den jungen Mann an, der ihn durch die runden Gläser seiner Brille anstarrte.

»Ich wollte Sie nicht verärgern, Genosse Oberleutnant Petrow, aber …«, stotterte Achim Scherenkind und nestelte mit schmalen Fingern am Revers seines Mantels.

»Aber *was?*«

»Frau Berg sagt die Wahrheit. Ich kenne ihren Sohn Alexander. Nur wurde sie noch nicht darüber in Kenntnis gesetzt, dass er kein Soldat mehr ist.«

»Sondern?«, brummte Petrow ungeduldig.

»Sie wurden alle zu Deserteuren erklärt. Alle Deutschen gelten als Fahnenflüchtige und werden auch dementsprechend behandelt«, stammelte Scherenkind.

Johanna biss sich auf die Unterlippe. Sie drehte sich zu dem Studenten um und schaute ihn durchdringend an. Er erwiderte ihren Blick nicht. Seine Augen hingen an dem interessiert dreinschauenden Petrow.

Anja begann zu zappeln und zu quengeln. Unwillkürlich entblößte Johanna ihre andere Brust und gab sie ihrer kleinen Tochter, die mit ihrem zahnlosen Mund gierig nach der Brustwarze schnappte. Johanna verzog das Gesicht vor Schmerz. Ihre Brüste brannten und waren wund, trotzdem genoss sie die intime Nähe zu ihrer kleinen Tochter. Als sie den Blick über ihre Kinder schweifen ließ, verweilte er bei Michael etwas länger. Nachdenklich stand er da, mit leicht gesenktem Kopf. Seine Augen waren glasig, er schien über etwas nachzugrübeln. Er konnte mit der Bezeichnung ›Deserteur‹ nicht viel anfangen, fiel ihr ein. Das schien den Jungen zu beschäftigen. Er wollte unbedingt wissen, warum sein ältester Bruder als solcher bezeichnet worden war.

Johanna konzentrierte sich auf das, was Achim Scherenkind zu erzählen wusste. Er hatte die Information von einem der Studenten aufgeschnappt, als sie bei einem kleinen Umtrunk ihre Noten begossen hatten, ganz nach russischem Brauch. Er wollte zuerst nicht mitgehen, doch seine Freunde hatten ihn überredet – er sei schließlich auch ein Sohn Russlands. Er schwor Stein und Bein, dass er ein Patriot war, ob Jude oder nicht. Achim Scherenkind glaube an die Ideale von Lenin und Stalin, er habe nie einen Gedanken an Flucht oder Landesverrat verloren. Achim redete, bis Petrow ihm mit erhobener Hand Einhalt gebot. Das Gesicht des jungen Mannes war weißer als die Wand, an der er lehnte.

Johanna verfluchte ihn im Stillen für seine Worte. Auch wenn er nichts dafür konnte, assoziierte sie ihn jetzt mit etwas Bösem. In ihren Augen hatte er einen Pakt mit dem Feind geschlossen.

»Also, was machen wir jetzt mit dem Pack hier?«, erklang Petrows Stimme hinter ihr, jetzt nicht mehr so hart. »Was gedenkst du zu tun, Frau Berg?«

»Ihre Absichten sind mir immer noch unklar«, entgegnete sie, ihm immer noch den Rücken zugewandt. Ihre Aufmerksamkeit galt weiterhin Achim, der schwieg jedoch.

»Ich habe keine Frau und keine Kinder. Mein Bruder ist der Meinung, dass wir gut zusammenpassen könnten. Die Partei sieht es nicht gern, wenn ein Mann meines Ranges …« Oberleutnant Petrow räusperte sich und streckte seinen Rücken durch, um mit Stolz und leichtem Unbehagen hinzuzufügen: »… immer noch unverheiratet ist und keine Nachkommen für die Partei großzieht.«

Johanna verspürte einen eisigen Hauch des Entsetzens. »Deswegen wollen Sie eine Deutsche zur Frau nehmen?« Rasch verbarg sie ihren Busen wieder unter den vielen Schichten ihrer Kleidung und drehte sich um. Anja war gesättigt und schlief ein, aber Johanna musste auch an die restlichen Kinder denken. Ohne Petrow aus den Augen zu lassen, griff sie in ihre Tasche und brachte ein Stück Brot zum Vorschein. Jeder bekam einen Anteil davon, auch der junge Student, trotz seiner schlechten Nachrichten. Nur Oberleutnant Petrow nicht.

Der grübelte immer noch über Johannas Frage nach. Sein Blick war auf den Tisch gerichtet, seine Rechte hielt einen Bleistift, der über ein Blatt Papier huschte. Als er endlich den Kopf hob, beäugte er sie so, als stünde er vor einer endgültigen Entscheidung.

»Zurück zu Ihrer Frage«, sagte er matt. »Ich werde *niemals* eigene Kinder haben. Den Grund dafür möchte ich jetzt nicht näher erörtern. Meine Frau starb vor zwei Jahren an Tuberkulose. Sie, Frau Berg, haben Ihren Mann verloren, was ich von Herzen bedauere. Dieser tragische Verlauf unseres bisherigen Lebens gibt uns eine zweite Chance. In diesem Schreiben erkläre ich mich bereit, Sie und drei Ihrer Kinder unter meine Obhut zu nehmen. Des Weiteren gebe ich Ihnen hier und jetzt das Wort eines russischen Patrioten, für Sie und drei Ihrer Kinder zu sorgen wie für meine eigene Familie. Ich habe mich für das Baby und den frechen Kerl dort entschieden, das dritte Kind … nun ja, darüber zu entscheiden, liegt einzig und allein in Ihrer Hand.« Ein unsicheres Lächeln verzerrte seinen Mund. Seine Hand schob das vergilbte Blatt über den Tisch. Das Papier raschelte und schabte über die Oberfläche, als weigere es sich, das Geschriebene zu akzeptieren. Auch Johanna schien seine Worte nicht so recht verstanden zu haben. Warum wollte er sie zur Frau haben?

Irritiert zog sie die Stirn kraus. »Sie haben mir die Frage nicht beantwortet, Oberleutnant Petrow. Warum in Gottes Namen ich?« Sie streckte den Arm aus, ergriff das Blatt und las die wenigen Sätze, die seine Aussage bestätigten. Seine Handschrift glich der eines Kindes in der ersten Klasse. Tränen traten in ihre Augen. Die wackeligen Buchstaben, die über den weiteren Verlauf ihres Lebens bestimmen sollten, verschwammen zu grauen Schlieren.

»Ich brauche eine Familie. Um die Karriereleiter zu erklimmen, *muss* ein Mann eine Frau und Kinder besitzen.«

»Besitzen?« Ihre Stimme zitterte. Er tat ihren Einwurf mit einem nichtssagenden Achselzucken ab. »Ihnen geht es gar nicht um das Wohl der Kinder oder um mich. Sie denken …«

»Doch, natürlich – nur nicht, wenn es deutsche Kinder sind, vor allem so viele auf einmal. Das Ganze wäre doch eine gute Sache für uns beide. Nach dem Krieg wären Sie frei und könnten über den Rest Ihres Lebens selbst entscheiden …«

»Und wenn Russland fällt? Was passiert mit Ihnen, wenn die Deutschen gewinnen?« Johanna wischte sich mit einem Kopftuchzipfel die Tränen ab.

Die Augen des Mannes glänzten. »Was kann einem passieren, dessen Frau eine Deutsche ist?« Sein Grinsen wurde noch breiter.

»Sie wollen sich nach beiden Seiten absichern?«

Er zuckte nur mit den Schultern.

»Sie verdammter, verlogener …«

Jemand klopfte an die Tür. Der Soldat von vorhin streckte seinen riesigen Kopf herein. Petrow würdigte ihn keines Blickes. Als der Mann im Türrahmen verharrte und keine Anstalten machte, sich zu entfernen, stemmte sich Petrow mit den Armen am Tisch ab und fuhr ihn in barschem Ton an: »Was ist jetzt schon wieder, Semjon?«

»Genosse Petrow, was sollen wir mit den Männern …« Er unterbrach sich, als er sah, wie der grauhaarige Mann auf die Kinder deutete. »Verstehe. Nun … wir warten auf Ihre Befehle, Genosse Oberleutnant«, fuhr er mit belegter Stimme fort. Er konnte den Groll kaum verbergen, den er gegen seinen Befehlshaber hegte. Sein Blick war eisig. Nur Petrow schien seinen Missmut nicht zu bemerken.

»Entsorgen«, war alles, was er von sich gab. Der Mann in der Tür nickte knapp und verschwand wieder. Schwerfällig ließ der Oberleutnant seinen Körper in den Stuhl zurücksinken, verschränkte die Arme hinter dem Kopf und schloss seine Augen. Für einen Moment herrschte Totenstille im Raum.

Johanna wollte aufstehen und schreien, sich ihre Kinder greifen und davonrennen. Einfach nur raus aus diesem Albtraum. Wie konnte dieser abscheuliche Mann es wagen, sie vor so eine schreckliche Wahl zu stellen? Aber sie blieb sitzen. Alles andere wäre ihr sicheres Todesurteil gewesen.

Als er erneut zu einer Frage ansetzen wollte, klopfte schon wieder jemand an die Tür, viel lauter diesmal. Zwei Männer in voller Montur, die Gewehre an den Schultern, marschierten in das kleine Zimmer, ohne eine Aufforderung abzuwarten.

Petrow erhob sich unverzüglich, seine Bewegung war so plötzlich, dass der Stuhl fast nach hinten umkippte. Seine Hände zogen an der Uniform, strichen sie glatt, kontrollierten die Gürtelschnalle, und er salutierte, als ein weiterer Mann das Büro betrat, offenbar ein Vorgesetzter von hohem Rang.

»Ich diene der Sowjetunion«, brüllte Petrow in strammer Haltung.

»Ist schon gut, Petrow. Ist es dieser hier?«, deutete der schlaksige Neuankömmling auf den verdutzten Achim, dessen Augen vor Panik geweitet waren. Johanna erkannte ihn sofort, kein Geringerer als Generaloberst Litwinow musterte den Studenten mit müdem Blick von Kopf bis Fuß. Er war derjenige gewesen, der sich für die Gefangenen eingesetzt hatte, als sie von einem der Schreiber erniedrigt wurden. Dicke Tränensäcke unter seinen glasigen Augen ließen ihn viel älter erscheinen. Erschöpft und ausgelaugt bewegte er seinen Kopf in Petrows Richtung, sein Blick streifte das Porträt von Lenin neben dem Fenster. Gelangweilt schaute er sich die Kinder der Reihe nach an, schenkte seine Aufmerksamkeit kurz der Frau mit dem Baby, erst dann hefteten sich seine Augen auf den immer noch stocksteifen Petrow.

»Jawohl, Genosse General!«

»Lassen Sie die Floskeln«, unterbrach ihn Litwinow ungehalten. »Also gut, Scherenkind, von diesem Augenblick an bist du neu geboren. Du heißt ab dem heutigen Tag Andrej Koslow.«

Achim strich sich die Brotkrumen von den Lippen und sah fragend zu Petrow. Auch Johanna beobachtete ihn gespannt. Der grauhaarige Oberleutnant stand die ganze Zeit stramm und verzog keine Miene.

»Sie werden der Sowjetunion und der Roten Armee dienen, dafür schenken das Politbüro und Genosse Stalin Ihnen das Leben. Abführen«, war alles, was der Generaloberst noch hinzufügte. Ohne eine Antwort abzuwarten, beendete er das Gespräch, drehte sich auf dem Absatz um und verschwand wortlos. Die beiden Soldaten packten Achim an den Armen und eskortierten ihn hinaus.

Plötzlich knallten draußen Schüsse, Salven aus mehreren Gewehren zerrissen die entstandene Stille. Anita kreischte erschrocken auf, und auch Maria konnte einen spitzen Schrei nicht unterdrücken. Johannas Blick wanderte unwillkürlich zu dem ebenfalls mit Zeitungen verklebten Fenster.

»Das kann Ihnen erspart bleiben, Genossin Berg, wenn Sie meinem Antrag zustimmen.« Die Worte krochen in ihren Verstand wie ein kalter Hauch. Nur mit Mühe gelang es ihr, sich die Beleidigung zu verkneifen, die ihr schon die ganze Zeit auf der Zunge lag. Stattdessen zerknüllte sie den Zettel in ihrer Hand und ließ ihn auf den Boden fallen, als wäre es ein Stück Dreck.

»Sie denken, ich könnte mich für eines meiner Kinder entscheiden und die anderen sterben lassen? Ohne daran zu zerbrechen? Denken Sie so über uns, Oberleutnant Petrow? Was sind Sie eigentlich für ein kaltblütiges Geschöpf?« Sie hörte Anita schluchzen, auch Gregor wurde unruhig. Maria wollte das eingeschüchterte Mädchen an sich ziehen, aber Anita riss sich los und lief zu ihrer Mutter.

»Semjon!«, schrie Petrow wie von Sinnen. Seine dunklen Augen glühten vor Zorn, als sie auf die von Johanna trafen. Sein Blick bohrte sich in sie, wie ein dunkler Blitz hinterließ er lodernde Brandspuren. Johanna zuckte zusammen. Nichts als abgrundtiefen Hass strahlten diese Augen aus. Als Johanna hineinschaute, erkannte sie etwas darin, das ihr das letzte bisschen Hoffnung auf Leben nahm. Sie sammelte sich innerlich für die unvermeidliche Auseinandersetzung.

Der grobschlächtige Semjon trat ein und starrte seinen Vorgesetzten fragend an.

»Nimm die Kinder und warte draußen auf meine Befehle. Auch das Bündel nimmst du bitte mit.« Vor Entsetzen erstarrt, wehrte sich Johanna dieses Mal nicht, als ihr das schlummernde Kind aus den Händen gerissen wurde. Erst als die Tür zugeschlagen wurde und die Schreie ihrer Kinder nur noch gedämpft zu ihr durchdrangen, begriff sie, was Petrow mit ihr vorhatte. Nur kam die Erkenntnis zu spät. Sie hörte das metallische Klappern, als seine Gürtelschnalle zu Boden fiel. Dann schloss sie ihre Augen und begann leise zu weinen. Alles war unwiderruflich verloren. Johanna betete: »Vater unser im Himmel …«

KAPITEL 6

An der Grenze zu Litauen,

Oktober 1941

Alexander und viele andere, die als Verräter der Sowjetunion abgestempelt worden waren, saßen in den Waggons eines langen Zuges, der sie alle nach Sibirien bringen sollte. Gerüchte machten die Runde, dass die letzte Station ein Gulag für Fahnenflüchtige sein würde, was so viel wie den sicheren Tod bedeutete.

Wie der Rest seiner Leidensgenossen fror Alexander entsetzlich. Es gab kein Stroh, mit dem sie sich zudecken konnten, nur den blanken Holzboden. Er konnte es immer noch nicht fassen, dass man ihn tatsächlich zum Verräter und Feind der Sowjetunion erklärt hatte.

Er und drei weitere Kameraden, allesamt Deutsche, waren einer kleinen Gruppe von deutschen Soldaten in die Hände gefallen, die zur Vorhut einer feindlichen Aufklärungseinheit gehörten. Alexander fungierte als Dolmetscher. Die Männer des Deutschen Reiches schlugen ihm eine Abmachung vor, die er nach kurzem Zögern strikt abgelehnt hatte. Auch wenn das Angebot verlockend klang, nämlich die Fronten zu wechseln und auf der Seite des Führers zu kämpfen. Für ihn war seine Familie viel wichtiger gewesen als die Aussicht auf bessere Verpflegung. Alexander weigerte sich also, zum Verräter zu werden, und erstaunlicherweise ließen die Männer ihn und seine Kameraden ziehen – unter der Bedingung, dass Alexander und seine Männer innerhalb einer Stunde von dort verschwanden, Richtung Litauen natürlich.

Als sie irgendwann am Nachmittag zu ihrer Einheit zurückkehrten und Alexander dem Kommandeur über die dubiose Begegnung Bericht erstattete, wurde er sofort festgenommen. Obwohl er vorsichtshalber nicht alles so geschildert hatte, wie es sich tatsächlich zugetragen hatte, wollte sein Befehlshaber nichts mehr von ihm wissen. Alexander beharrte darauf, dass die Deutschen keine Feinde Russlands seien und Stalin selbst ein Abkommen mit Hitler unterzeichnet hatte – trotz all seiner Einwände wurde er abgeführt wie ein Verbrecher. Nun dauerte seine Reise auf den Schienen schon mehrere Monate an, mit einem kurzen Zwischenaufenthalt, und schien kein Ende zu nehmen. Inzwischen hatten die Deutschen das riesige Land trotz des Abkommens überfallen.

Alexander kauerte, Schutz vor der Kälte suchend, Seite an Seite mit all den anderen Landesverrätern und betete zu Gott, dass er dieses Martyrium halbwegs unbeschadet überstehen möge. Die Inhaftierten waren hauptsächlich Juden und baltische Partisanen, die sich mit allen zur Verfügung stehenden Mitteln vehement gegen die sowjetische Übermacht zur Wehr gesetzt hatten. Vereinzelt teilten auch Russen Alexanders Schicksal, die gegen den Krieg gewesen waren.

Die dürftig zusammengezimmerten Waggons waren eigentlich für den Transport von Tieren vorgesehen und boten nur wenig Schutz vor dem sibirischen Winter. Die Männer rückten näher aneinander, um sich gegenseitig zu wärmen. Drei der ursprünglich vierzig Männer in Alexanders Waggon lagen tot in einer Ecke. Ihre Leichen konnten erst an der nächsten Station entfernt werden. Nur einmal am Tag unterbrach der Zug die todbringende Fahrt, um die Schwachen und Toten neben den Schienen zu entsorgen. Sie wurden einfach auf einen Wagen verladen und abtransportiert. Der Zug hielt nie lange. Nur einmal hatte Alexander in einem Arbeitslager helfen müssen, die Baracken aufzubauen. Das waren die besten drei Wochen seiner Inhaftierung gewesen. Dort war er nicht eingepfercht gewesen wie ein Stück Vieh. Er fühlte sich nützlich und gebraucht. Danach ging die Fahrt weiter in Richtung Osten.

Der Tag würde kommen, an dem Leutnant Lekuschenko bittere Tränen der Reue über sein Fehlurteil vergießen würde. Dieser Gedanke wärmte ihn ein wenig. Vor seinem inneren Auge sah er sich dem Mann gegenüberstehen, entdeckte die Waffe in seiner Hand. Alexander träumte jeden Tag davon, Lekuschenko den Pistolenlauf an seine glatte Stirn zu halten und abzudrücken.

»He, du da! Schlaf bloß nicht ein, sonst müssen wir dich zu den anderen dort in die Ecke legen«, raunte ihm einer der Männer zu, als er sah, wie Alexander einzunicken begann. Die Bretter im Inneren des Waggons waren von einer dicken Eisschicht überzogen. Die Atemwolken verflüchtigten sich, ohne den Raum zu erwärmen. Alle saßen dicht an dicht, um nicht bis auf die Knochen durchzufrieren. Das monotone, klappernde Geräusch der Räder auf den Gleisen war zum Verrücktwerden. Keiner sprach ein Wort. Jeder schonte seine Kräfte und konzentrierte sich darauf, nicht zu sterben. Sie schliefen nur in der Nacht, und selbst das bloß, wenn sie kurz davor etwas heißes Wasser und ein Stück Brot bekommen hatten.

»Ich glaube, der Zug hält an«, meldete sich der Mann mit der schiefen Nase, die, als er ihm zum ersten Mal begegnete, noch gebrochen gewesen war, zu Wort.

»Wieso bist du eigentlich hier? Du bist doch kein Soldat«, fragte Alexander mit geschlossenen Augen.

»Ich bin georgischer Jude. Was anscheinend nicht weniger schlimm ist, als ein Vaterlandsverräter zu sein. Ich wurde, wie so viele andere meiner Landsmänner, an der Grenze gefangen genommen«, sagte sein Gegenüber matt und presste sich wieder an die Bretter. Mit einem Auge schaute er durch eine der Ritzen.

Alexander wusste nicht, wie der Mann hieß, noch an welcher Grenze er gefangen genommen worden war, es hatte ihn auch recht wenig interessiert. Warum er ihn jetzt danach gefragt hatte, konnte er sich selbst nicht erklären.

Die meiste Zeit verhielt sich Alexander wie ein Schatten. Er sprach mit keinem, wenn es nicht lebensnotwendig war, mischte sich auch nirgends ein. Er schwamm einfach mit dem Strom, gab sich Mühe, mit möglichst geringem Aufwand an der Oberfläche zu bleiben und sich am Leben festzuhalten.

Nun reckte Alexander den Kopf und horchte. Plötzlich verspürte er ein Ruckeln, dann vernahm er ein leises metallisches Kratzen. Der Zug hielt tatsächlich an. Was erwartete sie dieses Mal? War das die Endstation? Würden sie hier in einen Gulag gesteckt, was noch schlimmer war als der Tod? Alexander wusste nicht, was hier auf ihn zukam, auch seine Leidensgenossen nicht. Jeder schien froh, dass endlich etwas geschah, selbst wenn das den Tod bedeuten konnte.

»Was jetzt?«, flüsterte jemand.

»Weiß nicht«, sagte ein anderer. »Die können mich erschießen, Hauptsache, raus aus diesem Waggon. Das Warten ist das Schlimmste.«

Für Alexander nicht – er wollte leben.

KAPITEL 7

Bahnhof Petrosawodsk,

Oktober 1941

Michael stand in dem dunklen Korridor und bangte um seine Mutter. Der große Mann, der Semjon hieß, versperrte mit seinem massigen Körper die Tür, auch er lauschte den dumpfen Geräuschen. Der Junge hielt seine kleine Schwester Anja in seinen Armen, ihre Windeln waren schon wieder nass und rochen streng. Aus einem unerklärlichen Grund schien ihr das nichts auszumachen. Sonst war sie dann immer quengelig, aber heute nicht. Michael verschwendete zu seiner Erleichterung keinen weiteren Gedanken daran, er wiegte sie in den Armen und lauschte den gedämpften Lauten, die durch die Wand des kleinen Büros zu ihnen nach draußen drangen.

Er und seine Geschwister, die in der dunklen Ecke in einem Pulk beisammenstanden, konnten hören, wie der Tisch an die Wand geschoben wurde, irgendetwas fiel zu Boden. *Könnte ein Stuhl gewesen sein,* redete Michael in Gedanken mit sich selbst. Er wusste nicht, was der Mann mit seiner Mutter tat, er hörte nur, wie sie ihren Peiniger mit schriller Stimme anschrie. Plötzlich ein lautes

Klatschen, und sie verstummte. Ein leises Klopfen gegen die Wand und ein gedämpftes Stöhnen waren alles, was Michael wahrzunehmen vermochte, egal, wie sehr er sich auch anstrengte. Das Rauschen in seinem Kopf störte seine Konzentration, sodass er sich dem tosenden Geräusch hingab, ohne die Welt da draußen weiter wahrzunehmen. Er ließ seine Gedanken davonfliegen. Es war unerträglich für ihn, dass er mit seinen Geschwistern einfach untätig dastand, während seine Mutter von diesem Oberleutnant geschlagen wurde. Der tat noch etwas anderes mit seiner Mutter, etwas, das viel schrecklicher war als alles, was er sich in seinen schlimmsten Träumen vorstellen konnte, das wusste er. Sein kindlicher Verstand verdrängte die grässlichen Bilder, die in seinem Kopf auftauchten. Er sah, wie Petrow seiner Mutter ins Gesicht schlug, sie an den Stuhl fesselte, seine Finger in ihre Augen bohrte, bis ihre Augenhöhlen bluteten.

Derlei Gruselgeschichten hatte er von seinem ältesten Bruder gehört. »So wurden früher die Hexen gefoltert«, hatte ihm Alexander eines Nachts ins Ohr geflüstert. Er und Gregor konnten danach lange nicht mehr richtig schlafen. Seine Mutter *war* aber keine Hexe, sie ging in die Kirche und nahm sie auch mit. Zum sonntäglichen Gottesdienst waren sie immer alle schick angezogen gewesen.

Tränen liefen über sein vor Sorge gerötetes Gesicht. Unbewusst begann er ganz leise ein Lied zu summen, so als wolle er seine kleine Schwester in den Schlaf wiegen.

Das laute Poltern von beschlagenen Stiefeln hallte durch den langen Korridor, von den kahlen Wänden verstärkt, wurden die Schritte immer lauter. Das Klacken von Metall auf Holz rüttelte Michael wieder wach. Auch Semjon nahm Haltung an, blieb jedoch im Türrahmen stehen. In der schummrigen Beleuchtung erkannte Michael in der Silhouette den Generaloberst Litwinow, der sich ihnen näherte. Semjons Faust drosch gegen die abgeschlossene Tür wie ein Hammer, laut und durchdringend. Das Klopfgeräusch in dem Zimmer hörte abrupt auf.

»Ich bin gleich so weit«, drang es unter lautem Keuchen aus dem Inneren des kleinen Büros. Das Klopfen begann wieder, wurde heftiger und dröhnender. Petrows Adjutant rüttelte jetzt wild an der Türklinke. »Er kommt, verdammt!«, zischte er zwischen Tür und Zarge hindurch. Er presste seine Lippen fester zusammen. »Beeilen Sie sich bitte, zum Teufel noch mal«, fluchte er, doch seine Warnungen waren vergebens. Resigniert wandte er sich von der Tür ab und richtete seinen Blick geradeaus, als wäre nichts geschehen. Ohne zu blinzeln, starrte er auf die gegenüberliegende Wand.

»Aufmachen, Sergeant Pulski, sofort! Wie sehen Sie denn überhaupt aus? Was ist mit Ihrem Hemd passiert, verdammt noch mal? Nur Gesindel und Bauerntölpel hier, aber kein einziger echter Soldat weit und breit«, schimpfte der Generaloberst den zu einer Salzsäule erstarrten Semjon aus wie einen Schuljungen. »Wie sollen wir den Deutschen die Stirn bieten, wenn in unseren Reihen …« Er brachte den Satz nicht zu Ende.

Semjon schaute den Generaloberst verdutzt an, als habe er ihn erst jetzt bemerkt.

Der bis zur Weißglut getriebene Litwinow funkelte ihn an. Außerstande, in seiner Rage noch ein Wort zu sagen, deutete der grauhaarige Oberst auf den Bauch des Wachpostens.

Der brauchte eine Weile, um zu begreifen, was von ihm erwartet wurde. Endlich erwachte er aus seiner Starre, sein Blick folgte dem ausgestreckten Zeigefinger von Generaloberst Litwinow. Tatsächlich sah er einen dunklen Fleck auf seiner khakibraunen Uniform.

Anja hat ihn vollgepinkelt, erkannte Michael schadenfroh und presste seine Schwester fester an sich. *Gut gemacht,* lachte er innerlich und drückte seine Lippen auf ihre weiche Wange. Sie fühlte sich sehr heiß an. Ein leichter Schauder lief über seinen Rücken. Er hob eine Seite seiner Jacke an und verbarg das kleine Bündel dort. *Vielleicht ist ihr nur ein wenig kalt,* dachte er.

»Sind Sie taub, Sergeant? Aufmachen, sonst fahren Sie an die Front, oder besser noch, ich werde einen Platz im Gulag für Sie reservieren.«

»Abgesperrt«, stotterte der Sergeant. Wie zur Bestätigung rüttelte er noch heftiger an der Türklinke als schon die beiden Male zuvor.

Bevor der wutschnaubende Genosse Litwinow erneut auffahren konnte, wurde die Tür mit brutaler Heftigkeit von innen aufgerissen und krachte dabei gegen den verrutschten Tisch, sodass die Scheiben gefährlich klirrten. Eine der Facetten bekam einen feinen Riss, fiel zu Boden und zerbarst. Ein langer Fetzen von einer Zeitung flatterte in ihrem Gefolge auf die Dielen.

Wie ein toter Schmetterling, dachte Michael bestürzt.

Ein zerzauster und nass geschwitzter Genosse Oberleutnant Petrow starrte den vermeintlichen Störenfried aufgebracht an, der ihn in seinem Tun unterbrochen hatte. Semjon Pulski trat wortlos einen Schritt zur Seite. Petrows Augen loderten vor Zorn, erloschen jedoch jäh, als er den Generaloberst vor sich stehen sah. Sein feistes Gesicht verzerrte sich zu einer fahlen Grimasse. »Generaloberst Litwinow, Sie sind schon wieder zurück? Haben Sie etwas vergessen?«, keuchte er kaum verständlich und ganz außer Atem, die nackte Angst schnürte ihm die Kehle zu.

»RAUS HIER!«, schrie ihn Generaloberst Litwinow aus vollem Halse an und klatschte ihm die flache Hand ins Gesicht.

Von der Wucht des heftigen Schlages taumelte Petrow und fiel fast über seine eigenen Füße, erst in letzter Sekunde konnte er sich an Pulskis Arm festkrallen.

»Wache! Abführen«, wies Litwinow mit gefassterer Stimme zwei der Soldaten an, die sich in der Nähe postiert hatten. Die beiden jungen Männer rannten in leicht geduckter Haltung auf ihn zu.

Als würden sie um ihr Leben fürchten, überlegte Michael skeptisch. Was würde jetzt mit ihnen geschehen? Was hatte Petrow aus seiner Mutter herausbekommen, irgendein Geheimnis? Der Gedanke verursachte einen dicken Kloß in seinem Hals. Seine Mama war nirgends zu sehen. Was hatte dieser Petrow ihr angetan?

»Aber Genosse …«, stammelte Petrow und rückte seine Uniform zurecht. Mit der linken Hand fuhr er immer wieder nervös über sein kurzes Haar.

»Sergeant Pulski, Sie werden mir Bericht erstatten, und Sie, Petrow, Sie kommen vors Tribunal und werden Ihre Schilderung dem Kriegsgericht vorlegen müssen.«

Oberst Petrow wehrte sich mit Händen und Füßen, drohte den Männern, sie an die Wand stellen und erschießen zu lassen, falls sie ihn anrührten. Hin- und hergerissen eskortierten die beiden ihren früheren Kommandeur nach draußen in den Hof.

»Ihr wartet draußen auf mich«, befahl Litwinow.

Michael hörte ihn hüsteln, dann trat er etwas unsicher in das verwüstete Büro. Dabei erhaschte der Bub einen Blick auf seine Mutter, die sich das zerrissene Kleid und den löchrigen Pullover an den Leib presste. Ihre linke Wange leuchtete feuerrot. Die Augen beschämt zu Boden gerichtet, stützte sie sich auf den kleinen Tisch und weinte. Ihr ganzer Körper zitterte, als fröre sie entsetzlich. Ihr Haar war zerzaust, Tränen tropften auf den Tisch und bildeten zwei kleine Pfützen. So verzweifelt hatte Michael seine Mama noch nie in seinem Leben gesehen, selbst damals nicht, als die Russen seinen Vater verhaftet hatten.

»Hat *er* Ihnen das alles angetan?«, wollte Litwinow mit bebender Stimme von Johanna wissen. Mit der Linken schob er die Tür ein wenig zu. Johanna nickte stumm. Der Generaloberst drehte sich auf dem Absatz seiner auf Hochglanz polierten Stiefel um und riss die Tür auf, dass eine weitere Scheibe scheppernd zu Boden fiel und in Abertausende Kristalle zersprang. Johanna zuckte zusammen. Seine Stiefel knirschten auf den Scherben, ungeachtet dessen ging der erboste Oberst schnellen Schrittes nach draußen.

»An den Baum mit ihm!«, vernahm Michael den knappen Befehl, der von Weitem wie ein Donnergrollen klang. Er hörte, wie Petrow um Gnade bettelte, gleich darauf ertönte ein lauter Knall. Sergeant Pulski zuckte zusammen. Auch die anderen wussten, was gerade eben geschehen war. Nur Anja nicht, sie schrak aus ihrem Traum auf und begann lauthals zu brüllen.

»Mischa, bitte bring sie zu mir, sie hat Hunger«, sagte seine Mutter mit belegter Stimme.

Michael fühlte sich einen Augenblick lang außerstande, den Raum zu betreten. Etwas Böses schien sich des kleinen Zimmers bemächtigt zu haben.

Nach kurzem Zögern kam seine Mutter wankend auf ihn zu. Ihre Hände bebten. Als sie das schreiende Bündel aus seinen Armen nahm, registrierte er ihren Atem, der nach Zigarettenrauch roch. Michael verzog angeekelt das Gesicht, schämte sich jedoch im selben Moment für seine Reaktion. Zum Glück hatte seine Mama nichts bemerkt.

Sergeant Semjon Pulski stand unschlüssig da. Als er Litwinow wutentbrannt auf sich zu kommen sah, schnappte er hörbar nach Luft. Gnadenloser Zorn loderte in den dunklen Augen des Generaloberst.

Sergeant Pulski taumelte zurück und blieb erst stehen, als er mit dem Rücken zur Wand stand. Eine schwarze Pistole war direkt auf seine Stirn gerichtet. Auch wenn Litwinow viel kleiner war, schlotterte der Riese vor Angst wie ein kleines Kind vor seinem Vater. Nur würde er keine Tracht Prügel bekommen, sondern eine Kugel in den Kopf.

Michael wollte nicht, dass Litwinow ihn hier erschoss. Nicht so, nicht auf diese Weise. Längst hatte Michael begriffen, was ›an die Wand stellen‹ bedeutete. Er wollte niemanden mehr sterben sehen. Müde schloss er die Augen und wartete auf den Schuss.

»Wieso haben Sie das nicht verhindert? Wir sind immer noch Menschen und keine Tiere. Was haben Sie sich eigentlich dabei gedacht? Häh? Ich kann Sie nicht hören«, presste Generaloberst durch seine zusammengebissenen

Zähne hervor. Seine Stimme klang wie das Knurren eines Wolfes.

Michael konnte nicht anders, als die Augen zu öffnen. Was er beobachtete, verursachte ihm Gänsehaut. Er sah nämlich, wie die Hose von Semjon im Schritt dunkler wurde. *Der Riese hat sich in die Hose gemacht wie ein Kind,* stellte der Junge erstaunt und tief beschämt fest.

Semjon nickte und schüttelte zugleich den Kopf, indes formierte sich vor ihnen eine Gruppe aus vier Männern. Michael spürte den schweren Geruch von kaltem Tabakrauch, Schweiß und Schießpulver in seine Nase kriechen. Die vier Soldaten standen stramm, sie warteten auf weitere Befehle.

Johanna hatte ihr Gesicht der Wand zugedreht. Den Umstehenden ihren schmalen Rücken zugewandt, sang sie ein deutsches Lied und fütterte ihr Kind.

»Ihr beide …« Litwinow zeigte auf zwei Männer in der ersten Reihe. Sie nickten zustimmend. Mit fester Stimme, die keinen Widerspruch duldete, fuhr er fort: »Sergeant Pulski wird vorerst verhaftet, der Richter soll über sein Vergehen entscheiden. Die anderen beiden begleiten diese Familie zum nächsten Zug. Von nun an werden alle Gefangenen vorschriftsgemäß deportiert. Genosse Stalin hat ein Dekret erlassen, das besagt, dass alle Deutschen, Juden, Tschetschenen und anderen Minderheiten deportiert werden müssen. Sie sind Feinde unseres Landes und werden als solche angesehen. Wir müssen alles Erdenkliche tun, um unser Volk vor ihnen zu schützen. Doch niemand gibt uns das Recht, sie wie Vieh zu behandeln. Petrow war ein Feigling und wurde dafür bestraft. Sich an einer schutzlosen Frau zu vergehen, sei sie Deutsche oder

Jüdin, ist unter aller Würde für jedermann. Auch wenn sie unsere Feinde sind, sind sie immer noch Menschen. Jetzt schafft mir die Familie aus dem Gebäude und führt sie zu den Zügen. Besorgt der armen Frau etwas zum Überziehen.« Ohne ein weiteres Wort steckte er seine Pistole in das Holster zurück und ging.

Zu vergehen? Was heißt das? Michael schaute erneut zu seiner Mutter. Sie musste seinen Blick bemerkt haben. Ganz langsam drehte sie ihren Kopf zur Seite, und er sah, dass sie weinte. Ihre Augen waren rot gerändert. Ihr gekrümmter Körper zuckte, wie bei Schüttelfrost. Er ging zu Johanna hinüber und tastete nach ihrer Hand, sie fühlte sich kalt und rau an. Der Bub schrak zurück, wofür er sich zutiefst schämte. Nur konnte er nichts dagegen tun – seine Mutter, die er so sehr liebte, war wie verwandelt. Etwas an ihr war auf einmal nicht mehr da. Ein Teil von ihr war für immer gestorben, stellte der Junge mit bitterer Klarheit fest.

Besorgt der Frau was zum Überziehen, hallten Litwinows Worte in ihm nach. Zuerst dachte Michael, er halluziniere, denn als er seinen Blick in die Richtung schweifen ließ, aus der er die laute Stimme des Mannes zu hören glaubte, sah er den Generaloberst kurz dort stehen.

Tatsächlich aber stand Litwinow bereits am Ausgang, anscheinend wartete er auf jemanden. Gleich darauf hielt ein Wagen, der Generaloberst schaute noch einmal kurz über seine Schulter zurück, dann verschwand er im Fond des dunklen Fahrzeugs. Michael senkte enttäuscht den Kopf. Bis zuletzt hatte er inbrünstig gehofft, Litwinow würde sie alle nach Hause gehen lassen. Darin hatte er sich jedoch gründlich getäuscht.

KAPITEL 8

Eine edle Dame

Die beiden Soldaten, die dazu verdonnert worden waren, sich um Kleidung für Johanna zu kümmern, standen einen Augenblick lang unschlüssig da. Zuerst starrten sie einander verdattert an und zuckten mit den Achseln. Als eine weitere Familie an ihnen vorbeigeführt wurde, hielt der Ältere einen der Kameraden an der Schulter fest und wechselte flüsternd einige Worte mit ihm. Zu Michaels Enttäuschung konnte er sie nicht belauschen. Zwei Augenpaare starrten einen Wimpernschlag lang auf seine Mutter.

Der jüngere Soldat nickte und verlangte dann ein Kleid von der in die Jahre gekommenen Frau, die er eskortierte. Die korpulente Dame war mit sehr schönen Röcken bekleidet, die allem Anschein nach ein Vermögen gekostet hatten. So etwas Teures, wie die Frau an ihrem Körper trug, hatte Michael in seinem jungen Leben noch nie gesehen. Ihr fein besticktes Kleid war von einem Pelzmantel bedeckt. Auf ihrem Kopf hatte die Frau eine Pelzmütze. Mehrere ineinander verschlungene Goldketten schmückten ihre molligen Arme. An den Finger glänzten etliche goldene und mit teuren Edelsteinen verzierte Ringe. Diese Tatsache trug jedoch nicht im Geringsten dazu bei, sie aus ihrer misslichen Lage zu befreien. Sie würde genauso behandelt wie alle anderen Deutschen, redete Michael sich ein. Auch sie würde die Deportation über sich ergehen lassen müssen. Auch ihr stand die beschwerliche Reise in einem Viehwaggon bevor. Nichts würde sie vor ihrem Schicksal bewahren, dachte er.

Bittere Galle stieg in seiner Kehle auf. Wie gerne hätte er ihr einen der Ringe von der Hand gezogen, um zu versuchen, sich damit die Freiheit zu erkaufen. Gleichzeitig wurde ihm bewusst, wie töricht seine Gedanken waren. Was kostete die Freiheit eigentlich? Michael wusste es nicht. Wer hatte die Macht, darüber zu entscheiden, wer leben durfte und wer nicht? Wer bestimmte hier über all diese unmenschlichen Taten? Wo war der Gott, dem sie jeden Sonntag ihre Opfer gebracht hatten, den sie ehrfürchtig anbeteten, ihm in ihren Gebeten all ihre Sorgen verrieten? Wo war er jetzt, wo sie seine Hilfe am dringendsten benötigten? Michael wusste keine Antwort darauf. Er hatte auch keine Vorstellung von der Macht, die Geld tatsächlich hatte – dass alles und jeder gekauft werden konnte. Selbst ein Schicksal konnte damit erkauft werden. Und diese alte Frau hatte mehr als genug davon. Alles an ihr sah teuer und vornehm aus, auch ihr Mann war elegant gekleidet. Ihre fleischige Hand fuhr an den üppigen Busen, um kurz unter dem breiten, reich bestickten Kragen zu verschwinden. Einen Augenblick später drückte sie einem der Soldaten etwas in die schmutzige Hand. Der Mann schaute sie leicht verdutzt an, nickte jedoch, als sie ihm einige Worte ins Ohr flüsterte. Als dieser zu einer

Antwort ansetzen wollte, streifte sie sich einen Ring vom kleinen Finger und gab ihn ihm. Michael sah, wie seine Augen gierig zu funkeln begannen. Die Hand zur Faust geballt, versteckte der Soldat den ergatterten Schmuck hastig in seiner Hosentasche. Als er den neidischen Blick seines jüngeren Kameraden bemerkte, zwinkerte er ihm verschwörerisch zu, woraufhin der Jüngling sogleich besänftigt schien und zufrieden grinste. Seine Gesichtszüge wurden weicher, er entblößte zwei Reihen gelber Zähne. Einer seiner Schneidezähne fehlte. Mit geübter Handbewegung füllte er die Lücke mit einer Zigarette. Der schwere Rauch waberte zur Decke.

Die ältere Dame wedelte den beißenden Rauch kokett mit ihrer fleischigen Hand von sich und trat einige Schritte auf die Kinder und ihre übel zugerichtete Mutter zu. Ihr Gesicht war von Sorge und echter Angst erfüllt, die sie mit einem Lächeln zu überspielen versuchte. Trotz ihrer üppigen Kurven wirkten ihre Bewegungen flink und elegant zugleich. Sie roch nach Parfum. Der Kontrast zu den üblichen Gerüchen nach Schmutz und ungewaschenen Menschen war so eklatant, dass die Soldaten die Frau ungehindert passieren ließen. Sie hielten stets einen gebührenden Abstand zu ihr und traten zurück, wenn sie sich ihnen näherte. Dieser Duft war wie ein unsichtbarer Schutz, vor dem die nach Schweiß und Schießpulver stinkenden Männer respektvoll zurückwichen.

»Wer hat dir das angetan, Schätzchen?«, sprach sie Johanna an. Ihre Stimme war fest, und das Mitleid darin echt. Sie spielte nicht. Vorsichtig berührte sie Johanna an der Schulter, als sie neben ihr stand. Johanna hob langsam den Blick, schaute verängstigt zu den beiden Soldaten auf, sagte jedoch nichts. Michael sah, wie seine Mutter zusammenzuckte, als die Hand der fremden Frau ihre blau schimmernde Wange betastete. Der Frau nur den Kopf zugewandt, begann sie erneut zu schluchzen. Ihr Kinn bebte, die Augen wurden feucht. Tränen liefen über ihr geschwollenes Antlitz. Die elegant gekleidete Dame strich mit ihren Fingern sanft über Johannas hager gewordenes Gesicht.

Johanna spürte die Wärme und die samtig weiche Haut. Die fremde Frau strahlte den Stolz und die Größe einer vornehmen Person aus. Johanna fühlte sich auf einmal geborgen, wie verzaubert von der unsichtbaren Kraft, die von der Dame ausging. Sie drehte sie sich ganz zu ihr um, lehnte ihren Kopf an die weiche Schulter, schloss mit einem Seufzen die Augen und begann lautlos zu weinen. »Bitte helfen Sie uns«, schluchzte sie kaum hörbar, das Gesicht in dem dicken Pelzmantel vergraben. Sie spürte, wie sich ihre kleine Tochter in ihren Armen regte, ohne einen einzigen Ton von sich zu geben.

»Das würde ich sehr gern, meine Liebe«, versuchte die Frau sie zu beruhigen und strich ihr sanft über den Rücken. »Oh Gott, dein Kind ist ja völlig durchnässt!« Schnell trat sie einen Schritt zurück und musterte Johanna ernst, ihr Blick war forsch, doch nachdenklich und voller Sorge. Johanna fürchtete schon, die Frau könnte sich von ihr abwenden, sie einfach hier stehen lassen und gehen. Ihre Arme drückten die triefend nasse Anja noch enger an die Brust. Den Blick auf die Frau geheftet, stand sie einfach nur da und wartete. Die Soldaten trauten sich immer noch nicht, sie zu stören.

»Bruno, was stehst du da wie ein Holzklotz?«, wandte sich die Frau im Pelzmantel in scharfem Ton an den schmächtigen Mann, der ihr Ehemann zu sein schien. Sie sprach deutsch mit einem für Johanna fremden Dialekt.

»Ja, Liebes?« Der Mann huschte zu den Frauen herüber. Sein weißer Schnurrbart war an den Enden gezwirbelt, das dünne Haupthaar in der Mitte gescheitelt. Er trug einen dunklen Anzug, der steife weiße Kragen schien gebügelt und gestärkt. An der Brusttasche seines Trenchcoats klemmte ein Monokel. Genauso stellte sich Michael einen Professor vor. Als wäre der ältere Herr aus einem seiner Bücher entflohen, um später genauso plötzlich zu verschwinden, dachte Michael, während sein Blick an dem Mann kleben blieb. Dessen Aufmerksamkeit galt jedoch nur seiner Frau, den Rest der Welt schien er nicht wahrzunehmen.

»Wir müssen der armen Familie helfen.« Sie funkelte ihren Mann so mahnend an, dass er ein Stückchen zu schrumpfen schien. Keiner der Soldaten wagte es, sich zu rühren, sie schauten nur zu.

»Aber Brunhilde, unser Zug …«

»Der kann warten«, sprach sie sehr bedächtig und mit ruhiger Stimme. Langsam begann sie in ihrer großen Tasche zu kramen. Selbst jetzt waren ihre Bewegungen anmutig. Ein buntes Kleid nach dem anderen wurde begutachtet und wieder hineingestopft. Ihre flinken Hände förderten Sachen zutage, die Michael und seine Mutter noch nie in ihrem Leben zu Gesicht bekommen hatten. Nichts schien zu passen. Jedes Mal schüttelte sie verneinend den Kopf, um dann ein anderes Kleidungsstück in Augenschein zu nehmen. Das Kräuseln ihrer Lippen wurde immer deutlicher, die kleinen Fältchen um Mund und Augen tiefer, sie stachen Michael ins Auge wie mit einem Bleistift gezogene

Linien. Es dauerte eine Weile, bis sich ihre Miene leicht aufhellte. Die Zornesfalten auf ihrer breiten Stirn glätteten sich wieder, als sie zu Johanna aufschaute.

»Das hier könnte vielleicht passen«, sagte Brunhilde zufrieden, als sie ein unscheinbares Stück Stoff aus der großen Tasche zog. »Ein Erinnerungsstück an meine Jugend«, murmelte sie mit kaum merklichem Kopfschütteln.

»Genossin von Ulm«, unterbrach sie einer der Soldaten hüstelnd.

Wie eine wild gewordene Katze fuhr sie herum und keifte den Soldaten mit zusammengekniffenen Augen an: »Für Sie immer noch Frau von Ulm, Genosse Soldat!«, sodass der Mann, ob dieses plötzlichen Gefühlsausbruchs erschrocken, einen Schritt zurücktrat. Ehrfürchtig, fast schon unterwürfig, senkte der voreilige Soldat den Kopf, sein strohblondes Haar verdeckte sein gerötetes Gesicht. Zuerst stand er nur sprachlos da. »Aber Ihr Zug …«, wandte er nach kurzem Zögern ein und wich vorsichtshalber einen weiteren Schritt zurück.

»Das ist *unser* Zug! Bruno hat das alles aufgebaut, nun fällt es in eure Hände. Wir hinterlassen ein funktionierendes Schienennetz und Minen, die euch mit Kohle versorgen werden, also können Sie doch wohl eine Minute lang Ihren Mund halten.«

Ihr Mann tätschelte besänftigend ihren breiten Rücken.

»Wir wandern nach Amerika aus, Liebes. Die Rote Armee hat uns alles genommen, alles, was Brunos Vater aufgebaut hat. Nach der Revolution blieb uns nicht mehr viel, trotzdem schaffte es mein lieber Bruno, die Arbeit seines Vaters fortzusetzen. Jetzt nimmt die Rote Armee uns alles weg – einige Parteimitglieder trachteten uns sogar nach dem Leben. Zum Glück haben wir die Einreiseerlaubnis bekommen. Ach, was rede ich hier für einen Unsinn«, bemerkte die Frau ihren Fauxpas mit einer leisen Entschuldigung. »Kann ich noch etwas für dich tun? Wir müssen wirklich los. Sonst müssen wir doch noch in diesem Land bleiben.« Sie sprach wieder ihren lustigen Dialekt.

»Kommen Sie aus dem Schwarzwald?«, fragte Maria neugierig dazwischen. Als ihr die Dreistigkeit bewusst wurde, sich ungefragt in das Gespräch von Erwachsenen eingemischt zu haben, senkte sie beschämt den Blick.

»Ja, Süße, meine Mutter wurde dort geboren.« Brunhilde lächelte versonnen.

»Können Sie mein Baby mitnehmen? Ich habe keine Milch mehr«, unterbrach sie Johanna. Die Worte waren nur ein Flüstern, in Michaels Ohren klangen sie jedoch wie ein Pistolenschuss. Laut und endgültig. Tränen der Verzweiflung schossen ihm in die Augen, sein Herz hörte für einen Moment auf zu schlagen. Michael wusste, dass seine Mama log, und er hatte auch eine Ahnung, warum. Seine kleine Schwester würde diese Reise niemals überleben, nicht in ihrem Zustand. Die kleine Anja war krank, sie brauchte dringend einen Arzt und saubere Sachen.

Johanna stand einer Frau gegenüber, die die Anspruchshaltung einer Aristokratin an den Tag legte, die eine Art von Selbstbewusstsein ausstrahlte, die man mit der Muttermilch aufsog. Die Mundwinkel der betagten Frau sanken nach unten. Ihre Brust schwoll an, als sie tief Luft holte, sodass ihr großer Busen noch mehr hervortrat. In ihrem Hals rasselte etwas. Sie war nicht dumm. Mit einem hastigen Blick sah sie auf Johannas Brust, die nur von einem weißen Unterhemd und Fetzen ihres Kleides bedeckt war. Dunkle, feuchte Flecken straften ihre Worte Lügen. Frau von Ulm schwieg, für einen Moment schloss sie die Augen, dann nickte sie stumm. Johanna drückte ihr Baby ein letztes Mal an sich.

»Vielleicht hat sie noch ein wenig Durst, bevor wir abreisen«, wisperte Frau von Ulm.

Johanna spürte das gierige Saugen. Anja schien wieder zu Kräften zu kommen. Versuchte sie sich einfach nur einzureden, ihrem Baby bliebe nichts anderes übrig, als mit der fremden Frau woanders ein neues Leben anzufangen? Konnte das zarte Geschöpf die beschwerliche Reise ans andere Ende der Welt unbeschadet überleben? Das wusste niemand. Das Einzige, was feststand, war die Tatsache, dass sie sich von ihr trennen musste. Ihr Baby war krank und brauchte die richtige Pflege. Draußen brach der Winter an, sie musste diesen Schritt wagen, nur so hatte die kleine Anja eine Chance.

»Mutter, nein! Nicht Anja, nicht sie«, begann Michael zu schluchzen. Seine Mutter schien ihn nicht zu hören. Tatsächlich war sein Mund geschlossen, nur in seinen Gedanken schrie der verzweifelte Junge seine Mutter an. *Sie soll lieber den blöden Gregor oder Anita mitnehmen,* führte er den Gedanken zu Ende und schämte sich sofort dafür.

»Wenn das dein Wunsch ist«, entgegnete Brunhilde, als Anja von Johannas Brust abließ. Sie nahm das Bündel an sich und ließ die Mutter ihr Kind ein letztes Mal küssen. Schweigend erlaubte sie den Soldaten, sie nach draußen zu begleiten. Sie fuhr nicht in einem Viehwaggon wie der Rest der Deutschen. Ihr Mann und sie durften das russische Land in einem der nobel eingerichteten Salonwagen verlassen. Es war *ihr* Imperium, das sie aufgebaut hatten und jetzt den Russen überlassen mussten, ohne dafür entschädigt zu werden. Das Einzige, was sie dafür bekommen hatten, war freies Geleit an die Ostgrenze.

»Alle Macht dem Volke«, so lautete die oberste Devise der kommunistischen Partei. »Wir sind alle gleich«, »Proletarier aller Länder, vereinigt euch«, »wir sind alle Brüder«, auch das waren die Losungssprüche des Kommunismus, nur galten sie nicht für jeden, dachte Johanna bitter. Völlig erschöpft schaute sie ihrem Kind nach, das in den Armen einer fremden Person lag. Das schnelle Klackern der Schuhabsätze auf dem Parkettboden wurde von den kläglichen Schreien des Babys überschattet.

Einer der Soldaten fluchte wie ein Schuster, als er über ein liegengelassenes Bündel stolperte und fast der Länge nach hinfiel.

»Zügeln Sie Ihre Zunge, junger Mann! Sie sind in Gesellschaft einer Dame«, tadelte Bruno den Mann. Der Soldat murmelte eine Entschuldigung und richtete sich wieder auf.

Die beiden Uniformierten mit den geschulterten Gewehren begleiteten das ältere Paar mehr, als dass sie es in sicherem Geleit zu seinem Zug abführten. Die stoische Dame besaß mehr Charakter als der Generaloberst Litwinow. Ihr nicht weniger stolz wirkender, treuer Ehemann wich nicht von ihrer Seite und bot ihr mit seiner Anwesenheit Schutz und die Bestätigung, dass ihre Entscheidung richtig gewesen war. Mit erhobenem Haupt schaute sich Herr von Ulm kurz um und nickte Johanna zum Abschied zu.

»Komm, Bruno. Wir müssen uns beeilen, jetzt benötigen wir noch eine Amme. Ich habe zwar viel Busen, nur bringt er uns nicht viel, wenn keine Milch darin ist. Komm jetzt, sonst verpassen wir wirklich noch den Zug«, waren ihre letzten Worte, die Michael hörte, dann verschwand die Dame mit ihrem Mann und dem golden schimmernden Pelzmantel, unter dem sie die kleine Anja vor der eisigen Kälte versteckte, aus seinem Blickfeld. Er beobachtete noch eine Weile die große Tür, durch die seine Schwester für immer aus seinem noch so jungen Leben verschwunden war.

Plötzlich spürte Michael die kalte, zitternde Hand seiner Mutter auf seinem Gesicht. Sie strich sanft über seine heiße Wange. Diesmal zuckte er nicht zurück, stattdessen drückte er sie, lehnte seinen Kopf an die Brust seiner Mutter und begann leise, kaum hörbar, zu weinen.

»Genug der Tragödie«, mischte sich einer der Soldaten ein, der für Familie Berg zuständig war. Sein Gesicht gegerbt von Wind und Wetter, die Haut faltig wie Leder, die Augen durchdringend wie kalter Stahl. Sein kantiger, kahler Schädel war von einer Mütze bedeckt, die leicht schief auf seiner Glatze saß. Seine Augen waren eisgrau und hafteten auf Johanna wie bei einem Wolf, wenn er seine Beute gewittert hatte. »Sie können sich dort umziehen.« Er deutete mit einem Wink auf Petrows ehemaliges Büro.

»Nicht nötig, es reicht, wenn Sie sich umdrehen«, entgegnete Johanna mit bebender Stimme.

Die beiden Männer wechselten einen verständnislosen Blick, gehorchten jedoch. Der mit der Glatze holte ungeniert seine Pfeife aus poliertem Holz hervor und stopfte sie mit Machorka voll. Mit geübtem Griff fischte er eine kleine Schachtel aus der Brusttasche und schüttelte sie mehrmals. Als er zwei Streichhölzer auf einmal angerissen hatte, saugte er am Mundstück der Pfeife, um den Tabak anzuzünden. Das schmatzende Geräusch seiner Lippen weckte in Michael vage Erinnerungen: Er sah seinen Opa auf einem Baumstamm vor seinem Haus sitzen.

Der Glatzkopf bekam einen Hustenanfall und verjagte damit die schönen Bilder aus der Vergangenheit wieder. In der Pfeife knisterte der Tabak, als er zu qualmen begann. Der Soldat wedelte die kleine Flamme mit wenigen Handbewegungen wieder aus, die abgebrannten Streichhölzer warf er zu Boden und erstickte sie mit dem rechten Stiefel, als zertrete er eine Kakerlake. Der Geruch des starken Tabaks kitzelte Michael in der Nase. Gelber Rauch hüllte das kantige Gesicht des Mannes ein und hinderte ihn daran, seiner Mama dabei zuzusehen, wie sie sich in das scheinbar viel zu große Kleid zwängte.

»Bist du endlich fertig?«, brummte der Mann nach einer Weile. Ein Ausdruck des Missfallens kroch über sein hageres Gesicht, als er sich mit gemächlicher Langsamkeit herumgedreht hatte. Er wollte noch etwas sagen, als sein Kamerad ihn an der Schulter packte.

»Ivan, nicht!« Sein Genosse schüttelte den Kopf. »Litwinow macht Hackfleisch aus uns, wenn wir der Frau etwas antun. Er kannte ihren Mann, sie waren Schulkameraden, habe ich gehört«, fügte der Grünschnabel hinzu.

KAPITEL 9

Die Verladung

»Wir haben nicht den ganzen Tag Zeit, Frau. Und wir sind nicht dazu verpflichtet, dir nachzurennen.« Es war der mit der Glatze. Er hielt die Pfeife mit seinen gelben Zähnen fest, sodass man ihn nur schwer verstehen konnte. »Mach schon, bist schon hübsch genug«, nuschelte er weiter. Eine kleine Rauchwolke entstieg seinem Mundwinkel.

»Ich bin fertig, wir können gehen«, sagte Johanna leise. Sanft strich sie das schöne Kleid glatt. Es war ihr etwas zu groß, stand ihr aber sehr gut, stellte Michael fest. »Kommt, Kinder, wir wollen die Genossen Soldaten der Roten Armee nicht länger aufhalten. Sie müssen unser Land gegen die Deutschen verteidigen. Nur frage ich mich, warum wir für das Ganze verantwortlich gemacht werden. Fühlen Sie sich denn von Frauen und Kindern bedroht?«, presste Johanna zwischen zusammengebissenen Zähnen hervor. Ihre Stimme klang belegt, der Hohn und Zorn darin waren nicht zu überhören.

Einer der Männer bedachte sie mit einem vielsagenden Blick, ohne auf ihre Frage zu antworten. Der andere schwieg ebenfalls.

Michael machte sich nicht mehr die Mühe, sich an der heilen Welt festzuklammern, die er gekannt hatte. Wie eine Seifenblase war die freudige Erwartung vor seinem inneren Auge zerplatzt und brannte schmerzhaft auf der Netzhaut. Wie oft hatte er an die Zukunft gedacht, an das, was die Zeit noch bringen mochte. Vor dem Ausbruch des Krieges hatten seine Gedanken immer wieder daran angeknüpft, dabei schien er alles um sich herum zu vergessen. In seinen Tagträumen war er stets woanders und schwelgte in einer Zukunft, in der er eine wichtige gesellschaftliche Rolle spielen würde. Unzählige Male hatte er sich ausgemalt, wie er als erwachsener Mann zum Führer der Sowjetunion gewählt wurde und alle Deutschen wie auch seinen Vater in die Freiheit entließ. Lehrer hatte er auch einmal werden wollen, oder zumindest ein angesehener Mann, dem es an nichts mangelte.

Der strahlende Traum, so faszinierend und schön wie eine zart irisierende Perle, hatte sich nun in eine schlammige Pfütze verwandelt, die nach Abwasser und Erbrochenem roch. Unbewusst verzog der Junge sein zartes Gesicht, angewidert von der Vorstellung, darin zu versinken. Michael blinzelte und spürte, wie seine Augen feucht wurden. Ein Stoß in den Rücken und die mahnenden Worte seines Bruders drängten ihn zur Eile. Gregor schubste ihn noch ein paar Mal, aber er ignorierte ihn einfach und schlurfte weiter wie bisher. *Der Tod kann schließlich warten,* dachte er. Dicht unter dem Herzen toste ein heftiger Sturm in seiner Brust.

Der Wind zerrte an seinem Kragen, kroch unter die Kleidung und peitschte gegen Arme und Beine. Die Wimpern waren eisverkrustet, die Haut auf der Stirn brannte. Finger und Zehen fühlten sich an wie morsche Zweige, fremd und tot. Über allem schien ein weißer Nebel zu liegen. Schneekristalle brannten schmerzhaft auf der ungeschützten Haut. Wie tausend kleine Nadeln stachen sie in die Wangen und Augen. Michael zog seine dicke Mütze tief ins Gesicht, schützte Mund und Nase mit seinem Schal. Ein scheuer Hauch von Zuhause hatte sich in der warmen Wolle versteckt. Michael sog den Geruch gierig durch die Nase ein.

Die beiden Männer warteten auf weitere Anweisungen, als die kleine Gruppe nach wenigen Minuten an einem der Wachposten angekommen war. Währenddessen wurden erneut Hunderte von Gefangenen in einen weiteren Zug getrieben, der dampfend und polternd auf seine Ladung aus verängstigten Menschen wartete. Zu den beiden Soldaten gesellten sich noch drei andere und scheuchten die eingeschüchterte Familie vor sich her wie eine kleine Schafherde. Sie machten sich einen Spaß daraus und riefen ihnen Beleidigungen zu.

Michael hörte den Männern einfach nicht zu. Worte wie »deutsches Schwein«, »Hitlers Kinder« oder schlicht »Faschisten« prallten an ihm ab. So lange es nur bei verbalen Erniedrigungen blieb, war ihm das alles egal. Nur durfte keines seiner Geschwister oder seine Mutter geschlagen werden.

Johanna ignorierte die Männer ebenfalls, hielt sich einfach an die anderen Gefangenen, die von den fünf Soldaten umringt waren. Die Gruppe war inzwischen auf gut fünfzehn Personen angewachsen. Keiner sagte etwas. Immer noch konnte sich Johanna des Gefühls nicht erwehren, dass sie sich doch falsch entschieden hatte. Sie vermisste ihre kleine Anja jetzt schon. Der Gedanke, das unschuldige Kind nie wiederzusehen, raubte ihr den Atem. Ihr Herz schmerzte, als habe ihr jemand einen Pflock durch die Brust getrieben.

»Die Deportation der Deutschen, Juden und anderen Völker wird zu einem Schandfleck in Russlands Geschichte werden. Die Welt wird davon erfahren!«, ertönte eine verzweifelte Männerstimme. Der eisige Wind verebbte kurz zu einer schwachen Brise. Johannas Blick schweifte über die Köpfe der in einer riesigen Menschentraube versammelten Schaulustigen. Auf der Ladefläche eines ramponierten Lastwagens stand ein Herr mittleren Alters und schrie seine Parolen in die Menge. Ungeachtet dessen, dass seine Worte keine Zustimmung fanden, und auch nicht durch Jubel unterstützt wurden, sprach er laut und deutlich. Keiner traute sich, den Störenfried von der Ladefläche zu zerren, um ihn zum Schweigen zu bringen. Der graue Wagen war von zehn bewaffneten Männern umringt, sie trugen keine Uniform, sahen wie ganz gewöhnliche Bauern aus. Trotzdem wurden sie geduldet.

Je weiter sie sich der Menschenmenge näherten, desto intensiver roch die kühle Luft nach frisch gebackenem Brot und Rauch. Michael bekam Magenkrämpfe vor Hunger. Um das quälende Verlangen nach Essen zu besänftigen, griff er in den Schnee, zog den dicken Schal bis ans Kinn herunter und stopfte sich hastig den kleinen Schneeball in den Mund. Gaumen und Zunge brannten vor Kälte. Sein Magen brodelte nach wie vor. Doch er konnte nicht anders, er musste immer wieder den Duft von Brot und jetzt auch Gerstenbrei in sich hineinströmen lassen. Die Luft war so kalt, dass die Nasenflügel beim Einatmen an der Scheidewand kleben blieben.

»Halt's Maul!«, schrie jemand aus der Menge. Ohne Vorwarnung warf er einen Stein nach dem Mann, der sich für die Rechte der Minderheit einsetzte und dabei sein Leben riskierte. Ein weiterer Gegenstand flog durch die Luft, auch dieses Mal wurde der aufständische Unruhestifter nur um Haaresbreite verfehlt.

›Menschen sind wie Rinder‹, fielen Johanna die Worte ihres Vaters ein. ›Wenn eines in den Sumpf gerät, trotten die anderen hinterher.‹ Sie spürte, wie etwas Hartes in ihren Rücken gepresst wurde. Der Doppellauf der Flinte verursachte höllische Schmerzen, denn an derselben Stelle hatte Oberleutnant Petrow sie mit seinem Stiefel verletzt, als sie sich gewehrt hatte.

»Du solltest lieber deine Beine bewegen«, fauchte eine raue Stimme hinter ihr. »Sonst landest du auch auf dem Schlitten dort, du Frau eines Deutschen.« Die Doppelläufige wurde jetzt fester gegen ihre Wirbelsäule gedrückt. Johanna konnte ein Stöhnen nicht unterdrücken und ging schneller, bis der Druck der Flinte nachließ. Hastig warf sie einen Blick nach rechts. Dort sah sie einen Pferdeschlitten und begriff die Drohung hinter den gehässigen Worten des Mannes. Auf dem Schlitten lagen, zu einem Stapel aufgeschichtet, mehrere Leichen, und ständig kamen weitere hinzu. Die fratzenhaft verzerrten Gesichter starrten aus leeren, eisverkrusteten Augen in den Himmel. Keiner machte sich die Mühe, ihre Lider zu schließen. Manche waren durch ihre Verletzungen derart entstellt, dass man direkt in ihre Köpfe schauen konnte. Der fallende Schnee bedeckte gnädig ihre Augen, ihre Wunden, ihre Körper.

In einer der Leichen erkannte sie Petrow, den Mann, der ihren Körper geschändet und ihre Seele beschmutzt hatte. Ein dunkles Loch in seiner Stirn war Beweis genug, dass der Vergewaltiger wirklich tot war. Abgesehen davon, dass sein halber Hinterkopf fehlte, schien der Rest unversehrt geblieben zu sein. Nicht so Johanna. Ihr Unterleib zog sich schmerzlich zusammen beim Gedanken an das, was dieser Mann ihr angetan hatte, und ihr wurde speiübel. Sie beugte sich vor und erbrach Galle, die auf dem Weg nach oben ihre Speiseröhre zu verätzen schien. Zischend brannte sich die gelbe Flüssigkeit in die weiße Schneedecke. Nach einer weiteren Würgeattacke fing sich Johanna wieder. Ihre klammen Finger kratzten ein Häuflein pulvrigen Schnee zusammen und stopften den kalten Klumpen in ihren rissigen Mund. In Gedanken verfluchte sie den Mistkerl Petrow, der so einen schnellen und leichten Abgang nicht verdient hatte. Für diesen Mann konnte sie kein Mitleid aufbringen, stattdessen verspürte sie eine gewisse Genugtuung. Eine tiefe seelische Ruhe breitete sich in ihr aus, als wäre etwas aus der Welt geschafft, was sie lange Zeit gequält hatte. Nur Gott allein und vielleicht noch dieser Sergeant Pulski wussten, ob sie die einzige Frau war, die er so erniedrigt hatte. Aber ein anderer Gedanke beunruhigte sie. *Hoffentlich bin ich nicht von diesem Mistkerl schwanger geworden.* Sie spürte eine heiße Woge über Gesicht und Rücken kriechen und legte unwillkürlich die Hand auf ihren Bauch. Ihr Atem ging schwer. Johanna rieb mit einer Handvoll Schnee über ihre Stirn und die Wangen, schloss für einen Augenblick die Augen und blieb kurz stehen. Alles um sie herum schien sich zu drehen. Sie ignorierte die mahnenden Rufe des glatzköpfigen Soldaten. *Ich muss mich sammeln,* redete sie sich selbst zu. Ein tiefer Atemzug, dann lief sie schnelleren Schrittes hinter ihren Kindern her zu den Gleisen.

* * *

Gedämpfte Schreie, Flüche, Verwünschungen und monotones Wehklagen erfüllten die Luft und brachten sie zum Beben. Michael packte seine Mutter am Mantel und hielt sich dicht neben ihr. Er sah auch zu, dass seine Geschwister bei ihm blieben, vor allem durfte er Maria nicht aus den Augen verlieren. Als er sie anschaute, erwiderte sie seinen Blick. Ihre Wangen färbten sich rot. Sie senkte die Lider, als ob sie sich ertappt fühlte. Ein wohliges Gefühl kroch durch seinen Körper; der Gedanke, dass er ihr gefallen könnte, spendete ihm für einen Augenblick etwas Wärme.

Eine Textpassage fiel ihm ein. Hatte sein Vater diese Worte einst zu seiner Mutter gesagt? Er wusste es nicht mehr. Dann erinnerte er sich wieder: Er kannte die Zeilen aus einem der unzähligen Bücher, die sein Vater so oft in der Küche vorgelesen hatte. Seine Mutter lauschte seinen Worten, während Michael sich schlafend stellte und seinem Vater heimlich zuhörte.

»Die Liebe ist unsichtbar, flüchtig wie ein Lufthauch, leise wie ein Traum, der durch ein offenes Fenster hereinschleicht, um uns eine schlaflose Nacht zu bescheren, um gleich darauf zu entschwinden. Um uns mit Keimen der Sehnsucht zu verseuchen, die uns lange, unruhige Tage mit Herzschmerz und seelischer Unruhe bereiten. Liebe ist eine Krankheit, die nur schwer zu kurieren und nicht zu heilen ist und einen manchmal umbringt, wenn sie nicht erwidert wird.«

Hatte ihn Maria etwa mit dieser Krankheit angesteckt? War er in sie verliebt? Das durfte er nicht zulassen – sie war seine Schwester –, wenn auch nicht seine richtige Schwester wie Anita oder die kleine Anja. Der Gedanke an seine jüngste Schwester, die er heute verloren hatte, zerriss ihm erneut das Herz in der Brust und ersetzte es durch einen Eisklumpen. Er schimpfte sich einen Narren. Den absurden Gedanken an die Liebe, womit er ohnehin recht wenig anfangen konnte, schob er beiseite und trat ihn mit seinen schmutzigen Schuhen in den schlammigen Boden. Solange er nicht frei war, würde er keinen Menschen mehr in sein Herz schließen. Seine kleine Schwester, seinen Vater und seinen großen Bruder in so einer kurzen Zeitspanne zu verlieren, war mehr als nur eine Erfahrung. Das war eine Lehre fürs Leben und Beweis dafür, dass alles vergänglich war und dass das Leben eines Einzelnen keine Bedeutung hatte.

Eine Frauenstimme erklang in seinem Kopf: ›alles geschieht zum Wohle des Volkes, und Lenin weist uns den Weg.‹ Von wegen! Nadeschda Pawlowna erinnerte ihre Schüler stets an den Leitspruch der Kommunisten, die Befreier der Nation. Immer wenn die Kinder sich in ihrem Unterricht nicht zu benehmen wussten, wie Nadeschda Pawlowna es gerne gesehen hätte, sagte sie: ›Merkt euch diese Worte: Wladimir Iljitsch Lenin starb für seine Vision und seine Ziele, um euch ein sorgenfreies Leben zu schenken!‹ Stets ermahnte sie die Schüler mit erhobenem Finger, sich daran zu erinnern.

Jetzt stand Michael zitternd vor Kälte mit vielen anderen zu einem Haufen zusammengetrieben und wartete ab, was als Nächstes mit ihm geschah. Wo waren die Ideale von ›Towarischtsch Lenin‹, wie er hinter vorgehaltener Hand genannt wurde, denn geblieben? Wo war die sorglose Freiheit, für die so viele Menschen im Kampf gegen den Zaren und seine weiße Armee ihr Leben gelassen hatten? *Wir alle sind gleich, wir sind alle Brüder, wir wollen die Freiheit, wir sind das Volk – nichts als leere Versprechungen,* dachte Michael entrüstet. Lügen, an die er noch vor wenigen Wochen voller Stolz geglaubt hatte. ›Deportation‹ und ›Kommandantur‹ waren auch nur Worte für ihn gewesen, mit denen er nichts anzufangen wusste.

»Maria! *Maria!*« Laute Rufe schallten über die Köpfe der Wartenden hinweg. Michael stieß fast mit Maria zusammen, als sie plötzlich herumfuhr. Ihre Augen huschten suchend zwischen all den Menschen hin und her. Plötzlich verzog sich ihr Mund zu so etwas wie einem Lächeln. Michael folgte ihrem Blick in die Richtung, aus der er die laute Stimme zu hören glaubte. Dort stand eine Frau, die hektisch mit beiden Armen winkte. Gleich darauf begann sie, sich mit den Ellenbogen energisch aus der Menschenmenge um den benachbarten Waggon zu kämpfen.

»Tante Annette!«, rief Maria mit sich überschlagender Stimme, ein hysterisches Weinen schwang darin mit. Sie schlug die Hände vor den Mund, schluchzte vor Freude.

Die Frau bahnte sich ihren Weg durch die Menschen wie ein Pflug durch lockere Erde. »Sie ist meine Nichte!«, schimpfte sie einen der Uniformierten, als der ihr den Weg versperren wollte.

* * *

»Ich habe die Kommunisten unterstützt, immer! Nun wird mir für mein Engagement in so einer Weise gedankt? Was ist mit der Idee, der Ideologie unseres Führers passiert? ›Proletarier aller Länder, vereinigt euch‹? Alle Menschen sind gleich, doch manche sind gleicher, so gleich, dass sie der Partei gleichgültig sind!«, schrie sie den Mann an, schubste ihn ohne Zögern grob aus dem Weg. Sie setzte alle Hebel in Bewegung, um näher an Maria heranzukommen. Alles andere schien in diesem Moment unwichtig. Sie hatte nur ihr Ziel vor Augen. »Lass mich vorbei, du Ausgeburt der kommunistischen Ideologie eines Diktators!«, setzte sie ihre Tirade fort.

»Nun lass sie schon durch«, mischte sich ein anderer Soldat ein. Hastig winkte er die Frau vorbei. Er wollte einfach keinen Ärger. Wegen so einer Nichtigkeit einen Aufstand zu provozieren lag sicher nicht in seiner Absicht, ging es Johanna durch den Kopf. Dann stand die ältere Frau endlich keuchend vor ihnen, ihr Gesicht glühte vor Zorn. Ein wenig unsicher nahm sie Maria in die Arme, drückte sie fest an sich und schob sie dann wieder ein Stückchen von sich, um sie von oben bis unten anschauen zu können. Mit feucht schimmernden Augen musterte sie das Mädchen und die beiden Jungs liebevoll. Als sie jedoch sonst niemanden aus der Familie von Hornoff ausmachen konnte, wich die kurze Freude einem sorgenvollen Blick. Ihre Augen huschten suchend hin und her, dann richtete sie ihr Augenmerk auf Johanna. Dankbar nickte sie ihr zu, als sie begriff, welche Rolle Johanna übernommen hatte. Das Gesicht der Frau war runzelig wie ein vertrockneter Apfel. Unzählige Falten rahmten ihre fast schwarzen Augen. Ihr zerzaustes silbergraues Haar wehte im Wind. Trotzdem strahlte sie die Lebenskraft und das Temperament einer starken Persönlichkeit aus.

»Tante Annette …« Mehr konnte Maria nicht sagen, sie schluckte und schloss die Augen. Tränen kullerten über ihr schmales Gesicht.

»Ich weiß, Liebes. Dein Vater, mein armer Bruder Adolf …« Annette redete Deutsch mit ihrer Nichte, denn wie viele andere Gefangene beherrschte Maria nur ihre Muttersprache.

* * *

»Redet so, dass wir euch verstehen können«, unterbrach sie einer der Aufseher und trat näher.

Annettes Gesichtszüge wurden wieder härter, als sie sich umdrehte. Der Zorn, der sich in ihrem Gesicht widerspiegelte, ließ ihre Züge wie versteinert erscheinen. Ihre Stimme, die vor einer Sekunde noch beruhigend und sanft geklungen hatte, wurde auf einmal kalt und dunkel. Als sie sich an den Mann wandte, glich sie einer wild gewordenen Wolfsmutter, die bereit war, für ihre Jungen jedem an den Hals zu springen.

Maria zog ihre Tante am Ärmel. »Bitte nicht«, flüsterte das Mädchen leise.

So schlagartig wie ein Gewitter endete, war das überschäumende Gemüt der Frau besänftigt, die Falten in ihrem markanten Gesicht glätteten sich. Obwohl ihre Kieferknochen immer noch mahlten, klang ihre Stimme freundlich. »Darf ich meine Nichte mitnehmen?«

»Nur, wenn es schnell geht«, unterbrach sie der Soldat. Weiße Wolken stiegen aus seinem Mund auf. Auch er war froh, dass die Frau sich gegen eine Auseinandersetzung entschieden hatte. Jede Eskalation konnte zu einer Massenpanik führen und in einem Gemetzel enden.

Annette räusperte sich, dann fuhr sie mit noch sanfterer Stimme fort: »Ihre Brüder möchte ich auch mitnehmen.«

Die Augen des Mannes verfinsterten sich. Seine vom Wind und der Kälte aufgeplatzten Lippen wurden zu zwei weißen Strichen, sahen wie schlecht verheilte Narben aus, die sein unschönes Gesicht noch hässlicher machten. »Was erlaubst du dir, Frau? Meinst du, wir wären hier bei einem Wunschkonzert? Wir werden bald in einem Krieg sein, der alles hier vernichten kann.«

»Mein Volk *ist* schon im Krieg!«, platzte sie heraus. Ihre Worte waren noch eisiger als der Wind. »Schau dir doch all diese Menschen an, Söhnchen.«

Der Aufseher war der viel kleineren Frau nicht gewachsen, das wussten sie beide. Die Frau setzte darauf, ihren Gegner zu zermürben. »Hattest *du* keine Freunde, die Deutsche waren? Kanntest du niemanden, dessen Name nicht Ivanov war, sondern Müller oder Schmidt? Schau dich nur um!« Ihre Stimme war stetig leiser geworden, eindringlicher.

Der Mann schaute sich nicht um, er trat von einem Bein aufs andere, sein Gesicht hatte einen betroffenen Ausdruck angenommen.

»Ich will sie nur mitnehmen, mehr nicht. Wir werden im selben Zug fahren. In unserem Wagen haben wir etwas mehr Platz als hier. Bitte. Höchstwahrscheinlich werden die meisten Menschen diese grausige Fahrt ins Nirgendwo nicht überstehen. Ich habe niemanden mehr. Mein Mann ist an Krebs gestorben. Mein ganzes Leben habe ich der Partei gewidmet, jetzt bin ich zu alt, um Kinder zu bekommen. Mein einziger Sohn starb an der Front, vor zwei Wochen …«, fügte sie leise hinzu, »… für die Ideale der Sowjetunion. Er hatte sogar seinen Namen ändern lassen.« Tränen traten ihr in die Augen, ihr teigiges Gesicht glänzte. Sie rieb sich mit dem Handrücken über ihre Lider, wollte keine Schwäche zeigen. Nach kurzem Zögern hatte sie ihre Stimme wieder unter Kontrolle und bat: »Lass sie bitte mit mir gehen.«

»Ich will euch hier nie wieder sehen, Frau. Schnapp dir dein Gesindel und geh auf deinen Platz. Der Zug fährt bald ab.« Wie zur Bestätigung ertönte ein lang anhaltender Pfeifton.

Die Menge setzte sich erneut in Bewegung. Der betörende Geruch von Brot trieb Michael beinahe in den Wahnsinn. Er spürte starke Hände an seinem Rücken, die ihn den schmalen Steg entlang und in das dunkle Innere schoben. Kurz bevor er in der Dunkelheit verschwand, sah er die Feldküche und die unzähligen Hände, die nach den dampfenden Laiben griffen, sie in Fetzen rissen, um die noch warmen Stücke in die gierigen Münder zu stopfen.

Langsam verschwand das traurige Bild aus seiner Sicht. Etwas schob sich in sein Sichtfeld und versperrte ihm den Blick nach draußen. Alles, was er jetzt noch erkennen konnte, war eine riesige Schiebetür, die von zwei Männern geschlossen wurde. Mit einem lauten Scheppern rastete der große Rahmen aus Stahl und Brettern ein. Sofort wurde es düster und noch beklemmender als zuvor. Das metallische Klopfen eines Hammers gegen die großen Räder des langen Zuges wurde lauter, dann verklang das Geräusch nach und nach. Draußen schnappte ein Riegel ein. Ein heftiger Ruck brachte die Insassen zum Straucheln, manche taumelten und fielen hin. Der Geruch von Ammoniak, Erbrochenem und kaltem Schweiß vermischte sich mit dem des Zorns, der Furcht und der Ausweglosigkeit zu einem toxischen Dunst, der die Menschen von innen heraus zu vergiften schien. Kinder begannen zu winseln, manche schrien, andere stellten Fragen. Keiner begriff, was mit ihnen geschah.

Michael wurde schwummerig, vor seinen Augen begann sich alles zu drehen. Die fremden Gesichter wirkten auf einmal verschwommen – wie auf einem Aquarell. Johanna stützte ihn und schaffte es irgendwie, sich mit ihren Kindern in eine Ecke zu setzen. Ihre Körper aneinandergeschmiegt, versuchte sich die nun wieder geschrumpfte Familie gegenseitig Trost und Wärme zu spenden. Mit einer Mischung aus Trauer und Erleichterung, dass sie nicht für noch mehr Kinder die Verantwortung tragen musste, schloss sie langsam ihre bleiernen Lider.

Hier und da sprach eine Mutter mit ihren Kindern, Väter schienen in dieser Welt nicht zu existieren. Nur die wenigsten durften ihre Familien begleiten, sie waren allesamt entweder krank oder verletzt. Ein gesundes Mannsbild galt als potenzielle Gefahr und wurde liquidiert. Michael wusste, welche Bedeutung dieses Wort hatte. Die Männer wurden an die Wand gestellt – oder an einen Baum, wie der gemeine Kerl, der seiner Mutter wehgetan hatte, dieser Petrow. Wo war bloß sein Vater? Hatte man ihn auch an die Wand gestellt? Über diesen Gedanken brütend, versuchte er einzuschlafen. Nur so würde er seinen Hunger besiegen können, zumindest für eine Weile, in der er von dieser Welt nichts mitbekam. Hoffentlich war sein Bruder Alexander noch am Leben. Als er seine Augen schloss, sah er ihn in seiner schmucken Uniform vor sich. Er sagte, alles würde gut, und er käme bald nach Hause.

KAPITEL 10

Zwischenstation

(Deserteure)

Die Stimmung unter den Gefangenen drohte zu kippen. Alexander konnte die Spannung in der Luft fast schon hören. Alle schienen auf etwas zu warten, nur wusste er nicht, was der Grund für die Unruhe war. Scheinbar als einer von wenigen, vielleicht sogar als Einziger, weil er sich immer auf Distanz hielt. Hier und da unterhielten sich die Männer leise und wurden von Minute zu Minute unruhiger. Es war, als ziehe ein Sturm auf. Ein tosender, tödlicher Orkan, aus dem es kein Entrinnen gab. Jeder fürchtete sich davor, der Erste zu sein, der erschossen wurde.

Und plötzlich schienen sie ihn zum ersten Mal zu bemerken, konnte er nicht mehr in der Anonymität der Menge untertauchen. Alexander schloss die Augen und tat so, als schliefe er. Er spürte, wie eine Hand seinen Mantel packte, der Griff war fest. Scheinbar schlaftrunken hob Alexander die Lider ein bisschen.

»Wie heißt du?«, wollte der Mann wissen und zog leicht an dem groben Stoff, um der Frage Nachdruck zu verleihen.

»Alexander.«

»Und weiter?«, drängte der andere. Er klang kultiviert, seine glänzenden Augen waren dunkel und forsch wie die eines Raben. Mit der spitzen Nase, die in seinem kleinen runden Gesicht viel zu groß wirkte, ähnelte er diesem schlauen Vogel noch mehr.

Alexander riss sich los und zog den Mantel wieder enger um sich. Er stand auf und lehnte sich mit dem Rücken an die Bretterwand. Die fingerdicken Schlitze zwischen den grob gehauenen Brettern spendeten genug Licht, dass Alexander sein Gegenüber gut sehen konnte. Leider konnte auch der Wind ungehindert durch die Latten hindurchrauschen, womit er den Insassen kalte Glieder bescherte. Der Kerl mit den funkelnden Augen erhob sich ebenfalls, ohne den Blick von Alexander abzuwenden. »Genier dich nicht, wir sind hier alle keine Russen. Außer Elkin, aber der zählt nicht, seine Mutter war eine Zigeunerin.« Der Fremde lachte verschmitzt.

Auch der daneben, allem Anschein nach wohl der besagte Elkin, kräuselte seine Lippen zu einem Lächeln. »Gar nicht wahr«, protestierte der schmächtig wirkende Kerl, aber nur halbherzig. Er hatte gewelltes, glänzend schwarzes Haar, das ihm bis an die Schultern reichte. Auch seine Augen funkelten voller Leben. »Sie ist Moldawierin«, fügte er hinzu.

»Ist doch scheißegal«, warf jemand spöttisch ein.

»Ist es nicht«, widersprach Elkin. Seine Stimme bebte leicht, und Alexander konnte nicht mit Sicherheit sagen, ob er sich jetzt nicht doch ärgerte. Der junge Mann war im Begriff, sich zu erheben, bekam aber von seinem Nebenmann prompt einen Hieb auf den Hinterkopf, sodass seine Mütze in hohem Bogen davonsegelte. Ein anderer schnappte sich die Pelzmütze und warf sie seinem Gegenüber zu. Die Kopfbedeckung flog von einem zum nächsten, immer knapp an Elkin vorbei. Hin und her, bis sie irgendwann schließlich doch wieder bei dem jungen Mann ankam. Sie landete direkt in seinem Schoß. Die angespannte Stimmung lockerte sich etwas auf. Die Männer, ob jung oder alt, kicherten und grinsten sich gegenseitig an. Das kleine Spiel ließ alle ihre Ausweglosigkeit vergessen, auch wenn es nur von kurzer Dauer gewesen war. Namen wurden genannt, die Alexander sich nicht merken konnte. Außer Elkin und Andrej Goldberg. Wie der Name schon vermuten ließ, war Goldberg Jude.

»Warum klingt dein Name so deutsch?«, erkundigte sich Alexander bei ihm.

Andrej zuckte nur mit den Achseln.

»Ich heiße Alexander Berg«, sagte er dann und wartete auf irgendeine Reaktion, die zu seiner Verwunderung ausblieb. Allem Anschein nach schien sich niemand für seine Nationalität zu interessieren. Seine Leidensgenossen nahmen es einfach hin.

»Wir sind gleich da«, rief Elkin dazwischen und wandte sich von den Brettern ab. Er hatte nur kurz durch die Ritzen hindurchgespäht. Seine Augen waren feucht von dem kalten Wind, an den langen Wimpern schimmerte weißer Raureif. Ohne sich die Tränen abzuwischen, zwinkerte er mehrmals und sah verstohlen zu seinem Freund Goldberg. Es schien so, als hätten die beiden ohne viele Worte einen Pakt geschlossen, was nicht unbedingt etwas Gutes verhieß. Alexander spürte, wie die sowieso schon angespannte Atmosphäre zu flirren begann. Die beiden waren wie elektrisiert. Man konnte es förmlich knistern hören, und es wurde immer stärker, je näher sie dem Bahnhof kamen.

Seit der letzten Station hatte sich die Anzahl der Häftlinge halbiert. Auch wenn hier fast nur junge und kräftige Männer gefangen gehalten wurden, forderten die Strapazen ihren Tribut. Kälte und Hunger rafften die meisten Inhaftierten dahin. Nicht selten gerieten manche, verzweifelt und gereizt, wie sie waren, wegen einer Lappalie in Streit und schlugen sich gegenseitig die Köpfe ein. Den Wärtern waren die Toten nur recht. Je weniger sie zu transportieren hatten, desto besser, dachten wohl viele von ihnen.

Die Zwischenstopps waren immer nur ein flüchtiger Halt. In der kurzen Zeit wurden die Waggons notdürftig gesäubert – was nicht bedeutete, dass jemand alles sauber machte –, nein, sie entfernten nur die Leichen und festgefrorene Fäkalien behelfsmäßig.

Um eine Revolte zu vermeiden, wurden die noch lebenden Inhaftierten ständig neu zusammengewürfelt wie Spielkarten. Viele, wenn nicht alle Insassen waren früher Soldaten der Roten Armee gewesen.

»Man gehe auf Nummer sicher«, äffte Elkin mit typisch georgischem Akzent den Generalsekretär nach. Dabei sprach er mit verstellter Stimme, die der von Stalin ziemlich nahekam. Das Haupt des Politbüros auf den Arm zu nehmen war gefährlich. Genosse Stalin war unantastbar, ihn öffentlich zu verspotten war glatter Selbstmord. Hier kümmerte sich niemand darum. Was konnte noch schlimmer sein, als in einem Zug zu sitzen und wie Vieh durchs Land transportiert zu werden? Ohne Hoffnung und in dem ständigen Bewusstsein, den Tag möglicherweise nicht zu überleben. Jeder rechnete mit dem Schlimmsten, denn für die Fahnenflüchtigen gab es nur eine Strafe: die sibirischen Arbeitslager. Wenn sie auf dem Weg dahin nicht erfroren.

An jeder Zwischenstation wurden ihre Namen aufgerufen, die Zahlen für den jeweiligen Waggon laut genannt. Die Ziffern waren mit einem dicken Pinsel in weißer Farbe von Hand aufgemalt. Alexander hatte sich daran gewöhnt und gehorchte einfach, denn jeder Widerstand war zwecklos und zog härteste Konsequenzen nach sich. Darauf konnte er gern verzichten.

Alexander wurde den Eindruck nicht los, dass die Temperaturen um einige Grad gestiegen waren, kaum merklich zwar, dennoch war die Veränderung spürbar. Die Bretter waren jetzt nicht mehr vollständig von einer weißen Eisschicht ummantelt und es starben weniger Gefangene. Die Reise ins Nirgendwo dauerte nun schon mehrere Monate. Sie fuhren durch Kasachstan, so viel wusste Alexander. Hier gab es nichts als Steppe und Einöde. Keine Städte und keine Zivilisation unterbrachen die flache Landschaft, die sich bis zum Horizont zu erstrecken schien. Ab und zu lugte er durch die Ritzen und fragte sich des Öfteren, ob hier überhaupt Menschen lebten.

Irgendwann kam der Zug endlich zum Stehen. Alexander freute sich auf eine Tasse heißes Wasser und das kleine Stück schwarzes Brot. Doch heute war irgendetwas anders. Elkin und Goldberg tauschten verstohlene Blicke aus, als führten sie etwas im Schilde, das allen hier mächtig viel Ärger bereiten konnte. Für derlei Dinge hatte Alexander ein Gespür, einen siebten Sinn, wie er sich auszudrücken pflegte.

»Andrej, ihr bringt uns damit in Gefahr. Egal, was ihr euch da in den Kopf gesetzt habt, euer Plan wird nicht funktionieren«, raunte er seinem Kameraden ins Ohr, sodass ihn sonst keiner hören konnte.

Als Andrej auf seine Ermahnung hin nicht reagierte und sich an ihm vorbeizwängen wollte, um sich neben Elkin zu setzen, hielt Alexander ihn am Revers seines abgewetzten Mantels fest. Seinen Pelzmantel hatte man Goldberg schon bei der Festnahme abgenommen. Einer der Soldaten bot ihm einen fairen Deal an – »Leben oder Mantel«, überließ er Andrej mit höhnischem Grinsen die Wahl. Andrej Goldberg wusste, wann er verloren hatte und gab ihm schweigend seinen teuren Pelzmantel. Insgeheim schwor er jedoch blutige Rache.

»Die Juden haben immer gute Sachen dabei und einen ausgezeichneten Geschmack. Meiner Frau wird er bestimmt gut stehen«, freute sich der Soldat und verpasste Andrej als Dankeschön noch einen Fausthieb mitten auf seine Nase. Das war vor zwei Monaten geschehen. Eine Nacht lang hatte Goldberg gefroren und gezittert wie ein Epileptiker, bis einer der Kameraden gestorben war. Elkin half seinem Freund, den Toten auszuziehen und Andrej einen halbwegs gut erhaltenen Mantel zu beschaffen.

»Andrej, tu das nicht. *Bitte!* Die sind alle bewaffnet, sie werden nicht zögern, uns zu erschießen. Sie brauchen keinen besonderen Grund, um uns alle wie …«

»Ich hole mir nur meinen Nerzmantel zurück, das ist alles. Mir frieren bald die Eier ab. In dem Ding da werde ich keine weitere Nacht überleben, ohne mir eine Lungenentzündung zu holen«, gab Andrej genauso leise, aber mit mehr Nachdruck zurück.

Alexander spürte, wie fünf starke Finger ihn am Handgelenk packten und seinen Griff lösten.

»Aber …«

»Ich bin zwar Jude und nur ein Pianist, aber lange noch kein Feigling. Was sagst du, Elkin? Habe ich jemals gekniffen?«

»Ja, bei Sarah, als du sie fragen …«

»Halt's Maul!«, fauchte Andrej den grinsenden Elkin an und warf ihm seine Mütze ins Gesicht. Dessen Grinsen wurde noch breiter, doch er sagte nichts mehr, streckte einfach seine riesige Hand aus. Andrej lachte und schlug ein. Der Plan würde eingehalten, sollte diese Geste wohl bedeuten.

»Was habt ihr denn überhaupt vor?« Alexanders Neugier war geweckt. Auch wenn er vor Aufregung und Angst kaum atmen konnte, wollte er sich den beiden anschließen. Wenn er schon sterben musste, dann wenigstens für eine gute Sache.

Andrej zog Alexander am Ärmel näher an sich heran. Gleichzeitig legte ihm Elkin mit verschwörerischer Miene den Arm um den Nacken. Alexander spürte, wie sich die starken Muskeln anspannten. »Wenn du kneifst, stirbst du als Erster«, flüsterte Elkin ihm ins Ohr. Etwas Spitzes und ungewöhnlich Warmes drückte gegen seinen Adamsapfel.

»Hör auf mit dem Scheiß, Zigeuner«, fluchte Andrej und zog seinen Kumpanen weg. Alexander schluckte erleichtert und schnappte kurz nach Luft, als er sah, was Elkin ihm an die Gurgel gehalten hatte. Einen langen glänzenden Nagel. Das Metall war ein wenig verbogen, dennoch war die stabile Spitze eine gefährliche Waffe, wenn der Gegner nicht gerade ein Jagdgewehr hatte.

»*Das* ist euer Plan?«, entrüstete sich Alexander und verzog das Gesicht. Nichts weiter als ein krummer Nagel und eine dumme Idee. Er schüttelte enttäuscht den Kopf. Die beiden zuckten nur mit den Schultern. »Ihr wollt doch nicht mit so einem Ding hier dem Dutzend bewaffneter Soldaten die Stirn bieten?«

»Es wird ja auch nicht unsere Stirn sein, die wir ihnen bieten«, entgegnete Elkin ruhig. Andrej räusperte sich und rutschte ein Stück nach hinten. »Wir nehmen den dort«, fuhr Elkin fort. Er deutete auf einen der Toten.

Wie elektrisiert starrte Alexander auf den ausgemergelten Körper eines alten Mannes, den der himmlische Vater erst vor wenigen Stunden zu sich gerufen hatte. Elkin klopfte ihm sacht auf die Schulter und sagte: »Er ist noch biegsam«, dann prustete er los. Auch sein Kumpel Goldberg war ungewöhnlich gelassen und außerordentlich gut gelaunt. Die Euphorie angesichts der Aussicht auf eine Flucht in die Freiheit raubte den beiden ihren klaren Verstand.

Von Weitem konnte Alexander die gebrüllten Kommandos der Soldaten vernehmen. Das Abladen nahm seinen Lauf.

»Der Mann ist gar nicht tot. Er lebt«, behauptete Andrej und zwinkerte den beiden zu. Als warte er auf ein Zeichen, zog Elkin den toten Körper näher zu sich heran. »Hörst du, wie er redet?«, fragte er und drückte Alexander nach unten. Ohne sich zu wehren, legte der sein Ohr an die blauen Lippen der Leiche. Er hörte überhaupt nichts, nicht mal ein leises Atmen. Wie denn auch? Der Mann war tot. Die beiden nahmen ihn einfach auf den Arm. Als er den Kopf schon wieder heben wollte, sprach der Leichnam doch: »Höre auf deine Freunde, mein Sohn.«

Alexander fuhr hoch, bekam vor Schreck keine Luft, seine Lunge schmerzte und kleine Schweißperlen traten auf seine Stirn. Mit weit aufgerissenen Augen starrte er die beiden Mitgefangenen an. Die restlichen Insassen würdigten die drei Verrückten keines Blickes. Sie stellten sich alle brav an die große Schiebetür und warteten wie gut abgerichtete Tiere.

»Warum schaust du Elkin an? Ich bin es, der mit dir redet – *ICH, der Heilige Geist!*«, herrschte ihn eine raue Stimme an.

Elkin und Goldberg schauten ihm mit gespielter Ernsthaftigkeit entgegen. Keiner von ihnen hatte die Lippen bewegt. Auch sonst war niemand in ihrer Nähe.

»Was geht hier vor?«, stotterte Alexander wie ein schockiertes Kind.

»Du bist von den Toten auserwählt worden«, erklang die verzerrte Stimme erneut.

»Hört auf mit dem Scheiß«, flüsterte Alexander. Ein eisiger Schauer kroch über seinen Rücken.

»Machst du jetzt mit oder nicht?« Das Krächzen wurde lauter und verwandelte sich in Elkins vertraute sonore Stimme. Alexander war verärgert, weil er darauf hereingefallen war, doch seine Neugier gewann die Oberhand: »Wie hast du das gemacht?«

»Unser Elkin ist ein verdammt guter Bauchredner. Noch nie davon gehört? Warst du etwa noch nie in einem Theater oder im Zirkus?« Andrej wirkte irritiert. Ungläubig zog er eine seiner buschigen Augenbrauen hoch.

Als die gedämpften Stimmen von draußen lauter wurden und die Riegel klapperten, wurden die beiden Männer wieder ernst. Sie erläuterten Alexander in aller Kürze ihren Plan. Was er für den Überraschungsauftritt wissen musste, war in wenigen Sätzen erklärt. Die Zeit drängte, denn auch an ihrer Tür schepperte es laut. Ohne seine Zustimmung abzuwarten, griffen sie nach der Leiche, Andrej links, Alexander rechts. Der Tote schien überhaupt nichts zu wiegen. Seine spindeldürren Arme um ihre Nacken gelegt, stützten Alexander und Andrej den Verstorbenen von beiden Seiten, Elkin stand dicht dahinter. Endlich schnappte auch an ihrem Waggon der eiserne Riegel auf. Mit lautem Schaben und Knarren wurde die Tür aufgeschoben. Ungewöhnlich warme Luft strömte in das Innere ihres Gefängnisses. Alexander nahm einen leichten Brandgeruch wahr. Er erinnerte ihn an die Lagerfeuer, als er noch ein Pionier gewesen war. Der angenehme Luftzug schien einen leisen Duft von Freiheit mit sich zu tragen. Ein wohliges Gefühl machte Alexanders Knie weich, sodass er ins Straucheln kam. Andrej ermahnte ihn mit einem leisen Knurren, sich zu beherrschen und seinen Körper unter Kontrolle zu halten. Mit einem Kopfschütteln verscheuchte Alexander die Erinnerung.

Dann warf er einen kurzen Blick nach draußen, erhaschte dabei das grelle Aufflackern eines riesigen Feuers. Dünne, knorrige Baumstämme waren sorgfältig zu einem Scheiterhaufen gestapelt worden und brannten jetzt lichterloh. Die hell lodernden Flammen konnten nur einem einzigen Zweck dienen – der Entsorgung der Leichen. Sein Magen drehte sich um, als er die ersten steifen Körper achtlos auf den Holzhaufen fliegen sah. Ihre Haut zischte, wurde dunkler und warf Blasen, die nach einigen Sekunden zusammenschrumpften oder mit leisem Zischen zerplatzten. Immer mehr von den Toten wurden von den gierigen Flammen verschlungen. Für einen kurzen Augenblick schien es, als ob das Feuer zu ersticken drohte. Die Männer hielten inne, warteten, bis die Feuerzungen wieder höher schlugen. Erst dann setzten sie ihre grausige Arbeit fort.

Alexander taumelte.

»Hey, ihr da! Braucht ihr eine Sondereinladung? Macht schon, bewegt eure Ärsche«, schrie ein Soldat, dabei visierte er die Verschwörer mit seinem Gewehr an.

»Der hier kann nicht mehr laufen«, begann Andrej ihren Plan in die Tat umzusetzen.

Alexander erschien ihr Vorhaben auf einmal undurchführbar. Das Risiko war viel zu hoch.

»Dann lasst ihn einfach los. Wir haben noch genügend Platz für ihn.« Seine Geste war müde und abgehackt, als er mit dem Kopf in Richtung des rauchenden Feuers nickte.

Elkin rückte ein Stück näher und stand jetzt dicht hinter dem Toten.

»Er sagt, er möchte mit jemandem von den Soldaten sprechen, behauptet, er trüge ein Geheimnis bei sich«, rief Andrej mit fester Stimme.

Als der Soldat ungeduldig auffahren wollte, vernahm Alexander wieder die krächzende Stimme, die aus dem Nichts zu kommen schien. Elkin stand zu seiner Linken und stützte sich scheinbar müde am Rahmen der Schiebetür ab. »Die Pest wird euch holen«, ertönte die makabere Stimme.

Die Augen des Soldaten weiteten sich. Sein Blick huschte hin und her. Der Kopf des Toten hing tief auf der Brust, sodass sein Gesicht nicht gut zu erkennen war. Der Soldat schwenkte sein Gewehr und stotterte laut: »Was ist denn in den gefahren? Ist er tot?«

»Dann würde er doch nicht mit dir reden, Genosse Soldat«, entgegnete Andrej unbeeindruckt. Alexander schielte zu Elkin hinüber. Die Lippen seines neuen Freundes waren leicht geöffnet, blieben zu seinem Erstaunen allerdings völlig reglos.

»Was sagt er? Hebt seinen Kopf an, damit ich sein Gesicht sehen kann«, schimpfte der Soldat. Andrej packte den Toten an den Haaren und zog seinen Kopf nach hinten.

»Hey, Swetoslaw, komm mal bitte her. Schau dir dieses Spektakel an«, rief der Soldat mit gespielter Gelassenheit. Seine Stimme klang unsicher. Ein alter Haudegen gesellte sich zu ihm, sichtlich gelangweilt. Er rauchte genüsslich, sein Blick war trüb, er schaute erst gar nicht auf.

»Ihr werdet alle in der Hölle schmoren«, prophezeite der Tote. Plötzlich klang seine Stimme schrill wie die einer Hexe. Der alte Swetoslaw taumelte rückwärts, stolperte über einen Stein und landete plump auf dem Hosenboden. Mit schockierter Miene schlug er drei Kreuze und flüsterte kaum hörbar: »Was zum Teufel …« Hektisch fuhrwerkte er mit seinem Gewehr herum und versuchte, sich daran hochzuziehen, um wieder auf die Beine zu kommen.

»Jetzt!«, schrie Elkin mit seiner eigenen Stimme so laut, dass Alexander zusammenzuckte. Schon flog der tote Körper auf den Soldaten unter ihnen und begrub ihn unter sich. Andrej sprang sofort hinterher, sein heftiger Faustschlag riss den anderen Bewaffneten zu Boden. Diesmal blieb der Alte liegen und regte sich nicht mehr. Elkin folgte seinem Freund, flink wie ein Wiesel rammte er den krummen Nagel in den nackten Hals des überrumpelten

Mannes. Dessen faltiges Gesicht wurde aschfahl. Hellrotes Blut spritzte aus der durchstochenen Arterie. Die Zigarette löste sich von seinen blutleeren Lippen, fiel zischend in den Schnee und verlosch dann wie das Leben des alten Soldaten.

Wie elektrisiert verharrte Alexander für einen Wimpernschlag auf der Kante des Waggons, dann eilte er seinen neuen Freunden zu Hilfe. Der Schotter knirschte laut unter seinen Stiefeln. Er strauchelte und fiel fast hin, als seine Sohlen auf den scharfen Steinen abrutschten. Dadurch entging er nur knapp einem tödlichen Schuss. Er spürte den kalten Luftzug nah an seiner rechten Wange. Wie Peitschenhiebe knallten jetzt überall Gewehrschüsse, laut und durchdringend. Alexander behielt die geduckte Haltung bei, dann nutzte er das Überraschungsmoment und sprang seinen Gegner an wie ein Raubtier. An den Händen spürte er das warme Holz des Gewehrkolbens, mit einem kräftigen Ruck riss er die schwere Waffe an sich. Sie war immer noch geladen. Er machte sich nicht die Mühe, zu zielen, sondern richtete den Lauf einfach auf den Bauch des Mannes und drückte ab. Der Soldat krümmte sich am Boden, seine Hände fuhren instinktiv zu der Wunde, die schmutzigen Finger versuchten das riesige Loch zuzudrücken. Seine schockgeweiteten Augen wurden starr.

Überall zerrissen gellende Schreie die eisige Luft. Der Kampf artete in ein Massaker aus, auf beiden Seiten ging es nur noch ums nackte Überleben. Die Inhaftierten fielen über die schlecht ausgebildeten Soldaten her wie zerlumpte Geschöpfe aus der Unterwelt und rissen die Männer mit bloßen Händen zu Boden. Alexander kümmerte sich nicht mehr darum, er und seine Freunde liefen einfach davon. Sie krochen zwischen den schweren Rädern des Zuges auf die andere Seite der Gleise, dann rannten sie, was ihre Beine hergaben. Alexander drehte sich in vollem Lauf um und wollte das Gewehr durchladen, musste jedoch feststellen, dass die alte Waffe eine Ladehemmung hatte. Fluchend warf er sie weg.

Der primitive Plan hatte funktioniert, das musste Alexander zugeben. Für ihn grenzte es an ein Wunder, dass sie alle drei dieses Blutbad überlebt hatten. Elkin lachte und schrie vor Glück, obwohl er auf einem Bein stark humpelte. Goldberg wieherte vor Freude wie ein Pferd. Alexander konnte immer noch nicht fassen, dass ihre Flucht geglückt war. Er lief wortlos weiter, seinen Freunden mehrere Schritte voraus. Aus dem Augenwinkel sah er, wie die anderen Gefangenen davonrannten oder zu Boden fielen. Manche rappelten sich wieder auf, die meisten blieben jedoch für immer im kalten Schnee liegen.

Die Überraschung war auf ihrer Seite gewesen, jetzt zählte jede Sekunde. Die Soldaten formierten sich neu, diesen kurzen Moment nutzten die Gefangenen, um in Richtung Wald zu fliehen. Alle, die noch kräftig genug waren, nahmen die Beine in die Hand und gaben Fersengeld. Dem einen oder anderen war es gelungen, ein Gewehr an sich zu reißen, und nicht wenige verschanzten sich hinter weißen Hügeln und schossen zurück, um die Soldaten in Schach zu halten.

Es knallten die Gewehre, jetzt nicht mehr so oft und aus größerer Entfernung, aber gelegentlich fanden die Projektile doch noch ihr Ziel. Männer fielen mit überraschten Gesichtern zu Boden, keuchten, schrien, gruben ihre Finger in die harte Erde, um entsetzt festzustellen, dass ihr

Kampf verloren war. Manche krümmten sich und heulten im Todeskampf. Der weiße Schnee unter den sterbenden Körpern färbte sich rot. Nichts als nackte Verzweiflung und wilden Zorn spiegelten die verzerrten, für immer erstarrten Gesichter wider.

Als sie eine kleine Anhöhe erreicht hatten, hinter der sich Alexander einfach auf den Boden sinken ließ, brannte seine Lunge so, als habe er Säure geschluckt. Neben ihm hockte Elkin, auch sein Atem ging stockend. Andrej folgte dicht hinter seinen Freunden und ließ sich ebenfalls wie ein nasser Sack auf die Erde fallen. Alexander verfluchte diese Gegend für ihre flache Landschaft. Es gab keine Deckung, nichts, um sich zu verstecken. Aus ihren Mündern stiegen Dampfwolken auf, sie hatten Durst. Die ausgezehrten Körper zitterten vor Anstrengung, Angst und Kälte. Gierig gruben sich ihre Finger in den Schnee, um sich das kalte Pulver in den Mund zu stopfen. Während sie durchatmeten, tasteten sie ihre Gliedmaßen ab. Keiner schien verletzt zu sein. Ohne ein einziges Wort zu wechseln, rappelten sie sich nach ein paar Minuten wieder auf und liefen weiter. Nur weg von dem Gleis und der dunklen Wolke aus schwarzem Rauch. »Wir müssen in den Scheißwald«, keuchte Andrej und deutete nach links.

KAPITEL 11

Erste Station: Kolchose »Goldener Weizen«

»Mama, wann kommen wir endlich hier raus?«, quengelte Anita. Ihr Kopf ruhte an der Schulter ihrer Mutter. Ihre Stirn fühlte sich warm an. Auch Johanna spürte die Hitze. Ihre Brust tat höllisch weh. Die Kinder hatten sich zuerst geweigert, daran zu saugen, aber irgendwann war der Hunger stärker gewesen als jede falsche Scham. Zaghaft sogen sie die warme Milch in sich auf, und damit unbewusst auch ein wenig vom Leben ihrer Mutter. Johanna wurde oft schwindelig, aber das Leben ihrer Kinder war wichtiger als ihre eigene Gesundheit.

Zuerst wurde Familie Berg deswegen von den anderen Insassen schief angesehen. Dann fragte eine der Mütter, ob Johanna auch ihrem Sohn etwas von ihrer Milch geben könnte. Der Junge war nicht älter als ein Jahr. Trotz aller Bemühungen starb der Kleine nach drei Tagen. Seine Mutter schrie und weinte, wiegte das reglose Kind ununterbrochen in ihren Armen. Als die Waggons das nächste Mal gesäubert wurden, griff sie einen der Soldaten an. Ein Schuss zerriss die Stille und beendete das Leben der

Frau, das sie nicht mehr länger in der Lage gewesen war, zu ertragen.

Johanna hatte Glück, ihre Kinder waren noch bei ihr, auch wenn sie müde und erschöpft wirkten. Nur Anita bereitete ihr Sorgen, sie wurde mit jedem Tag schwächer. Die karge Ernährung, die täglich aus nur einer Scheibe Brot pro Kopf bestand, führte nach einer Woche schließlich dazu, dass Johanna keine Milch mehr hatte. Obendrein ließen sie ständige Unterleibsschmerzen nicht zur Ruhe kommen.

»Mama, wann sind wir da?«, drängelte Anita.

»Bald, mein Schatz, bald«, versuchte Johanna sie zu beruhigen. Zärtlich strich sie ihrer Tochter eine nasse Strähne aus der Stirn.

Der monotone Rhythmus der Räder wurde schleppend, was bedeutete, der Zug wurde langsamer. Das Zischen war ein weiteres Zeichen dafür, dass sie bald da sein würden. Johanna war alles recht, sie wollte nur nicht mehr eingesperrt sein.

Quietschend und ruckelnd kam der Zug zum Stehen. Stimmen und Geräusche drangen von draußen herein und wurden immer lauter. Ein schriller Pfeifton durchschnitt die Luft.

»Ich glaube, jetzt sind wir da«, flüsterte sie ihrer Tochter ins Ohr. Anita lächelte zaghaft. Ihre Augen waren blutunterlaufen und glasig. Sie schien nicht aus dem Delirium erwachen zu wollen, brabbelte unverständliche Worte, die meist keinen Sinn ergaben. Oft fragte sie mit belegter Stimme nach Anja, und wo sie denn geblieben sei. Sie wollte auch wissen, wann Papa endlich nach Hause kam. Als die Tür zur Seite geschoben wurde, starrte Anita nach draußen.

»Sind wir endlich wieder zu Hause?«, wandte sie sich erneut an ihre Mutter. Trotz der Eiseskälte war sie glühend heiß.

»Ja, mein Kind«, flüsterte Johanna.

»Alle aussteigen! Ihr bekommt ein Bett und was zu essen, wenn ihr euch beeilt. Kranke und Verletzte zuerst«, erklang die Stimme eines Mannes, den Johanna von hier oben nicht sehen konnte.

»Meine Schwester ist sehr krank … meine Mutter kann nicht gut laufen … sie brauchen Hilfe … ich kann sie nicht auf die Beine ziehen, und tragen kann ich sie auch nicht …« Das war Michaels Stimme. Wie immer sorgte er sich erst um die anderen. Johanna spürte, wie zwei kleine Hände an ihr zerrten, dann wurde sie von den starken Armen eines Mannes gestützt. Ihr war nicht bewusst gewesen, wie krank sie selbst war. Die lange Reise hatte ihr die Lebensenergie geraubt, auch den Mut für die Zukunft. Trotz aller Hürden, die es zu überwinden galt, musste sie ihrer Kinder wegen weiterkämpfen. Sie war nicht mehr imstande, das Leben so weiterzuführen, wie sie es all die Jahre mit ihrem Mann zusammen gemeistert hatte. Alles um sie herum drehte sich. Die triste Landschaft, die von Bäumen umzäunt zu sein schien, deutete darauf hin, dass sie weiter nach Osten überführt wurden. Sie verspürte keinen Funken Hoffnung mehr auf ein anständiges Leben. Die Grundlagen für den Aufbau einer Zukunft waren nicht mehr vorhanden. Sie waren Gefangene, Sklaven der Gesellschaft, Sündenböcke, Verlierer. Deutsche …

Noch nie hatte sich Johanna Roman so sehr an ihre Seite gewünscht wie jetzt, allein und dem Schicksal völlig schutzlos ausgeliefert. *Wo bist du, mein Liebster? Haben dich die Soldaten tatsächlich irgendwo an einem verdammten Baum aufgehängt oder erschossen?* Wie eine flüchtige Erscheinung tauchte er vor ihrem inneren Auge auf. Sie schloss für einen Moment die Lider, um ihn besser sehen zu können – vergebens. Alles, was ihr blieb, waren seine letzten Worte. »Wir werden uns irgendwann wiedersehen …«, hatte er gesagt. Sie klammerte sich an dieses Versprechen, das keines war, und schwor sich, nicht aufzugeben.

»Kannst du jetzt laufen?«, meldete sich die Stimme erneut und riss sie aus ihren Gedanken. Johanna drehte ihren Kopf nach rechts und sah den Mann mit müdem Blick an. Die Gesichtszüge verschwammen, sodass sie nicht sagen konnte, ob er jung oder alt war. Sie taumelte, ihre bleischweren Lider zuckten. Ihr rechter Arm hing um den massigen Nacken des Mannes, ihre Finger kribbelten unangenehm. Der Kerl war so groß, dass Johanna auf den Zehenspitzen stehen musste.

»Bitte, helfen Sie meiner Tochter. Sie ist sehr krank«, flüsterte sie. Ihre Beine knickten ein.

»Zuerst werde ich Sie ins Haus bringen. Warum tut man euch das eigentlich an? Nur weil eure Namen nicht Ivanov und Petrow lauten?« Er erwartete keine Antwort, sprach mehr mit sich selbst.

»Sie werden mir doch nichts antun, oder? Ich … ich … ach Gott, bitte lassen Sie mich einfach gehen, ich schaffe das schon«, flüsterte Johanna. Sie bekam es auf einmal mit der Angst zu tun, als sie an Petrow denken musste – er hatte ihr zuerst auch seine Hilfe angeboten, und dann …

»Wo denkst du hin, Weib? Ich habe Frau und Kinder. Und ich werde dich nicht hier liegen lassen, sonst stirbst du, so schwach wie du bist. Ich bringe dich zu Igor. Er hat Platz in seiner Hütte. Deine Tochter kommt gleich nach. Deine Söhne kümmern sich um sie und ich schaue zu, dass sie mir folgen«, versprach der Mann. Seine Stimme bebte leicht. Er umschlang ihre Taille, als ob er sie in die umarmen wollte. Johanna keuchte verblüfft, schlang ihre Arme um seinen Nacken und ließ es einfach geschehen, ohne recht zu verstehen, was der Fremde mit ihr vorhatte. Seine Uniform roch nach Rauch. Die starken Hände griffen fester zu, pressten ihren schlaffen Körper enger an die breite Brust. Sie spürte seinen Atem auf ihrem Gesicht. Der Boden verschwand unter ihren Füßen, so als habe sich die Erde unter ihr aufgetan. Ein Gefühl von Schwerelosigkeit erfasste sie, und sie begriff nicht sofort, dass der Fremde sie auf den Armen trug.

Michael folgte dem Mann mit besorgtem Blick. Seine Mutter lag in den Armen des Fremden wie eine Todkranke. Der knöcheltiefe Schnee begann in der lauen Frühlingsluft zu tauen. Trotzdem schien der Eisklumpen in seiner Brust noch größer zu werden. Anita klammerte sich an ihm fest. Er spürte, wie sie am ganzen Körper zitterte, obwohl die Sonne sie mit ihren buttergelben Strahlen wärmte. Das Licht liebkoste sein Gesicht und die von der Kälte taub gewordenen Hände. Anita hustete und wimmerte wie ein verletztes Tier.

»Wir müssen los. Komm, Anita.« Gregor klopfte Michael auf die Schulter und legte zögernd den Arm um seine Schwester. Michael stützte sie auf der anderen Seite, und so trugen sie Anita hinter ihrer Mutter her. Ihre Füße schleiften über den schneebedeckten Boden und hinterließen zwei schmale Furchen.

Der große Mann war schnell, sodass die Geschwister Mühe hatten, mit ihm Schritt zu halten. Sie näherten sich einer Siedlung, die nur aus wenigen Häusern zu bestehen schien. Michael hatte keine Zeit, sich umzuschauen, der schlaffe Körper seiner Schwester wurde mit jedem Tritt schwerer. Auch Gregor torkelte und schnaufte von der Anstrengung wie ein alter Hund.

»Michael, ich kann nicht mehr«, keuchte er.

»Halt durch, Bruder. Schau, da vorne ist ein Haus, wir sind gleich da.«

Der Mann klopfte vor dem Eingang einer schiefen Blockhütte den Schnee von seinen Filzstiefeln und trat ein. Die Tür quietschte. Michael zählte jeden Schritt, zum Schluss waren es dann zwanzig. Als auch die Kinder vor dem Tor ihre Schuhe abtraten, schmerzten Michaels Glieder so sehr, dass er Mühe hatte, seine Schwester festzuhalten.

Im Inneren der Hütte war es dunkel. Der Korridor war so schmal, dass Michael seine Schwester loslassen musste, weil Gregor nicht vorangehen wollte. So übernahm Michael ängstlich die Führung. Vor einem Vorhang blieb er kurz stehen. Der Stoff war schwer, er diente als provisorische Abtrennung und hielt die Kälte draußen. Michael lauschte, hörte aber nur die brummende Stimme des Soldaten. Der Junge konnte kein einziges Wort verstehen. Hinter ihm schnaubte sein Bruder ungeduldig und verpasste ihm mit der Faust einen heftigen Stoß gegen die Schulter. Langsam schob Michael den bunten Stoff zur Seite. Zwei weitere Familien, die er vom Sehen her kannte, saßen stumm da. Ihre Blicke zu Boden gerichtet, ruhten sie sich auf den Bänken aus, die an den Wänden entlang und um den weiß getünchten Ofen mit der verrußten Tür standen. Die aus Holzstämmen gezimmerte Hütte war gut isoliert, seine Hände und Füße begannen zu prickeln, als die Wärme die Haut erreichte. Holz knisterte leise in dem Ofen, die gusseiserne Tür glühte beinahe. In einer Ecke stand ein Tisch, der mit Pelzen und Häute überhäuft war. An den Wänden hingen Kräuter, zu einem Zopf geflochtene Zwiebeln und getrocknete Pilze. Die Luft roch nach Kräutertee und Angst. Anita wurde auf eine freie Bank gebettet. Ihre Mutter lag neben einer anderen Frau, die sehr alt aussah, in einem Bett. Die Versammelten waren erschöpft, ihre letzten Kraftreserven aufgezehrt. Die Strapazen und die Ungewissheit hatten tiefe Spuren in ihre Gesichter gemeißelt.

Alle saßen nur da, starrten wie hypnotisiert zu Boden. Die Blicke stumpf, glasig und trüb, wie vereiste Fenster. Michael stand unentschlossen da. Er wusste nicht, was er als Nächstes tun sollte. Seine Mutter keuchte und röchelte, in ihrer Kehle rasselte es laut. Seine Schwester Anita atmete mit letzter Kraft. Ihr Gesicht war rot und von dunklen Flecken bedeckt. Eine einzelne Träne lief über ihre glühend heiße Wange. Michael zuckte zusammen, als er mit den Fingerspitzen über das mager gewordene Antlitz seiner Schwester strich. Als habe er sich verbrüht, zog er seine Hand zurück und führte sie an seine rissig gewordenen Lippen. Sein Atem war heiß und roch abgestanden und faulig. Auch die anderen Menschen hier verströmten unangenehme Ausdünstungen. Schnell wurde die warme Luft dick und stickig.

Die beiden Männer in ihren gefütterten Mänteln aus Wolfspelz gingen wieder und kamen noch zwei weitere Male zurück in die Stube. In der Zeit stand Michael neben seiner Mutter und hielt ihre Hand, die sich, im Gegensatz zu ihrer glühend heißen Stirn, eiskalt anfühlte.

»Jetzt sind wir vollzählig«, sagte der grobschlächtige Mann, der seine Mutter hereingetragen hatte. Ein wenig unbeholfen nahm er seine Mütze ab und kratzte sich am Hinterkopf. »Ich müsste lügen, wenn ich euch herzlich willkommen heißen würde«, fuhr er fort. Seine Stimme war rau, und Michael spürte, dass er sich äußerst unwohl fühlte. »Mir wurde von unserem Parteivorsitzenden eine wichtige Aufgabe übertragen, die ich nach bestem Wissen und Gewissen auszuführen gedenke. Jetzt liegt es in eurer Hand. Ob wir Freunde oder Feinde werden, hängt nur davon ab, wie gut ihr euch eurem Schicksal fügt. Ich bin kein großer Redner, eher ein Mann der Tat«, dabei massierte er seine Gelenke, als leide er an Arthritis. »Wenn ihr kooperiert und euch meinen Anweisungen nicht widersetzt, dann …« Er verstummte abrupt. Die schwieligen Hände kneteten jetzt die Mütze. Er schien nach einem passenden Ausdruck zu suchen.

»Dann werdet ihr uns nicht wie Verräter erschießen? Wie gütig«, meldete sich eine Frau zu Wort. Der Sarkasmus in ihrer Stimme war nicht zu überhören. Die Augen des Mannes blitzten zornig auf. »Wir sind kein Erschießungskommando«, fauchte er. »Schließlich sind nicht wir es, die alles niedertrampeln und verwüsten, was wir aufgebaut haben, sondern die Deutschen. Nicht die Kommunisten, sondern die Faschisten fallen über Kinder und Frauen her und töten alles, was sich ihnen in den Weg stellt«, fügte er hastig hinzu. Der Satz klang auswendig gelernt, wie eine der unzähligen Parolen, die die Kommunisten am Bahnhof skandierten, wenn ein Zug mit deutschen Gefangenen einen Zwischenstopp einlegte. »Alle Macht dem Volke …

Der Deutsche muss sterben, denn er ist eine Ausgeburt der Hölle, ein Untier«, hatten die Menschen geschrien.

Michael sah wieder ihre Gesichter vor sich. Wie im Wahn, die Augen geweitet, die Gesichtszüge rot und fratzenhaft verzerrt. Vor allem Anita hatte deswegen oft nächtelang geweint, sie verstand die Wut dieser Menschen nicht. »Wir waren doch immer brav, gell, Mama? Ich habe doch niemandem wehgetan? Warum sind die Leute so …«, stotterte sie dann. Dabei bebte ihr Kinn, und ihre Wangen waren vom Weinen gerötet. Michael tat seine Schwester leid, die Worte der Mutter konnten sie nicht wirklich trösten. Jetzt lagen beide in dieser kleinen Hütte, dem Tod näher als dem Leben. Michael kauerte daneben und hörte zu.

Der Mann stand eine Weile stumm da, drehte die abgewetzte Mütze in den Händen und stülpte sie sich schließlich wieder über den Kopf. Als er erneut etwas sagen wollte, unterbrach ihn die Frau aufs Neue, als habe sie nur darauf gewartet. »Meinen Hof haben die Kommunisten niedergebrannt, nicht die Deutschen! *Die* waren es auch nicht, die in der Nacht kamen, um meinen Mann und meinen Vater wie Verbrecher zu erschießen, um sie dann wie Abfall in irgendeinem Graben zu verscharren! Nicht *sie* waren diejenigen, die mir meine kleine Tochter aus den Armen gerissen und einfach im Schnee liegen gelassen haben.« Sie schrie nicht. Ihre Worte klangen eher wie das Wehklagen einer Mutter um ihre tote Familie.

Während sie sprach, war der Mann immer mehr in sich zusammengesunken. Er, der eben noch in militärischer Haltung mit herablassendem Blick die erschöpften Gestalten taxiert hatte, wirkte auf einmal ganz klein. Unwillkürlich wich er einen Schritt zurück, so als wären ihre

Worte eine unheilbare Krankheit, mit der er sich infizieren könnte.

Als sie den Kopf hob, herrschte Totenstille. Nur das leise Röcheln der Kranken war zu vernehmen.

»Was habe ich dir getan? Was hat der Junge dort verbrochen, dass sein Vater wie ein Landesverräter abgeführt wurde und seine Mutter im Sterben liegt? Welche Zukunft hat er denn? Sieh ihm in die Augen und sag ihm, dass alles, was hier geschieht, dem Wohle der Menschheit dient.«

Michael lief es eiskalt den Rücken hinunter. Damit hatte sie ihn gemeint. Woher wusste sie davon? War sie vielleicht doch eine Hexe? Als die Flammenzungen im Ofen zu tänzeln begannen, schimmerte ihr Haar wie Silber.

»Sei still, Frau! Ich befolge nur meine Anweisungen. Unsere Kolchose hat sich bereit erklärt, euch hier aufzunehmen …«

Eine raue Stimme krächzte kaum hörbar: »Wie viele von uns sind denn übrig geblieben?« Der Unbekannte, dessen Stimme wie Sandpapier klang, stand in einer dunklen Ecke. Der Schatten verbarg die Gestalt vollkommen. Michael kniff die Augen zu schmalen Schlitzen zusammen, aber trotz aller Anstrengung konnte er ihn nicht sehen. Nur seine Silhouette war zu erkennen, nicht mehr.

Der Soldat hüstelte und setzte leise zu einer Antwort an, die mehr nach einer Ausrede klang. »Diese Information habe ich nicht. Aber ich vermute – nein, ich *weiß* –, dass wir hier mehr als einhundertundzwanzig Personen unterzubringen haben.«

»Von über dreihundert. Wie viele werden noch sterben?«, unterbrach ihn der Mann erneut.

»Ich muss erst die Liste durchgehen, dann werden wir uns beratschlagen.«

»Und die Kranken?« Der furchteinflößende Mann ließ nicht locker. Seine Stimme war rau und eisig. Wie eine Eisenfeile.

»Wie ist Ihr Name?«

»Das geht dich gar nichts an, Bursche.«

Der Soldat fingerte aufgeregt am Gurt seines Gewehrs und schulterte es mit leicht zittrigen Fingern ab.

»Nur die Ruhe, Soldat. Ich habe für Russland schon gegen die Finnen gekämpft. Scheißironie des Schicksals, nicht wahr?« Die kratzige Stimme ging in ein zischendes Flüstern über: »Ich hätte mich damals lieber ergeben sollen.« Er stand immer noch im Dunkeln und rührte sich nicht. Der aufgebrachte Soldat zielte einfach in die Ecke, aus der er das unheimliche Murmeln hören, den Mann jedoch nicht sehen konnte.

»Dein Name? *Sag mir deinen Namen!*«, brüllte der Soldat. Sein Gesicht war gerötet, der Gewehrkolben gegen seine Schulter gepresst.

»Müller, Fritz Müller.« Schon der Tonfall machte deutlich, dass der andere nicht auf Streit aus war. Seine Stimme klang immer noch ruhig. Er schien sich in keiner Weise davor zu fürchten, von einer Kugel getroffen zu werden, wunderte sich Michael. Nach einer gefühlten Ewigkeit trat der Unbekannte endlich aus dem Dunkel. Alle Blicke waren auf ihn gerichtet. Als das schwache Licht der Kerze auf ihn traf, stockte Michael der Atem. Noch nie hatte er ein derart entstelltes Gesicht gesehen. Nicht von Falten, wie der Junge zuerst vermutet hatte, sondern von zahllosen Narben, die dem Antlitz einen grimmigen Ausdruck verliehen. Wer hatte ihm nur so etwas Grausames antun können?, überlegte Michael entsetzt, nachdem er den ersten Schock überwunden hatte.

Ein dumpfes Geräusch ertönte. Alle wandten ihre Köpfe zur Geräuschquelle.

»Tut mir leid«, winselte Gregor, der im Hintergrund über irgendetwas gestolpert war, und begann zu weinen.

»Was passiert jetzt mit uns?«, fuhr der Vernarbte fort, ohne Gregor weiter zu beachten. Seine Augen waren schwarz, ein unbändiges Feuer loderte darin. Sie standen im krassen Kontrast zu seiner von unzähligen Narben übersäten Haut, die gegerbtem Leder ähnelte. Die winzigen Striemen in seinem mageren Gesicht schimmerten wie weiße Spinnweben. Das dunkle Haar war grau meliert und hing in dicken Strähnen bis auf seine knochigen Schultern herunter.

»Warum bist du hier? Die Männer wurden doch alle …«

»Liquidiert, ich weiß. Ich aber nicht«, unterbrach Fritz Müller den stotternden Soldaten mit einem maliziösen Grinsen. »Ich habe euch gute Dienste erwiesen«, fuhr er fort, »ich habe viele Männer an euch ausgeliefert. Das ist jetzt der Dank für meine Loyalität.«

Als er noch zwei Schritte in die Richtung des Soldaten machte, riss der erschrocken seine Flinte hoch. Er richtete die Mündung auf die eingefallene Brust von Fritz Müller. »Keinen Schritt näher, oder ich schwöre, ich verpasse dir ein Loch in deinem verdammten Kopf«, fluchte er.

»Nur die Ruhe, Soldat, ich werde dir nichts tun.«

»Bleib, wo du bist!« Das kam etwas gefasster, da Fritz Müller die Hände hob, als wolle er sich ergeben. Auch seine Handflächen schienen durchstochen worden und danach schlecht verheilt zu sein. Tiefe Krater klafften darin.

»Schau dich um, Soldat.« Müller machte eine ausladende Geste. »Alles, was du hier siehst, sind Frauen und Kinder. Du brauchst jemanden, der dir zur Seite steht.«

»Bleib, wo du bist«, zischte der Soldat mit zusammengebissenen Zähnen.

Der Vernarbte erwies sich als renitent, er ließ sich davon in keiner Weise einschüchtern. Schritt für Schritt näherte er sich, bis er nur noch eine Handbreit von der Mündung entfernt war.

Michael schloss die Augen und wappnete sich für den Knall. Er kämpfte gegen das Bedürfnis an, sich die Ohren zuzuhalten. Die Hände zu Fäusten geballt, wartete er auf den Schuss. Aber der kam nicht. Als er neugierig ein Augenlid hob, sah er, wie der entstellte Mann seine Hand auf den Lauf des Gewehrs legte und schief zu grinsen begann. Das Licht der einzigen Kerze, die in einer Ecke die Ikone der Heiligen Maria beleuchtete, flackerte für den Bruchteil eines Augenblicks heller auf.

»So ist es gut«, sprach Fritz Müller gütig auf den Soldaten ein. Der wirkte völlig entspannt. Seine Finger schlossen sich um den Doppellauf und drückten die Flinte mit nervenzerreißender Langsamkeit Richtung Boden. Die Dielen unter seinen Füßen ächzten leise.

Michael riss bei diesem Anblick nervös die Augen auf. Hinter sich hörte er seinen Bruder laut nach Luft schnappen. Der Knall blieb aus. Die Stille war ohrenbetäubend. Der ungleiche Kampf war anscheinend beendet. War dieser Fritz Müller ein Hexer? Bei diesem Gedanken schlug das Herz des Jungen bis zum Hals. Er spürte, wie kleine

Schweißperlen auf seine Stirn traten, und starrte wie gebannt auf den Mann, der keine Angst zeigte, nicht einmal im Angesicht seines Todes.

»Wer bist du, verdammt?« Der Soldat war fassungslos.

»Fritz Müller, dein Gefangener.«

»Ihr seid keine Gefangenen, ihr seid Deportierte ...«

»Das ist dasselbe«, unterbrach ihn Fritz müde, dabei schaute er prüfend in die Runde. Sein Blick wirkte auf einmal stumpf und in sich gekehrt. Er stand jetzt links von dem Soldaten, als warte er auf irgendetwas. Als keiner wagte, das Wort zu ergreifen, übernahm er erneut das Reden. »Ich bin dein Ohr, dein Mund und deine Hände, Soldat, sprich zu mir. Die wenigsten sind deiner Sprache mächtig. Wir sind Deutsche, wir haben stets unsere Bräuche gepflegt und unsere Sprache behalten, wir sind immer unter uns geblieben. Ihr seid Fremde für uns. Daher ist für viele von uns auch deine Sprache fremd.« Wie um Bestätigung heischend ließ er seinen Blick über die zusammengekauerten Geschöpfe schweifen. Nur Einzelne nickten zustimmend, der Rest verstand seine Worte nicht.

»Sag ihnen, dass sie jetzt auf die Häuser verteilt werden. Jeder bekommt warmes Wasser und zwanzig Gramm Brot«, kommandierte der Soldat.

Michael konnte sich nicht vorstellen, wie viel zwanzig Gramm waren. Eine kleine Scheibe vielleicht? Oder noch weniger? Er wusste es nicht, also hörte er einfach schweigend zu.

Fritz schniefte laut und wischte sich mit dem Handrücken über seine fleischige Nase. Nach kurzem Zögern übersetzte er die Worte. Als einige der Frauen etwas zu erwidern wagten, hob er mahnend seine rechte Hand.

»Jeder, der sich den Anweisungen widersetzt, wird auf der Stelle erschossen«, sagte er.

»Das hat der Russe aber nicht gesagt«, entgegnete die Frau, die sich schon zuvor beklagt hatte.

»Ich weiß, aber so wird es kommen, glaub mir.«

»Verräter! In der Hölle sollst du schmoren«, fauchte sie ihn giftig an. Fritz verzog nur einen Mundwinkel. Die Beleidigung prallte an ihm ab, mehr noch, er genoss seine neue Position. Die Macht, die er jetzt in seinen knorrigen Händen zu halten glaubte, bereitete ihm Freude.

Keiner sagte mehr etwas. Michael stand immer noch neben dem Bett seiner Mutter. Seine Schwester lag ruhig daneben. Plötzlich zuckte sie im Schlaf zusammen, als habe sie etwas Schlimmes geträumt, und begann zu weinen. Johanna öffnete die Augen und hob den Kopf. Als sie ihre Tochter entdeckt hatte, flüsterte sie kaum hörbar: »Michael, kannst du deine Schwester zu mir bringen? Und etwas Honig aus dem Honigtopf, damit sie nicht so hustet.«

Er nickte, obwohl er wusste, dass seine Mutter wirres Zeug redete. Gregor folgte seinem Beispiel. Zusammen halfen sie ihrer Schwester beim Aufstehen. Keiner der Anwesenden rührte sich, auch der Soldat und der Vernarbte verfolgten die Kinder nur mit stummen Blicken.

»Legt sie bitte neben mich«, wies Johanna hustend ihre Söhne an. Weinend schmiegte sich das kranke Mädchen an die Brust seiner Mutter und schloss die Augen. Sein ganzer Körper zitterte.

»Wir haben keinen Honig mehr, Mama«, flüsterte Michael. Hoffentlich lässt das Fieber bald nach, sinnierte er schweigend. Es ängstigte ihn, dass seine Mutter fantasierte.

»Alle bis auf die hier folgen mir. Ihr werdet heute woanders nächtigen müssen.« Der Soldat sprach mit lauter, klarer Stimme. Wie ein Echo hallte Fritz Müllers weniger angenehmes Organ nach. Er übersetzte die Worte des Mannes, der von heute an die Verantwortung für das Leben der hier Anwesenden übernahm.

Mit *die hier* hatte er Michaels Familie gemeint. Die übrigen Frauen und Kinder gingen schwerfällig nach draußen, keiner sagte etwas. Sie waren zu erschöpft, um sich den Anweisungen zu widersetzen. Die alte Frau wurde aus dem Bett gehoben. »Sie wird nicht lange durchhalten«, hörte Michael jemanden flüstern. Fritz Müller humpelte als Letzter aus der Hütte. Michael schaute sich ungläubig um, er konnte noch gar nicht fassen, dass sie die warme Unterkunft ganz für sich hatten.

Plötzlich vernahm er Schritte. Zuerst nur vage und dumpf, aber nach kurzer Zeit wurde das Stampfen von schweren Stiefeln deutlicher. Michael wartete, sein Herz raste vor Angst. Gregor raunte mit belegter Stimme: »Was passiert jetzt mit uns?«

Michael zuckte nur die Achseln.

KAPITEL 12

Der Schuss

Zur gleichen Zeit in Kasachstan, an der nördlichen Grenze zu Russland.

Alexanders Lunge brannte, jeder Atemzug wurde zur Qual. Auch seine Freunde waren aus der Puste, denn der Schnee lag knietief. Die Sonnenstrahlen verwandelten die Schneemassen in ein beinahe unüberwindbares Hindernis. Die Eiskruste brach unter ihren Füßen ein und die scharfen Kanten schnitten tief ins Fleisch. Elkin heulte unvermittelt auf, sein linker Fuß hinterließ plötzlich eine blutige Spur. Alexander und Andrej schenkten ihm keine besondere Aufmerksamkeit, schließlich kämpften auch sie mit letzter Kraft gegen die Erschöpfung an. Der Wald war nicht mehr weit, dort würden sie sich verstecken. Das Gefühl, der ersehnten Freiheit so nahe zu sein, gab ihnen einen regelrechten Adrenalinschub.

Dann brüllte Elkin erneut. Dieses Mal klang sein Schrei anders, markerschütternd und von Todesangst erfüllt. Alexander war wie betäubt, er sah nur den Wald. Das Blut rauschte durch seinen Kopf und machte ihn taub.

Er lief einfach weiter auf die Bäume zu. *Dort kannst du dich verstecken,* das war sein einziger Gedanke. Er stellte sich vor, wie er und seine beiden Kumpel ein Lager aufbauen würden – und endlich schlafen würden. Sie würden abwechselnd Wache schieben, und er würde die erste Schicht übernehmen, damit er bis zum Sonnenaufgang rasten konnte. Danach würden sie einen Hasen braten, er wusste ja, wie man eine Falle baute. Schon meinte er den Duft von gegrilltem Fleisch zu riechen, schmeckte die saftigen Bissen auf seiner Zunge. Alexander wiegte sich bereits in Sicherheit, malte sich in seiner Fantasie schon die Freiheit aus. Nur noch wenige hundert Meter lagen zwischen ihnen und dem rettenden Wald.

Obwohl der Gedanke an den Tod und die Festnahme stets in ihren Köpfen umherschwirrte, kämpften sich die Flüchtigen weiter und bahnten sich eine Schneise durch den Schnee. Elkin gab ein Wimmern von sich, wie ein Kind oder ein verletztes Tier. Alexander blieb so unvermittelt stehen, dass Andrej strauchelte und beinahe hinfiel. Er schnappte nach Luft und wandte sich gleichzeitig mit Alexander zu Elkin um. Mit schreckgeweiteten Augen und aufgerissenem Mund erstarrte er. Etwas Schnee klebte an seinen aufgeplatzten Lippen.

Bei Elkins Anblick überkam Alexander ein heftiger Schwindel. Ihr Freund torkelte, ein dicker, dunkler Strahl schoss aus seiner Brust. Die Augen huschten panisch hin und her. Er hustete röchelnd, aus seinem Mund rann Blut. Erneut fiel ein Schuss, diesmal hörten sie ihn alle. Wie schwarze Tinte ergoss sich das Blut über Elkins in Fetzen gerissene Kleidung. Ein weiterer Treffer riss ein Stück von seiner Schulter ab und hinterließ eine klaffende Wunde.

Knochensplitter und Fleischfetzen besudelten den eben noch jungfräulich weißen Schnee um Elkin. Apathisch starrte er auf den nahen Wald, dann warf er Alexander einen flehentlichen Blick zu, als bitte er um Erlösung. Doch Alexander konnte ihm nicht helfen – sein einziger Gedanke war: *Scharfschützen!*

Ohne lange zu überlegen, hechtete er mit einem Seitensprung hinter eine riesige Schneewehe. Ein brennender Schmerz jagte durch seinen Oberschenkel. Hinter sich hörte er Andrej aufschreien. »Verdammt, verdammt, verdammt!«, fluchte Alexander laut vor sich hin. Er versank in der weichen Masse, die sich unter der gefrorenen Kruste verlockend um seinen übermüdeten Körper legte und ihn zu verschlingen drohte. Die ersehnte Deckung entpuppte sich als tödliche Falle. Mit letzter Kraft schaufelte er sich wieder frei. Wieder peitschte ein Schuss durch die Stille und hinterließ ein Klingeln in seinen Ohren. Endlich rappelte sich Alexander auf und rannte, was seine Beine hergaben, auf den Wald zu, ohne auch nur einen Blick zurück über seine Schulter zu werfen.

Er achtete nur auf die Bäume. In seinen Ohren hämmerte das Blut wie ein tosender Fluss. Ein sengender Stich, wie von einer glühenden Nadel, ließ ihn straucheln. Er stolperte, fing den Sturz aber mit vorgestreckten Armen ab. Die Eiskristalle schnitten in seine Hände wie Tausende scharfer Scherben. Er spürte es nicht. Sein Fleisch war vor Kälte und Panik taub geworden, alle Sinne lahmgelegt. Genau wie sein Verstand. Nur die Instinkte waren noch intakt. Er rannte einfach weiter, quälte sich schwer atmend auf die Bäume zu, die vor ihm zurückzuweichen schienen. Sein Atem nahm ihm als weiße Wolke die Sicht. Wie er sich mit gesenktem Blick umschaute, glaubte er, von dichtem Nebel eingehüllt zu sein. Alexanders rechtes Bein begann stärker zu pochen und gab plötzlich unter ihm nach, er sank zu Boden und rang keuchend nach Luft. Mit zittriger Hand schob er sich etwas Schnee in den Mund. In der Ferne konnte er Kampfgeräusche vernehmen, aber es fielen keine Schüsse mehr.

Als das Brennen in seiner Lunge nachließ, und der Schleier von seinen Augen wich, stemmte er sich auf die Beine. Zaghaft setzte er den linken Fuß vor, um zu prüfen, ob der rechte ihn wieder tragen würde. Mit einer gewissen Erleichterung stellte er fest, dass seine Schuhe nicht mehr in der Schneedecke versanken. Ein weiterer zögerlicher Schritt. Kurzes Warten. Auch diesmal blieb sein schwarzer Armeestiefel zu sehen. Die Eiskruste knirschte bedrohlich, der nächste Schritt würde Gewissheit bringen. Er konnte weitergehen. Vorsichtig, als bewege er sich über einen zugefrorenen See, setzte er seinen Weg fort. Das rechte Bein pochte nun unaufhörlich. In der Eiseskälte gefror das austretende Blut und verursachte bis ins Mark brennende Schmerzen. Mit jedem Herzschlag schwand seine Hoffnung auf ein Überleben.

Es dämmerte bereits. Seine Verfolger hatten offenbar aufgegeben. Es war ihnen wohl zu mühselig geworden, sich durch die dicke Schneeschicht zu quälen. Alexander humpelte immer weiter. Er konnte den Wald schon riechen. Der unverwechselbar harzige Duft der Nadelbäume erinnerte ihn an seine Heimat. Endlich spürte er die raue Borke einer mächtigen Fichte an seinen Händen. Der Baum war warm. Seine Finger krallten sich in die Rinde. Mit all seiner verbliebenen Kraft zerrte er daran, und tatsächlich gelang es Alexander, ein großes Stück vom Stamm zu lösen. Seine Zähne gruben sich in die trockene, poröse Kruste, bissen einen Fetzen davon ab. Er kaute so lange darauf herum, bis die harte Masse breiig und leicht mehlig wurde.

›Das stillt deinen Hunger, mein Sohn‹, hörte er die Worte seines Vaters aus der Vergangenheit. Eine angenehme Woge der Geborgenheit erwärmte für einen Augenblick sein Herz. Auf der Rinde kauend, kämpfte er sich durch Unterholz und trockenes Gestrüpp weiter in die dunklen Tiefen des Waldes. Das morsche Holz knackte laut unter seinem Gewicht. Wie die Gerippe toter Tiere ragten nackte Äste aus der Schneeschicht.

Alexander hatte keine Zeit, um ein Nachtlager zu errichten, obendrein hatte die Flucht sämtliche Kraftreserven aufgezehrt. Jetzt war er zwar frei, doch was nützte ihm das, wenn er diese Nacht nicht überlebte? Um sich von diesen Gedanken zu distanzieren, biss er immer wieder in die Rinde, zermalmte sie und kaute daran, schluckte mit verzerrtem Gesicht und brennender Kehle den bitteren Fichtensaft hinunter. Den Rest der Masse spuckte er wieder aus. Er wollte sich später nicht mit Magenkrämpfen herumschlagen müssen, falls es denn ein Später geben sollte. Völlig ausgelaugt und leicht desorientiert setzte er seinen Weg fort. Fast an jedem der Bäume, die sich wie Säulen gen Himmel streckten, blieb er stehen, schaute sich um, lauschte, keuchte, spuckte die Rinde aus und marschierte weiter. Dann, urplötzlich, vernahm er das Knacken von brechendem Holz.

Früher war Alexander oft im Wald gewesen, denn Holz machen und Jagen gehörte zu seinen Pflichten. Sein Vater und er waren damals nicht selten mehrere Tage am

Stück unterwegs gewesen, doch nur ein einziges Mal waren sie dabei einem Bären begegnet. Gab es hier Bären? Bei diesem Gedanken lief es Alexander eiskalt den Rücken hinunter. Ein ausgehungerter Bär war reizbarer und gefährlicher denn je, wenn er in seinem Winterschlaf gestört wurde. Alexander schloss die Augen, schmiegte sich an den Baum und wartete einfach ab. Die Geräusche berstender Äste kamen näher. Natürlich – er war verletzt, und Bären hatten einen sehr ausgeprägten Geruchssinn. Verdammt, *so* wollte er nicht sterben! Eigentlich wollte er *überhaupt nicht* sterben.

Vor seinem inneren Auge sah er die schmerzverzerrten Gesichter seiner Freunde vorbeihuschen, die Augen weit aufgerissen. »Lauf, Alexander, *lauf!*«, hörte er Andrej schreien. Dann explodierte seine Brust, an mehreren Stellen spritzte das warme Blut aus seinem Brustkorb. »Lauf«, krächzte er noch einmal und fiel um wie ein gefällter Baum. Elkin humpelte weiter, neben Andrej blieb er kurz stehen und richtete den Blick mit einem stummen Schrei zum Himmel. Alexander wollte kehrtmachen und Elkin stützen, aber der keuchte »Nein, Alexander, lauf weiter!«. Im nächsten Augenblick ertönte ein trockener Knall. Elkin erstarrte mitten in der Bewegung, seine dunklen Augen wurden groß, sein Körper erschlaffte. Alexander streckte die Arme nach ihm aus, fiel auf die Knie und schrie Elkins Namen. Eine weitere Kugel zischte knapp an ihm vorbei. Er hörte die gebrüllten Kommandos der Soldaten und die Schreie der Sterbenden. Irgendwie zwang er seinen ausgezehrten Körper auf die Beine und rannte. »Lauf Alexander, lauf«, feuerte er sich selbst an.

Mit jedem Schritt war er seinem Ziel näher gekommen, bis er es endlich erreicht hatte. Nun galt seine größte Sorge einem Raubtier. Mit einem Bären konnte er leichter fertig werden als mit den Soldaten, dachte er sarkastisch, also war er noch nicht ganz verloren. Alexander verfluchte die Ausweglosigkeit seiner Lage. An sich waren Bären sehr scheu – nur nicht im Winter.

Alexander lehnte immer noch an dem Baum. Sein verletztes Bein war mit Blut besudelt. Er schnallte seinen Gürtel ab und zurrte ihn fest um den Oberschenkel. Weiße Dampfschwaden stiegen aus seinem Mund auf. *Bitte, lieber Gott, lass nicht zu, dass ich von dem Bären aufgefressen werde,* betete er stumm. Doch statt eines Brummens meinte er Gesprächsfetzen zu vernehmen. Sein Atem stockte, während er angestrengt lauschte, regungslos an den Baum gepresst. Waren das etwa Jäger? Ja, es waren tatsächlich Stimmen. Dann ein leises Wiehern. Alexander schluckte hart. Hatten sie ihn entdeckt? Seine Finger krallten sich noch fester in die Rinde des Baums. Als der erste Schreck nachließ, merkte er, dass die Wunde an seinem Bein immer noch stark blutete. Um ihn herum schien es immer dunkler zu werden, bis sich die Erde unter seinen Füßen auftat und ihn verschlang. Alexander spürte nicht mehr, wie sein Kopf gegen einen der dicken Äste schlug. Ihm war auch nicht bewusst, dass er entdeckt worden war und Menschen sich ihm näherten. Er lag im Schnee wie ein Toter.

KAPITEL 13

Die Begegnung: Kolchose »Goldener Weizen«

Michael stand da wie gebannt, als die verrosteten Angeln der Eingangstür ein durchdringendes Quietschen von sich gaben. Jemand war im Haus. Die Tür fiel schwer ins Schloss und wurde verriegelt. In dem kleinen Flur erklang ein lautes Poltern, wie Metall auf Holz. Der Vorhang dämpfte die Geräusche nur unwesentlich. Eine Männerstimme murmelte irgendetwas Unverständliches, das nicht sonderlich freundlich klang. Etwas polterte zu Boden.

»Wer zum Teufel hat denn hier gewütet?«, fluchte der Mann. Ob das dieser Igor war, von dem der Soldat gesprochen hatte, der seine Mama in dieses Haus getragen hatte? »Er ist auf der Jagd und wird am Abend zurück sein«, hatte der Soldat zu ihm und Gregor gesagt. »Er ist ein guter Mensch.« Michaels Herz zog sich schmerzlich zusammen. Er musste an den verletzten Spatz denken, den er im letzten Sommer vor einer Katze gerettet hatte. Der kleine Vogel war blutverschmiert auf ihn zugehumpelt, als suche er Schutz. Die junge Katze suchte nach einem

Treffer von einem dicken Stock das Weite, und Michael griff nach dem kleinen Spatz. Das winzige Herz raste und hämmerte gegen die Brust. Genauso fühlte sich Michael jetzt, wie ein verletzter Vogel in den Pranken eines Riesen. Auch sein Herz polterte gegen seine Rippen. Nur gab es niemanden, der ihn hätte retten können.

Erneutes Fluchen rüttelte ihn auf, und als eine riesige Hand den bunten, an einigen Stellen löchrigen Stoff zur Seite schob, fing er an zu beten. Michael ballte die Hände zu Fäusten, dass die Knöchel weiß durch die dünne Haut schimmerten. Eine Gestalt betrat in geduckter Haltung den Raum. Der Mann war so riesengroß, dass er den Kopf einziehen musste.

Nackte Angst schnürte Michael die Kehle zu. Er schluckte hart, als er zu dem Mann hinaufstarrte. Gregor ging es nicht anders. Sie konnten nur die dunklen Augen sehen, die wie glänzende Kohlen hervorstachen. Der Rest des Gesichts war von seinem Bart und den Haaren überwuchert. *Wie das Fell eines Bären,* dachte Michael.

Der Riese klopfte den Schnee von seinen Kleidern, zog ächzend die Filzstiefel aus und ließ sich auf einen der Stühle plumpsen, die um den Tisch herum standen. Er keuchte vor Anstrengung. Sein dicker Mantel war von kleinen Holzsplittern übersät. Unter seiner dicken Nase und überall in seinem Bart hatten sich kleine Eiszapfen gebildet, die in der Wärme zu schmelzen anfingen.

»Seid ihr meine neuen Mitbewohner?«, brummte der Mann unvermittelt. Seine Stimme war tief, klang jedoch alles andere als böse. Er prustete kurz, stemmte sich schwerfällig auf die Beine und trat näher an die Kinder heran, die sich immer noch nicht zu rühren wagten.

»Seid ihr Brüder?«, fragte er beiläufig, als würde es ihn eigentlich nicht besonders interessieren. Als keine Antwort kam, ging er zum Ofen, ließ sich auf ein Knie nieder und brummte, ohne die beiden anzuschauen: »Versteht ihr mich überhaupt, ihr Bälger?« Er drehte sich um und musterte sie einen Augenblick lang durchdringend. Die Brüder schwiegen immer noch, nickten jedoch mit den Köpfen.

Zufrieden wandte sich der Riese wieder dem Ofen zu, nahm eines der Holzscheite, die ordentlich davor gestapelt lagen, und schob damit den Riegel zur Seite. Der Schieber quietschte protestierend. Das Holz wirkte in seiner mächtigen Pranke regelrecht mickrig. Auch die Jungen fühlten sich in seiner Gegenwart zwergenhaft klein.

»Du, komm mal her.« Dabei winkte er Gregor mit dem Scheit zu sich. Der schüttelte erschrocken den Kopf und stieß einen winselnden Laut aus. »Dann du«, fuhr der Mann etwas leiser fort. Als er Michaels Blick begegnete, ließ er ein wenig verlegen das Holzscheit fallen. Vorsichtig streckte er seine Hand aus. Sie war fleischig und von dicken Schwielen bedeckt.

Michael machte nur einen einzigen Schritt auf den Mann zu. Dessen Bart schien sich irgendwie zu teilen. *Er lacht,* dachte Michael, als er eine Reihe weißer Zähne durch die Lücke schimmern sah. Der Junge atmete erleichtert auf und ging zu seinem eigenen Erstaunen noch drei Schritte weiter.

Der Mann winkte ungeduldig. »Jetzt komm schon her«, drängelte er. »Habt ihr Hunger?«

Jetzt nickte auch Gregor, noch heftiger als sein Bruder. Der große Mann lachte so laut, dass die Wände wackelten.

»Na, da bin aber froh, dass ihr mich doch versteht.« Er hob das Scheit wieder auf, schob den Riegel vollends zur Seite und begann, mit der Holzkante an der verrußten Tür zu kratzen. Als er sie endlich öffnete, sah Michael, dass das Feuer dahinter fast erloschen war. Vereinzelt flackerten helle Flammen auf, als der große Mann tief Luft holte und wie ein Blasebalg in die Glut blies. Rauch stieg aus der runden Luke. Mit tränenden Augen wandte sich der Mann von dem Ofen ab, rieb mit den Handballen darüber und sagte blinzelnd: »Der Rauch ist manchmal schlimmer als ein Hund.«

Michael verstand nicht, was er damit meinte.

»Einen Hund kannst du mit einem Fußtritt vertreiben, wenn er nach dir schnappt, den Rauch nicht.« Grinsend streckte er Michael seine riesige Hand entgegen. »Ich heiße Igor, du kannst Onkel Igor zu mir sagen. Und wie heißt du?«

»Michael«, flüsterte der Junge kaum hörbar.

Der Bärtige brummte wieder etwas, das die eingeschüchterten Kinder nicht verstehen konnten. »Ich werde Mischa zu dir sagen«, entschied er dann. »So hieß mein jüngerer Bruder.« Michael nickte.

»Und du?« Igor drehte seinen großen Kopf jetzt zu Gregor.

»Gregor.« Wieder war es Michael, der antwortete. Mit verdutzter Miene schaute Igor ihn an. Seine buschigen Augenbrauen glitten nach oben, er schüttelte irritiert den Kopf. Dann strich er nachdenklich über seinen Bart. Die Eiszapfen waren geschmolzen, sodass die Haare feucht glänzten.

»Du fühlst dich wohl verpflichtet, die Rolle deines Vaters zu übernehmen, obwohl du der Jüngere von euch beiden bist?«, wandte sich Igor jetzt erneut direkt an Michael, dabei schaute er den Jungen durchdringend an. Der trat verlegen von einem Bein aufs andere. Er fühlte sich nicht sonderlich wohl, wenn er im Mittelpunkt des Interesses stand.

»Anita ist jünger als ich«, sagte er schließlich.

Die Augen des Mannes wurden groß. »Wer in Gottes Namen ist Anita?«

»Meine Schwester, sie liegt mit Mama im Bett ...«

»Sie sind beide krank«, beteiligte sich endlich auch Gregor an dem Gespräch.

Die Verwunderung stand Igor ins Gesicht geschrieben. Michael nickte mit dem Kinn Richtung Bett. Sofort stand der große Mann auf und stampfte zu den beiden Kranken hinüber. »Diese Arschlöcher! Diese Banditen! Lassen ein Kind und eine Frau zum Sterben hier bei mir. Was soll ich denn jetzt mit euch beiden machen?«, brummte er vor sich hin. Es klang nicht, als ob er mit einer Antwort rechnete. Er redete nur laut mit sich selbst.

Forschen Schrittes ging er zu einem der selbst gezimmerten Schränke und riss energisch die Türen auf. Michael hörte ein metallisches Klappern. Etwas fiel scheppernd zu Boden. Seine Mutter begann sich unruhig hin und her zu wälzen. Igor fluchte leise. Es klang wie eine Entschuldigung. Dann stapfte er mit einem Blechtopf nach draußen, ohne ein Wort zu sagen. Die Tür knallte, dass die Vorhänge auseinanderflogen. Michael und Gregor tauschten einen besorgten Blick. Schweigend traten sie ans Bett ihrer Mutter.

Ihre Augen glänzten wässrig, als sie aus ihrem Traum erwachte. »Wo sind wir? Wo ist Anja?«, krächzte sie, ihre

Stimme klang kratzig wie ein Reibeisen. Bei jedem Wort verzog sie das Gesicht. *Sie hat starke Halsschmerzen,* dachte Michael und betastete seine Kehle, als wolle er prüfen, ob nicht auch er krank geworden war. Erneut musste er an den Honigtopf denken, aus dem seine Mutter bei jedem Halskratzen einen Löffel Honig in heiße Milch gab und wie sie sie das warme, süße Gemisch langsam trinken ließ. Was hätte Michael jetzt für einen Schluck Honigmilch gegeben.

Hinter dem Vorhang vernahm er ein Rascheln und ein Poltern, dann erschien Igor wieder. Seine Augen huschten auf der Suche nach etwas Bestimmten durch den Raum. »Du«, dabei deutete er auf Gregor, »mach mir Platz.«

Gregor verstand nicht, was der Mann von ihm erwartete, und bewegte sich deswegen keinen Schritt. Igor verdrehte genervt die Augen. »Räumt den Tisch frei«, fauchte er ungeduldig. Michael nickte und begann die kreuz und quer herumliegenden Felle ordentlich zu stapeln.

»Jetzt ist es genug«, murmelte Igor und stellte den Topf, den er die ganze Zeit in den Händen gehalten hatte, auf dem knorrigen Tisch ab. Der leicht verbeulte Kessel war bis zum Rand mit Schnee gefüllt.

Michael sah Igor fragend an. Eine nagende Unruhe ließ ihn frösteln. *Was hat er denn jetzt vor?* Er verstand gar nichts.

»Ich werde für eure Mutter einen Kräutersud kochen«, brummte Igor und stampfte wieder aus dem Zimmer.

»Die hast du einer Frau geschenkt«, hörte Michael seinen Bruder flüstern. *Wer hat wem was geschenkt?* Als Michael sich umdrehte, sah er, dass seine Mutter weinte. Ihre Schultern zuckten. Dann machte sie Anstalten, aufzustehen, versuchte, sich mit ihren bleistiftdünnen Armen hochzustemmen, doch ihre Kräfte waren aufgezehrt. Frustriert vergrub sie ihr Gesicht im Bett und schluchzte leise.

Igor erschien mit verschiedenen Zweigen und Kräutern. Er zupfte geschickt die Blätter ab, zerrieb sie zwischen den Fingern, gab sie zu dem Schnee und stellte den Topf auf den Ofen. »Mischa, du schürst das Feuer. Und du, Gregor, passt auf deine Mutter auf.«

Beide nickten. Igor gab ein unartikuliertes Geräusch von sich, schniefte laut, schnappte sich seinen Pelzmantel, zog im Hinausgehen seine Mütze vom Haken und verschwand erneut. Angst erfasste die beiden Jungen, als Onkel Igor sie allein zurückließ.

»Michael, wo geht er denn jetzt hin?«, winselte Gregor und verpasste dem Schemel, der neben ihm stand, einen heftigen Tritt. Mit lautem Poltern flog er unter den Tisch.

»Weiß ich doch nicht«, entgegnete Michael barsch. Um irgendetwas Sinnvolles zu tun, ging er zum Ofen, legte etwas Holz nach und schürte mit dem schweren Feuerhaken die Glut. Die Flammenzungen begannen erneut zu tänzeln und leckten gierig über das Holz, das knackend dunkel anlief. Dicker gelber Rauch stieg aus dem Topf auf, der auf der glühend heißen Platte stand. Der Schnee begann zischend zu schmelzen. Gedankenverloren griff Michael erneut nach dem Schürhaken und brachte das Feuer dazu, noch heller zu werden. Das Eisen lag schwer in der Hand, *eine gute Waffe.* Er verwarf den Gedanken jedoch sofort wieder. *Igor würde ihn mir wie einen Kupferdraht um den Hals wickeln,* dachte er mit einem unangenehmen Schaudern.

Er sah unschlüssig auf seinen Bruder. Gregor stand mit gesenktem Kopf vor dem Bett ihrer Mutter. Als er Michaels Blick spürte, hob er seinen Kopf. Seine Augen waren gerötet und schimmerten feucht. Die Brüder starrten einander eine halbe Ewigkeit an. Keiner sagte etwas. Beide wussten, was sie dachten, was sie fühlten und wonach sie sich sehnten. Die Blicke sagten viel mehr als Worte je hätten ausdrücken können. Ihnen war klar, dass ihr Leben in Igors Händen lag. Sie mussten ihm vertrauen, denn in dieser misslichen Lage gab es keinen anderen Ausweg.

KAPITEL 14

Kasachstan

Alexander hörte Stimmen, seine Augenlider flatterten. Etwas Schweres lastete auf ihm und erschwerte das Atmen. Seine Brust hob und senkte sich nur langsam. Sein Mund war wie ausgedörrt, beim Schlucken blieb seine Zunge am Gaumen kleben. Als er über seine Lippen leckte, waren sie erstaunlicherweise nicht mehr so rau, sondern weicher – und sie schmeckten nach ranzigem Tierfett. Er lag flach auf dem Rücken, aufgebahrt wie ein Toter, und nahm ein leichtes Ruckeln wahr. Ein scharfer Geruch stieg ihm in die Nase, und er begriff, dass er unter einem regelrechten Berg von Tierfellen begraben war. Ein leises Wiehern ließ ihn annehmen, dass er auf einem Pferdeschlitten transportiert wurde. Die Stimmen sprachen laut, trotzdem verstand Alexander kein einziges Wort.

Als er seinen Kopf anheben wollte, kam das Gefährt abrupt zum Stehen. Zwei Augenpaare waren auf ihn gerichtet.

»Der Russki wach, nicht mehr tot …« Zumindest einer der beiden sprach also Russisch, gebrochen, aber verständlich. Er überlegte kurz, dann sagte er: »Wir Kasachen nix gut verstehen Russki. Ich heiße Keirat, das ist Jerbol.« Das

Mondgesicht sah besorgt drein. Trotzdem huschte so etwas wie ein unsicheres Lächeln über seine Lippen. »Bist du ein – *Partisan?*« Sie hielten ihn also für einen Untergrundkämpfer. Wer waren diese Männer?

Alexander sah jetzt auch das zweite Mondgesicht vor sich auftauchen. Beide wirkten irgendwie glücklich, ihre Augen waren von Lachfältchen umgeben, die Gesichter von Wind und Kälte gerötet.

»Wir sind Brüder«, sagte Jerbol in passablem Russisch. »Wir haben dich im Wald gefunden. Du bist verletzt. Wir bringen dich in unser Dorf. Bist du ein Deserteur oder ein Partisan?«, wiederholte er neugierig.

Auch wenn er nicht aufdringlich klang, bereitete Alexander diese Neugier Sorgen. Er wollte auf diese Frage keine Antwort geben. Der dunkle, mit Sternen gespickte Himmel hing tief über ihnen. Alexander versuchte, die Himmelskörper zu zählen, doch es waren zu viele. Er leckte zaghaft über seine Lippen und verzog angewidert das Gesicht. Das Tierfett schmeckte nach altem Hammel. In diesem Augenblick begegnete er Jerbols Blick. »Wie haben Schüsse gehört. Wir würden dich gern zu deinen Kameraden bringen, aber wir sind Jäger und mögen euch Russen eigentlich nicht.« Er verstummte abrupt, als ihm bewusst wurde, dass er womöglich zu viel gesagt hatte.

Jetzt war es an Alexander, das Gespräch fortzuführen, um von seiner Situation abzulenken. »Was jagt ihr denn so?«, krächzte er.

»Kleinwild«, entgegnete Jerbol mit tonloser Stimme. Er war nicht bereit, Alexander zu viel zu verraten. Die beiden hatten genauso viel Angst wie ihr Passagier. Die Rote Armee war mächtig, die Regierung ging gnadenlos gegen

Denunzianten und Verbrecher vor. *Wilderer zählen wohl auch dazu,* dachte Alexander ironisch.

»Hasen und Ratten … und Füchse«, warf Keirat ein. Damit war sein Wortschatz wohl erschöpft, denn die weitere Reise verlief wortlos. Das Schweigen wurde nur vom leisen Pfeifen des Windes und dem gelegentlichen Knarzen der Kufen auf dem Schnee gestört, der an der Oberfläche zu einer harten Kruste gefroren war. Der Schlitten glitt die meiste Zeit so sanft darüber, dass Alexander in einen traumlosen Schlaf fiel.

* * *

Als die Flammen den Schnee zum Schmelzen gebracht hatten, und es im Inneren des Topfes laut blubberte, lehnte Michael sich mit dem Rücken an die verrußte Wand. Unter den Bodendielen neben dem Ofen vernahm er das Scharren von Mäusen. Auch das leise Fiepen war nicht zu überhören. Er ließ die Tür einen Spaltbreit offen und beobachtete die rot-gelben Flammen. Das Zucken des Feuers wirkte beruhigend auf ihn, seine Augen wurden schwer. Plötzlich knallte es, und irgendetwas traf sein Gesicht so heftig, dass er ein unterdrücktes »Oh Gott« von sich gab. Michaels Finger krallten sich um die Eisenstange, er riss die Augen auf und schaute sich erschrocken um. Seine linke Wange brannte immer noch.

Vor seinen angezogenen Füßen lag ein glühender Holzsplitter. Michael räusperte sich und rieb seine Wange. Dabei verschmierte er Ruß über sein gerötetes Gesicht. Er rappelte sich auf und schloss die Ofentür. Ein angenehmer Kräuterduft stieg aus dem Topf in seine Nase.

Zufrieden ließ er seinen Blick durchs Zimmer schweifen. Es war dunkel geworden. Er hörte nur leises Schnarchen. Gregors schmaler Körper lag quer über dem Fußende des Bettes, in dem seine Mutter und Anita schliefen.

Ein lautes Quietschen ließ Michael zusammenfahren. Der Schürhaken glitt aus seiner Hand und fiel klappernd zu Boden. Er schaute zur Tür und erstarrte. Igor war wieder da.

»Was schaust du mich so an, Junge? Ich fresse keine Kinder, vor allem nicht solche, die nur noch Haut und Knochen sind«, brummte der große Mann. Seine Laune hatte sich anscheinend gebessert, seine Stimme klang ein wenig heiterer. Igors Stirn glänzte und schimmerte leicht rötlich. »Wo ist dein Bruder?«, flüsterte er und klopfte den Schnee von seinen massigen Schultern.

Michael trat einen Schritt zurück und deutete mit einer Hand auf das Bett.

Igor schüttelte den Kopf, fuhr mit seiner Rechten durch seinen Bart und sagte dann: »Du gehst jetzt mit mir mit. Weck aber vorher deinen Bruder auf. Hier stinkt es wie bei meinen Schweinen.« Angewidert verzog er das Gesicht und rümpfte seine knubbelige Nase. »Los, rüttle ihn wach. Auch deine Mutter und die Kleine. Ich will hier keine Läuse haben.«

Michael stand immer noch unentschlossen da, trat von einem Bein aufs andere. Wollte Igor sie bei den Schweinen schlafen lassen? »Aber … wenn wir uns waschen könnten … und … meine Mama ist krank, und …«, stammelte Michael und brach in Tränen aus. In seiner Brust begann es höllisch zu brennen. Er schluckte, rang nach Luft und um Worte, die nicht heraus wollten.

Dann tat Igor etwas, womit Michael nie im Leben gerechnet hätte. Er ging auf die Knie, zog den Jungen sanft an sich und drückte ihn fest an seine Brust. Seine riesige Hand klopfte ihm zaghaft auf den schmalen Rücken, als habe der Mann Angst, ihm wehzutun. Michael gefiel die fast schon väterlich anmutende Geste. Igors warme Hand ruhte schwer auf seiner Schulter.

»Sch-sch-sch, nun komm, ich tu euch nichts«, versuchte er den verzweifelten Jungen zu beruhigen. Mit sanfter Bestimmtheit schob er den weinenden Michael von sich, fasste ihn am Kinn und zwang ihn, den Kopf zu heben. Als Michael ihm in die Augen blickte, wurden seine Gesichtszüge weicher, er weinte nicht mehr. Schniefend stand er da und wartete.

»Wisch dir den Rotz ab und folge mir, ich will dir was zeigen«, flüsterte Igor. Ohne jeden weiteren Einwand ging er mit nach draußen. Nur die Sterne und der schummerige Kerzenschein aus den Fenstern der schneebedeckten Häuser erleuchteten die Nacht. Die Luft roch frisch.

Igor stapfte voraus, blieb immer wieder kurz stehen und trieb Michael zur Eile an. Schweigend begleitete Michael den großen Mann zu einem kleinen, ebenfalls aus Baumstämmen gezimmerten Häuschen. Aus dem Schornstein stieg eine dünne Rauchsäule auf.

Bevor sie eintraten, zündete Igor eine Petroleumlampe an, die hinter der Tür an einem Haken hing. Die schwache Flamme flackerte unruhig, spendete jedoch genügend Licht, dass sie sich nicht in völliger Dunkelheit zurechtfinden mussten. Nach kurzer Zeit gewöhnten sich ihre Augen an die Lichtverhältnisse. Alles erschien auf einmal viel heller. Michael erkannte eine Bank und einen

Stapel dicker Holzscheite. Auch hier roch die ungewöhnlich heiße Luft sehr angenehm nach Kräutern. Tatsächlich war es so warm, dass Michael sofort zu schwitzen begann.

»Nichts hilft einem besser, wieder gesund zu werden, als eine russische Banja«, verkündete Igor grinsend und zog an einer weiteren Tür. Ein gewaltiger Schwall heißen Dampfs schlug Michael ins Gesicht. *Wir hatten auch eine Banja,* dachte er im Stillen. Nur hatten sie es Waschstube genannt. Eine angenehme Hitzewelle kroch über seine Haut. Unwillkürlich streckte er den Kopf durch den Spalt und sog den behaglichen Duft tief ein. Drinnen sah er eine weitere Bank, einen Eimer mit dampfend heißem Wasser, und einen ebenfalls mit Wasser gefüllten Zuber auf dem Boden, allerdings schien es nicht so warm zu sein.

»So, jetzt holen wir den Rest deiner Familie, und morgen sieht die Welt ganz anders aus. Was sagst du dazu?«, lächelte Igor. Der Junge nickte nur und lief zum Haus zurück. Als er ins Zimmer trat, saß seine Mutter aufrecht im Bett. Ihr Gesicht wirkte zutiefst besorgt, die Augen gerötet und voller Trauer. Zum ersten Mal fiel Michael auf, dass sich ihr Bauch, den sie mit den Armen umklammerte, deutlich vorwölbte.

»Michael, Schatz, wo warst du?«, flüsterte Johanna heiser und hustete in ihre Faust. Anita lag weinerlich neben ihr und brummelte etwas vor sich hin. Nur Gregor schlief tief und fest. »Ich habe mir Sorgen gemacht«, fuhr sie mit belegter Stimme fort.

»In der Waschstube«, entgegnete Michael mit einem breiten Grinsen. Er war sehr froh, dass seine Mama wieder wach war. Er hatte befürchtet, dass sie todkrank sei und sterben könnte. Das war seine größte Sorge: allein zu sein, ohne seine Mutter.

»Ich bin sehr müde, mein tapferer Junge, aber das geht wieder vorbei«, raunte sie tröstend, als habe sie seine Gedanken erraten. Dann zuckte sie zusammen und verstummte, als sie Igor erblickte. Ihr Gesicht wurde wieder ernst.

»Mama, das ist Igor. Er ist nett«, ergriff Michael das Wort und versuchte, heiter zu klingen.

»Was für ein Glück! Sie sind wach, und ich muss Sie nicht tragen. Ihr alle geht jetzt in die Banja und kommt erst zurück, wenn ihr sauber seid«, sagte Igor anstatt einer Begrüßung, dabei zwinkerte er Michael verschwörerisch zu.

Johanna bekam einen Hustenanfall. Sie keuchte. Tränen liefen über ihre Wangen. Keiner rührte sich. Als sie wieder zu Atem kam, blickte sie zuerst zu ihrem Sohn auf, dann zu dem großen Fremden. »Was?« Mehr brachte sie nicht heraus. Eine weitere Hustenattacke erstickte jeden Versuch zu sprechen im Keim.

»Wärmt eure Knochen und kommt danach wieder zurück. Ich heiße Igor und bin jetzt für euch zuständig. Mehr brauchen Sie für heute nicht zu wissen. Ihr macht, was ich euch sage, und wir werden keine Probleme haben. Wenn ihr euch weigert, müsst ihr heute Nacht bei den Schweinen schlafen, verstanden?« Seine Stimme klang schroff und gebieterisch, dennoch hatte Michael längst erkannt, dass Igor kein böser Mensch war. »Ihr bleibt nur so lange hier wie nötig, und keinen Tag länger. Mit dem nächsten Zug reist ihr ab. Wenn sich die Lage beruhigt hat und die Deutschen sich endlich zurückziehen, dürft ihr wieder nach Hause, bis dahin seid ihr unsere Geiseln.« Er sagte es so, als hätte er es irgendwo aufgeschnappt und auswendig gelernt.

Johanna war froh, noch drei ihrer Kinder bei sich zu haben. Trotzdem ging es ihr hundeelend. Ihre Glieder schmerzten, der Kopf fühlte sich an wie mit tausend Nadeln gespickt, sie fror immer noch und zitterte am ganzen Körper. »Was sollen wir denn anziehen?«, flüsterte sie kaum hörbar. Ihr Hals brannte, bei jedem Atemzug litt sie Höllenqualen.

»Für dich habe ich noch alte Sachen von meiner Frau, und die Bengel sollen sich etwas von mir nehmen. Ist ja nur für die Nacht. Morgen wirst du deine Sachen waschen müssen, kannst ja heute schon einweichen, nachdem ihr euch sauber geschrubbt habt. Tut mir leid, aber ich habe noch viel zu tun. Mir fehlt einfach die Zeit, um mich nur um euch zu kümmern«, warf er ihr in ungeduldigem Ton entgegen. Schweigend verließ er den Raum.

Als Johanna sich aus dem Bett quälte, kam er zurück, jetzt mit einem Bündel Kleider im Arm. Er warf die Sachen aufs Bett, murmelte etwas Unverständliches und stapfte mit gesenktem Kopf nach draußen. Die Haustür quietschte und fiel dumpf ins Schloss. Sie waren allein.

Johanna schaute Michael eindringlich an, zog ihn am Ärmel und flüsterte: »Wer ist dieser Mann?«

Michael zuckte mit den Schultern.

»Weißt du, wo wir jetzt hingehen müssen?«, fragte sie, während sie hastig die Kleidung sortierte, die zwar getragen und an einigen Stellen geflickt war, jedoch sauber und gepflegt schien.

»Ja, Mama. Die Banja ist hier vor dem Haus. Dort können wir uns waschen und aufwärmen, genau wie bei uns in den Waschstuben. Die Luft riecht nach Kräutern«, flüsterte Michael. »Igor meint, die wird uns guttun und macht dich und Anita gesund.« Johanna bekam eine Gänsehaut, sie erschauderte und schluckte schwer.

Als sie die anderen Kinder wach gerüttelt hatten, torkelte die kleine Familie in die Nacht hinaus. Anita war immer noch schlaftrunken und nickte ständig wieder ein. Auch Johanna fühlte sich schlapp. Das Schwindelgefühl verstärkte sich mit jedem Schritt. Sie beobachtete Michael, wie er vorausschritt und sich immer wieder umdrehte, um sich zu vergewissern, dass sie ihm auch alle folgten. In Tränen aufgelöst, stapfte sie durch den gefrorenen Schnee. Sie durfte nicht aufgeben, sprach sie sich selbst Mut zu. Mit einer flüchtigen Geste wischte sie sich über die Augen. Ihre Wangen brannten, als die kalte Luft ihre Tränen gefrieren ließ.

»Michael, woher kennst du diesen Igor? Wer hat uns zu ihm gebracht? Wie lange müssen wir hierbleiben?«, wandte sie sich flüsternd an ihren Sohn, als sie sich ein Stück vom Haus entfernt hatten. Johannas Stimme klang brüchig.

Gregor blickte sich im fahlen Licht der Nacht um, die alles in Schwärze tauchte und nur Schatten und Silhouetten hinterließ.

Michael schürzte die Lippen und schüttelte sacht den Kopf. »Keine Ahnung«, sagte er matt. »Aber er ist nett.« Sein kindliches Gesicht flackerte im tanzenden Licht der Petroleumlampe, die er trug.

»Woher willst du das wissen?«, brummte Gregor.

Michael ignorierte ihn.

»Kannst du hellsehen oder was?«, setzte Gregor nach.

»Riech mal, Mama!« Michael zog statt einer Antwort die Tür auf. Johanna schloss ihre müden Augen und holte tief Luft. Der Duft der Kräuter vermischte sich mit der kalten Brise zu einem die Sinne berauschenden Hauch, der sie an ihre Heimat erinnerte. Für einen Wimpernschlag fühlte sie sich völlig gelöst. »Lasst uns baden, Kinder«, stammelte sie, um ihre Fassung ringend.

»Mama? Igor ist wirklich nett«, wisperte Michael erneut. Er wandte ihr sein Gesicht zu und sah ihr tief in die Augen.

»Ja, das ist er. Igor ist nett«, wiederholte sie die Worte ihres tapferen Sohnes und küsste ihn sanft auf die Stirn.

Ein vages Lächeln huschte über Michaels Lippen. Er zwinkerte ihr mit einem Auge zu. Das tat er oft, wenn er sich gut fühlte.

Johanna liebte diese Geste an ihm, müde blinzelte sie zurück. Auch sie lächelte, doch ihr Lächeln war aufgesetzt und nicht echt. Sie wollte nur einfach ihren Sohn nicht enttäuschen. *Ich muss jetzt stärker sein denn je,* dachte sie im Stillen. Stumm folgte sie ihrem Sohn in die Waschstube.

KAPITEL 15

Kasachstan

Alexander lauschte den Geräuschen der Nacht. Ab und zu flog ein verirrter Vogel vorbei, er hörte das unverkennbare Rufen einer Eule, auch das weit entfernte Heulen eines Wolfsrudels konnte er vernehmen. Er hatte seine Lethargie abgeschüttelt und war wieder klar im Kopf. Nun feilte er an seiner Biografie. Immer wieder ging er seine erdachte Lebensgeschichte in Gedanken durch, korrigierte und fügte kleine Begebenheiten hinzu, die alles glaubwürdiger erscheinen lassen sollten. Zumindest klang seine Geschichte einigermaßen plausibel. Wie bei den Legenden, die er aus Büchern kannte, konstruierte er den Verlauf der letzten Tage neu – und so einfach wie nur möglich. Manches verwarf er und füllte die Lücken mit erfundenen Details. Seine Darstellung der Ereignisse, wie er als russischer Soldat in einen Hinterhalt geraten sei, stand auf recht wackeligen Beinen. Er hoffte nur, dass seine Retter ihn nicht vor ein Kriegsgericht stellen würden. Der dicke Kloß in seinem Hals schnürte ihm schmerzhaft die Luft ab. Er zitterte am ganzen Körper, und ihm war so übel, dass er dachte, er müsse sich jeden Moment übergeben. Nur mit Mühe konnte er sich zusammenreißen. *Hoffentlich haben die Soldaten die Verfolgung wirklich aufgegeben,* dachte er. Sonst würden sie ihm zweifellos eine Kugel verpassen, sobald ihn einer der Häscher zu Gesicht bekam, davor würde ihn auch die Uniform nicht schützen. Er war ein Fahnenflüchtiger, ein Verräter, ein Deserteur – schlussendlich ein toter Mann.

Unbewusst begann er lautlos zu weinen. Seine Sinne waren betäubt, die Welt um ihn herum ausgeblendet. Nur das pochende Hämmern in seinem Kopf konnte er deutlich spüren, alles andere war wie ausgeknipst. Urplötzlich lachte er bitter auf und fing wie ein Wahnsinniger an zu schreien. Er tobte, brüllte seine Hilflosigkeit in die kalte Nacht hinaus wie ein tödlich verletztes Tier. Starke Hände packten ihn an den Armen, drückten sie grob gegen seine Brust. Die Tierhäute lasteten schwer auf seinem gemarterten Körper. Eine sengende Hitze schoss durch sein lädiertes Bein, die nahtlos in einen brennenden Schmerz überging, der bis ins Mark reichte. Die Wunde musste sich entweder geöffnet oder entzündet haben.

Langsam schleichend wich das Leben aus Alexanders Körper, er begann zu halluzinieren. Die Realität verschwamm zu einem irrsinnigen Traum, er sah von oben auf sich selbst herunter, sein Geist verband sich mit der klirrenden Luft. Weit entfernt hörte Alexander die Stimmen seiner Eltern, sah sich und seine Geschwister fröhlich im Fluss herumtoben. Seine tote Oma rief ihn zu sich. Sie winkte ihm mit ihrer knorrigen Hand zu. Als sie ihre Lippen zu einem Lächeln verzog, schwirrten schwarze Insekten aus ihrem zahnlosen Mund. Sie flogen direkt auf ihn zu. Ihre glänzenden Flügel surrten wie die von Wespen. Die kleinen Biester zerschellten auf seinem Gesicht, aber nicht ohne dabei ihre Stachel zu hinterlassen. Ihre Stiche taten höllisch weh. Alexander versuchte, sich mit den Händen zu schützen, doch jemand hatte ihm mit einem groben Seil die Handgelenke festgebunden.

Heftige Schläge in sein Gesicht holten ihn in die Wirklichkeit zurück. Seine Wangen glühten. Alexander riss die Augen auf.

Die beiden Männer starrten ihn durchdringend an.

Immer noch verwirrt stammelte Alexander: »Ich bin in Ordnung. Es war nur ein Anfall – die Waldwesen haben mich verhext.« Dann lachte er noch lauter. Tränen liefen ihm über die Wangen und brannten auf seiner rissigen Haut.

»Er muss zu einem Schamanen«, raunte einer der beiden entsetzt. »Die Walddämonen müssen ausgetrieben werden.«

Sein Kamerad nickte stumm und begann zu flüstern. Seine Worte klangen wie ein Gebet, ein wiederkehrender Reim, den Alexander nicht verstand. Die Männer redeten aufgeregt in ihrer Muttersprache durcheinander. Ihre Stimmen wurden lauter, aggressiver. Sie stritten, dann brüllte Jerbol. Er riss an den Zügeln, holte mit der Peitsche aus und ließ den Lederriemen in einer fließenden Bewegung nach vorne schnellen. Ein lauter Knall zerriss die Stille der Nacht und hallte in Alexanders Ohren noch lange nach. Das müde Tier bewegte sich etwas flotter. Aus dem monotonen Ruckeln wurde ein heftiges Schütteln. Jerbol schrie das Pferd an, schlug ihm immer wieder mit dem Knauf seiner Knute gegen die Flanken.

Alexander spürte das Gewicht ihrer Körper auf seine Beine drücken, als sie Geschwindigkeit aufnahmen. Erneut musste er gegen einen Schwindel ankämpfen. Hatten ihm die Männer seinen dramatischen Auftritt abgekauft? War das seine Rettung, konnte er dem Schicksal so ein Schnippchen schlagen? Dann musste er das Theater jetzt nur noch durchziehen. Als er bemerkte, dass einer der Männer zu ihm herüberschielte, verdrehte er die Augen, bis nur noch das Weiße zu sehen war. Er brabbelte auf Deutsch irgendeinen Unsinn und hörte zufrieden, dass die Gebete der verängstigten Männer lauter wurden. Die Peitschenhiebe folgten jetzt schnell aufeinander. Das Pferd wieherte, legte sich mit aller Kraft ins Zeug. Alexander tat das arme Tier irgendwie leid, aber sein Leben war ihm um ein Vielfaches wichtiger.

»Wir sollten ihn hierlassen«, schimpfte einer der beiden mit einem misstrauischen Seitenblick auf Alexander, der immer noch nicht ansprechbar zu sein schien.

»Nein! Der Teufel muss aus ihm heraus, sonst kommt er uns holen«, entgegnete der andere. »Wir dürfen ihn nicht erzürnen. Bitte sprich mit ihm, Keirat, versuch, ihn zu besänftigen. Der Dämon muss noch in ihm bleiben, bis wir beim Schamanen angekommen sind.«

Keirats kratzige Stimme brach, er schien nicht zu wissen, was er sagen sollte.

Alexander spürte, wie die beiden Männer zitterten.

»Wir wollen dir nichts tun«, übernahm Jerbol das Reden, als sein Bruder kein Wort herausbrachte. Auch seine Stimme bebte vor Angst.

Der Schnee wurde von den schweren Hufen aufgewirbelt, stob durch die Luft und legte sich auf Alexanders Gesicht. Das eisige Prickeln kühlte seine Haut, die vor Aufregung zu glühen schien. Er spielte sein Spiel weiter und begann stockend, die ihm seit seiner Kindheit wohlbekannten Worte aufzusagen: »Vater unser im Himmel …« Die vertrauten Zeilen stimmten ihn ruhig und besänftigten seinen Gemütszustand.

Die beiden Männer, die ihn im Wald aufgelesen hatten, schlotterten regelrecht vor Kälte und Panik. Das klapprige Pferd bekam aufs Neue die Peitsche zu spüren. Die Hiebe schnalzten in der Luft wie die Schüsse einer Schrotflinte. Mit angehaltenem Atem spürte Alexander den zarten Lufthauch dicht vor seinem Gesicht, wenn Jerbol zu einem Schlag ausholte und der Lederriemen knapp an ihm vorbeisauste. Sein Mund war staubtrocken, jedes Wort wurde zur Qual, trotzdem wiederholte er das Vaterunser immer und immer wieder. Er fiel in einen tranceartigen Zustand. Hexen und Männer mit Totenschädeln statt Gesichtern tanzten vor seinen Augen. Er hörte Stimmen, Schreie, auch die lauten Hiebe einer Peitsche, die sein Fleisch in Stücke rissen. Die Halluzination raubte ihm den Verstand, trug seinen Geist in eine andere Welt, wo es keine Zeit gab, wo nichts mehr wichtig zu sein schien. Wo sich die Seele von der fleischlichen Hülle trennte. Seine Augenlider zuckten fiebrig, seine Worte verklangen zu einem Wispern.

Als Jerbol zu einem weiteren Schlag ausholte und der dünne Lederriemen seine linke Wange streifte, nahm Alexander es nicht mehr wahr. Er spürte keinen Schmerz mehr, als die Peitsche einen tiefen, blutigen Kratzer auf seinem Gesicht hinterließ.

* * *

»Schrubbt euch bitte gut ab«, wies Johanna ihre Kinder an. Ihr Kopf schien zu explodieren. Die Hitze tat ihr gar nicht gut, aber sie wollte Igor auf keinen Fall verärgern. Er war momentan ihre einzige Hoffnung, und sie hätte auch gar nicht die Kraft gehabt, ihm zu widersprechen oder auf andere Art Widerstand zu leisten.

Ihre Söhne rieben sich Rücken und Beine ab, bis ihre Haut rot leuchtete. Im zarten Schein der Lampe schienen ihre nackten Körper zu glänzen. Für einen Moment vergaß Johanna ihre Sorgen und schaute sie einfach nur an. Ihre Lippen verzogen sich zu einem wehmütigen Lächeln. *Wie groß sie doch geworden sind,* dachte sie nicht ohne Stolz. Dann fing Gregor an zu schreien, so plötzlich, dass Johanna entgeistert zusammenfuhr, und schlug seinen Bruder mit dem schäumenden Waschlappen ins Gesicht. Michael feuerte zurück, schnell und hart. Blut schoss aus Gregors Nase. Der Frieden war restlos verflogen.

»Hört sofort auf, Jungs«, keuchte Johanna. Grob wollte sie die Kampfhähne an ihren dünnen Armen voneinander trennen, doch die eingeseiften Körper entglitten ihrem Griff. Johanna bekam ihre Söhne nicht richtig zu fassen und musste schmunzeln. Gregor bemerkte den Stimmungsumschwung als Erster, wischte mit dem eingeschäumten Lappen über seine blutige Nase und lachte mit. Michael grinste breit. Die Auseinandersetzung war vergessen. Auch Anita quiekte vergnügt, sie blies die Schaumflocken von ihren Armen, um mit ihrem Lappen gleich wieder neue zu produzieren.

Johanna lachte Tränen. Als sie nach einer guten halben Stunde mit dem Waschen fertig waren, rieb sie ihre Kinder trocken und kitzelte dabei ihre abgemagerten Leiber. Sie genoss die lang vermisste Lebensfreude so sehr, dass ihr gar nicht auffiel, wie sehr sie sich verausgabte. Ihr Kopf brummte, ein flaues Gefühl ließ ihre Sicht verschwimmen. Sie kämpfte gegen das Schwindelgefühl an, indem sie sich auf die kleine Bank setzte und sich auf das Abreiben konzentrierte. Michael protestierte lautstark. »Du rubbelst mir noch Löcher in die Haut«, schimpfte er. Energisch nahm er ihr das klamm gewordene Tuch aus den entkräfteten Händen. »Du musst dich wieder hinlegen, Mama. Du siehst krank aus«, fügte er etwas leiser hinzu.

Johanna nickte stumm. Ihre Kinder wühlten in dem Kleiderbündel, zogen Sachen heraus, die allesamt viel zu groß für sie waren. Keiner beschwerte sich, sie erfreuten sich an dem Gefühl der trockenen, sauberen Kleidung auf ihrer Haut. Nur Anita saß stumm da. Sie hatte sich ein Unterhemd übergestreift und starrte mit glasigen Augen apathisch an die Decke.

»Was ist denn los, mein Kind?«, fragte Johanna erschrocken. Zwei Tränen kullerten über das makellose junge Gesicht.

»Die Sachen sind schrecklich«, stammelte Anita weinerlich. Johanna war sofort klar, dass nicht die Kleider der Grund für ihre Traurigkeit waren. »Ich weiß, mein Schatz, bald ist alles vorbei, bald fahren wir wieder nach Hau …«

Schüsse und lautes Poltern unterbrachen sie. Dumpfe Schreie drangen zu ihnen herein. Das heimelige Knistern des Holzes wirkte in dieser Situation unwirklich und völlig fehl am Platz.

Johannas Finger zuckten. Sie nahm ein weiteres Kleid, streifte es ihrer Tochter hastig über. Anita sträubte sich nicht mehr. Auch die beiden Jungs krochen in die erstbesten Hemden und Hosen, die sie zu fassen bekamen. Als alle halbwegs angezogen waren, drückte Johanna vorsichtig die Tür auf, nur einen Spaltbreit – und stieß einen erschrockenen Schrei aus, als ihr die Tür aus der Hand gerissen wurde und ganz aufflog. Igor stand davor, nur in Hemd und Hose, barfuß. Mit weit aufgerissenen Augen flüsterte er keuchend: »Seid ihr alle noch ganz?«

Sie nickten. Igor hob den Windschutz der Lampe und blies das schwache Licht aus. »Folgt mir, aber seid leise.«

Johanna beobachtete, wie er mit seinen nackten Füßen vorauslief. Sie folgten ihm leise, nur das Knirschen des Schnees unter ihren Fußsohlen war zu hören. Die kleine Gruppe schlich sich davon, während in der Ferne dunkle Gestalten herumhuschten. Im Schein der Fackeln warfen sie lange Schatten auf den zerstampften Boden. Hier und da sah Johanna das grelle Aufblitzen von Flammen, die gleich wieder verloschen. Schüsse fielen, Stimmen erhoben sich zu einem Durcheinander von Schreien, Flüchen, Verwünschungen und den letzten Worten der Sterbenden.

Die Eiseskälte kroch den Flüchtenden durch die Kleidung bis unter die Haut. Johanna schaute sich ständig um, um sich zu vergewissern, dass alle ihre Kinder zusammenblieben. Nach wenigen Augenblicken erreichten sie ihr Ziel. Das leise Muhen und Grunzen von Tieren drang deutlich aus dem Schuppen, zu dem Igor seine ungebetenen Gäste geführt hatte.

»Los, kriecht in das Heu und bleibt bloß ruhig. Wenn die Partisanen euch finden, sind wir geliefert. Sie müssen irgendwie erfahren haben, dass unser Dorf gezwungen wurde, Deutsche aufzunehmen. Dir muss ich nicht erklären, was es für Frauen bedeuten kann, wenn Männer … du weißt schon … Sie wissen, dass es hier was zu holen gibt, und später können sie euch alles in die Schuhe schieben. Deswegen müsst ihr ganz leise sein. Michael, du und Gregor passt auf die Frauen auf. Wir Männer müssen sie jetzt beschützen, eure Mama und eure Schwester haben ja nur uns. Die Soldaten werden mir nichts tun, aber euch … Darum schaut zu, dass ihr euch gut versteckt.« Ohne ein weiteres Wort verschwand er in der Dunkelheit.

Johannas Atem ging in kurzen, abgehackten Stößen, bei jedem Atemzug gluckerte es in ihrer Lunge. An ihren nassen Haaren hingen Eiszapfen. »Los, Kinder, versteckt euch«, hustete sie. Mit letzter Kraft hielt sie sich schwankend am Türrahmen fest.

»Verflucht sollt ihr sein …«, hörte sie Igor schimpfen, als sie die Tür hinter sich schloss, die beinahe gleichzeitig von außen wieder aufgerissen wurde. Das laute Poltern ließ sie zusammenzucken. Als Igor breitbeinig vor ihr auftauchte, starrte sie ihn mit erhobenen Händen an. Wie paralysiert stand sie da, außerstande, sich zu bewegen. Igor grunzte unwirsch. Seine riesenhafte Gestalt füllte Türrahmen vollständig aus. Mit einer Hand packte er Gregor am Hosenbund, mit der anderen griff er nach Anita. Die japste erschrocken, blieb jedoch stumm. Als sie begriff, dass der große Mann ihnen nur helfen wollte, hörte sie auf, sich zu wehren. Ihre Arme und Beine baumelten herab.

»Ihr bringt mich noch an den Galgen«, brummte er. Ohne jegliche Anstrengung warf er Anita auf den Heuhaufen. Gregor stellte er auf die Füße, packte Johanna um die Hüfte und schwang auch sie auf das weiche, nach Kräutern duftende Heu. Staub wirbelte durch die Luft und kratzte in den Atemwegen. Mit den Jungs ging er nicht sonderlich zimperlich um. Einer nach dem anderen flogen die beiden in hohem Bogen auf den Berg aus getrocknetem Gras.

Als alle sicher versteckt waren, klopfte Igor den Staub und ein paar verirrte Halme von seinen Sachen, murmelte etwas Unverständliches und stapfte wieder nach draußen. Das leise Quieken und Schnaufen der Tiere stimmte Johanna melancholisch. Sie versank in der weichen Umarmung, spürte ihre Kinder, die sich verängstigt an sie schmiegten. Langsam schloss sie ihre schweren Lider. Der metallene Riegel rastete dumpf ein. »Verschwindet von meinem Grundstück!«, brüllte Igor draußen in die Nacht. Danach kehrte Stille ein.

Michael hörte das leise Pochen von Johannas Herz. Seine Mutter war sehr krank. Ihre Stirn glühte. Auch seine Schwester keuchte und rang nach Atem. Er rückte sie nahe an seine Mutter und fing an, die beiden mit den Halmen zuzudecken.

»Gregor, hilf mir«, wandte er sich an seinen Bruder. Er sprach so leise, dass seine Worte kaum wahrzunehmen waren, trotzdem begriff Gregor sofort, was Michael von ihm erwartete. Gemeinsam häuften sie eine dicke Schicht Heu auf ihre Mutter und ihre Schwester. Erst als nur noch ihre Köpfe aus dem trockenen Gras hervorschauten, igelten auch sie sich ein und versuchten, ein wenig zu schlafen.

Keiner der Schlafenden hörte, wie Igor ins Haus zurückging, seine Filzstiefel anzog und sein Jagdgewehr nahm, um unter unzähligen Flüchen die Eindringlinge von seinem Hof zu vertreiben.

KAPITEL 16

Kasachstan

Alexander spürte, wie sich etwas über seinen Körper bewegte. Warm und weich waren die Berührungen, die er nicht richtig einordnen konnte. Wie die sanften Finger einer Frau … Er hob die bleischweren Lider. Federn? Tatsächlich. Er öffnete die Augen noch ein wenig weiter, konnte aber nicht viel mehr erkennen als zuvor. Nur Silhouetten und das tanzende Feuer. Und Federn. Dann begannen die Augenlider vor Übermüdung zu flattern und senkten sich ohne sein Zutun.

Dicht neben seinem Ohr vernahm er eine Art Sprechgesang. Ein unangenehmer Geruch strömte in seine Nasenlöcher und nistete sich tief in seinem Kopf ein. Der intensive, fast schon unerträgliche Gestank von zähflüssigem Kuhdung bemächtigte sich seiner Sinne und zerrte an seinen letzten Kraftreserven. Alexander zwang sich, die Augen wieder zu öffnen.

Um ihn herum wirkte alles verschwommen wie ein Aquarell. Die Welt schien zu schwanken. Sein Kopf war bleischwer, ebenso Arme und Beine – und sein Herz, das dumpf gegen die Rippen pochte. Ein unangenehmes

Kribbeln, das zuerst die Fingerspitzen erfasste, schlängelte sich wie Spinnweben über seine Unterarme, dann ergriffen die dünnen Fäden auch den Rest seines Körpers und umschlangen sein Herz mit zunehmendem Druck. Seine Haut prickelte, als stecke er in einem Ameisenhaufen. Die zaghafte Berührung der zarten Federn verschaffte ihm kurzzeitig Linderung und vertrieb die lästigen Insekten, leider war der Effekt nur von kurzer Dauer. Das Kribbeln kam mit unerträglicher Heftigkeit zurück, sein ganzer Körper brannte und juckte. Alexander stöhnte. Schließlich stieß er in seiner Verzweiflung einen entsetzlichen Schrei aus. Das Geräusch hallte durch die Luft, wurde jedoch von den Tierhäuten an den Wänden absorbiert. Alexanders Augen waren weit aufgerissen. Er schrie, bis seine Stimme brach und in einer Hustenattacke erstickte.

Wo war er überhaupt? Die ungeheuerliche Vorstellung, von diesen Männern bei einem finsteren Ritual geopfert zu werden, raubte ihm beinahe den Verstand. Er spürte nichts. Die aufsteigende Panik machte jedes rationale Denken unmöglich. Das laute Rauschen seines Blutes in den Ohren war alles, was er wahrnehmen konnte. Die Männer bewegten scheinbar stumm ihre Lippen. Alexander versuchte krampfhaft, sich umzuschauen. Einer der Männer tanzte im Kreis. In der linken Hand hielt er eine Trommel, in der anderen einen Knochen, mit dem er auf das gegerbte Leder einschlug, das über das primitive Instrument gespannt war. Der monotone Rhythmus erschien Alexander kaum hörbar. Das Pochen in seinem Kopf war viel lauter und durchdringender.

Alexander konzentrierte sich stärker, um seine Sinne zu veranlassen, ihren Dienst wieder aufzunehmen. Saß er in einem Gefäß aus Lehm? *Oh Gott, wollen mich diese Verrückten verbrennen?* Solche Behältnisse wurden zum Backen von Fladenbrot verwendet, das wusste er. Sein Vater hatte ein Buch besessen, *Die Völker und ihre Bräuche, wir sind alle eine Welt,* so oder so ähnlich lautete der Titel. Die Sowjetunion war riesig und vielfältig, doch dass Menschen geopfert wurden, hatte Alexander noch nie gehört. Nur sein Kopf ragte aus der verrußten Öffnung, der Rest seines Körpers steckte in diesem … *Ofen?* Zwischen seinen Füßen glomm etwas. Seine Hände lagen gekreuzt auf der Brust, ein dünner Lederriemen hielt sie dort. Bei jedem Atemzug spürte er die Spannung. Das Leder drückte gegen seine Haut, ohne sie zu verletzen. Alexanders Hinterkopf lag auf etwas Weichem, das nach Tierfell roch. Als er seinen Kopf zur Seite bewegen wollte, hielt eine kleine Hand seine Stirn fest. Der Lehmofen reichte ihm bis über die Schultern und die Hitze wurde zunehmend unerträglich.

Er zwang sich, gleichmäßig zu atmen, und sein Blick klärte sich. Die Männer wollten ihm nichts Böses, versuchte er sich zu beruhigen. Er konnte den Sinn dieser Zeremonie nicht erfassen, doch eines war ihm klar: Hätten sie ihn töten wollen, wäre es schon längst geschehen.

»Er ist wach«, ertönte eine melodische Stimme außerhalb Alexanders Sichtfeld. Sie klang, als gehöre sie einem jungen Mädchen. Alexander konnte es jedoch nicht mit Sicherheit sagen, denn sehen konnte er nur die drei Männer und eine zarte Hand, die mit einer grauen Feder über seine Brust strich. Das Mädchen musste dicht hinter ihm stehen.

Der in Tierhäute gehüllte Mann beendete seinen Tanz. Langsam drehte er sich zu seinem Gast um. Erst jetzt bemerkte Alexander, dass er splitterfasernackt war. An Rücken und Pobacken spürte er die raue Oberfläche der Ofenwand und die wohltuende Wärme, die davon ausging. Trotzdem fühlte er sich sehr unbehaglich. Er befand sich *nackt* in Gesellschaft mindestens einer Frau. Die Schamesröte schoss ihm in Gesicht und ließ ihn erschaudern. Ein irrationaler Jähzorn über seine Machtlosigkeit trieb ihm die Tränen in die Augen. Oder war es nur der beißende Rauch? Alexander hustete, seine Lunge brannte. Der Qualm wurde dichter, undurchdringlicher.

»Holt ihn heraus, sein Geist ist zurückgekehrt«, sprach der Schamane kaum verständlich. Schwielige Hände packten Alexander an den Schultern, vorsichtig zogen sie ihn aus dem Ofen. Die Spannung um seine Brust löste sich abrupt, als die zierliche Hand mit einem scharfen Messer den Lederriemen durchtrennte. Alexander tat einen tiefen, von einem pfeifenden Geräusch begleiteten Atemzug und entspannte sich, um im nächsten Augenblick erneut zusammenzuzucken. Mit beiden Händen bedeckte er seine Scham und wandte betreten den Blick von dem runden Gesicht eines Mädchens ab. Die zierliche junge Frau fing leise an zu kichern, als sie seine Verlegenheit bemerkte.

Der Schamane blaffte sie ärgerlich an, woraufhin sie sich mit gesenktem Kopf zum Ausgang begab. Kurz bevor sie nach draußen trat, warf sie Alexander noch einen verstohlenen Blick zu und verschwand dann aus dem großen, rauchvernebelten Zelt.

Alexander hustete, seine Lunge brannte. Die Wunde an seinem Bein pochte, als stecke ein glühendes Stück Metall darin. Seine Zähne knirschten, als er sich einen Schrei verbiss, um sich keine Blöße zu geben. Vielleicht stand das Mädchen ja noch draußen und lauschte? Zusammengerollt lag er auf den Tierhäuten und weinte stumm. Der Schmerz trieb ihm den Schweiß auf die Stirn und schließlich aus sämtlichen Poren seiner Haut. Die angenehme Kühle ließ ihn frösteln.

»Du wirst leben, Soldat. Die bösen Geister sind weg, nur der Rote Wurm ist noch in dir.«

Alexander verschluckte sich vor Schreck. *Was für ein Wurm?*, fragte er sich im Stillen. *Wo bin ich, und wer seid ihr?* Die Worte surrten in seinem Kopf wie ein Bienenschwarm, wollten ihm aber nicht über die Lippen kommen.

»Bei uns bist du sicher. Wir werden dich nicht verraten. Wir mögen die Russen auch nicht«, sagte Jerbol. Seine Stirn war von einem leichten Schweißfilm bedeckt, als er sich von dem Schamanen abwandte, um dessen Worte für Alexander zu übersetzen. »Der Schamane sagt, du hast ein reines Herz. Darum darfst du hier leben.« Jerbol breitete kurz die Arme aus, als wolle er Alexander umarmen. Sein Kopf war so rund und glatt wie eine Stahlkugel. Dann sanken seine schwieligen Hände abrupt wieder herab und kneteten die Pelzmütze, als fühle er sich unwohl oder wäre sehr aufgeregt. Genauso fühlte sich auch Alexander.

Die Schaffelle und anderen Tierhäute verliehen seinem nackten Körper eine wohlige Wärme und spendeten Alexander auf eine unbeschreibliche Weise Trost und Geborgenheit. Er begann flach zu atmen, als versinke er in einem Bad aus Federn und Luft. Seine Finger gruben sich tief in die warme Wolle. Als eine schwere Decke über seinen Körper gebreitet wurde, war er schon weit, weit weg.

KAPITEL 17

Russland,

März 1942

Endlich war der Winter vorbei. Der Frühling entfaltete seine grünen Flügel und spendete der tristen Gegend Wärme und Farbe. Das von Bäumen umgebene Dorf samt seiner Bewohner und Tiere erwachte langsam aus dem Winterschlaf. Hühner scharrten in der Erde, vereinzelt liefen Schweine herum, die Kühe schrien lautstark nach Futter. Die Menschen bevölkerten wieder die Wege, das Leben fand wieder mehr draußen statt.

Johanna erholte sich nur langsam von ihrer Erkrankung, ihre Tochter hingegen hüpfte schon wieder fröhlich durch die Gegend. Gregor und Michael hatten an dem Riesen Igor einen Narren gefressen – die drei waren seit Wochen unzertrennlich. Die Jungen wichen nicht von seiner Seite, halfen ihm im Stall, sorgten für frisches Stroh und hackten jeden Tag Holz. Johanna ging Igor im Haushalt zur Hand und versorgte alle Bewohner des Hauses zumindest mit dem Nötigsten. Die Kleidungsstücke wurden geflickt, in der Stube war alles sauber und ordentlich, und auch sonst fehlte es den Bewohnern an nichts außer Freiheit und Essen.

»Der Deutsche wird uns angreifen«, murmelten die Dorfbewohner und waren dementsprechend nicht sonderlich gut auf die Fremden zu sprechen. Aus diesem Grund blieb Johanna im Haus. Sie hatte den Spott und die Beleidigungen nie richtig verarbeiten können, besonders, weil sie und ihre Kinder an dem ganzen Dilemma keine Schuld trugen. Aber es gab noch einen anderen Grund, warum sie das Haus nicht mehr verließ. Sie war schwanger.

Jedes Mal, wenn sie die Wölbung berührte, lief ihr eine Gänsehaut über den Körper. Sie wollte lieber sterben, als diese Schmach ertragen zu müssen; oft dachte sie an Selbstmord. Einzig ihre Kinder hielten sie von diesem Schritt ab. Sie ging zum Fenster, schob den verwaschenen, groben Vorhang aus blauer Baumwolle zur Seite und spähte hinaus. Ihr Mund verzog sich zu einem Lächeln, als sie die lauten, fröhlichen Stimmen ihrer Kinder hörte. Ihre Augen wurden feucht.

Um den bedrückenden Gedanken zu verjagen, dass sie den Bastard ihres Vergewaltigers austragen musste, tat sie einen tiefen Atemzug und begann zu kochen. Meist gab es Eintopf oder eine dünne Suppe, die sie aus den Resten des Eintopfs zubereitete. Heute würde sie etwas anderes kochen. Eiersuppe. Die Hühner legten wieder Eier, auch die Tiere freuten sich über das warme Wetter, dachte sie und machte sich daran, alles Nötige für das Festmahl vorzubereiten. Als sie eines der Eier am Rand der Schüssel aufschlug, verkrampfte sich auf einmal ihr Unterleib und sie musste sich mit den Händen an der Tischkante abstützen. Ein siedend heißer Stich durchfuhr ihren Körper. Ihr Bauch wurde steinhart. Johanna keuchte und rang nach Luft. Sie fühlte etwas Warmes, Flüssiges an ihren

Schenkeln hinunterlaufen, ihr Rock färbte sich rot. Dann wurde ihr schwarz vor Augen. Als sie in Ohnmacht fiel, krallten sich ihre Finger an der Tischdecke fest und zogen sie mit sich zu Boden. Teller schepperten, Töpfe polterten, und die Eier zerschellten schmatzend auf den groben Fußbodendielen. Die dumpfen Schritte von Igors schweren Stiefeln nahm sie nicht mehr wahr.

»Oh Gott, Johanna«, raunte der große Mann fassungslos. Eine Sekunde lang stand er unentschlossen da und starrte auf den schlaffen Körper, der halb von der Tischdecke verdeckt auf dem Boden lag. Er hatte nur nachschauen wollen, wie weit Johanna mit dem Kochen war, und nun lag die hübsche Frau blutbesudelt auf der Erde. Ihm war, als hätte jemand an der Zeit gedreht und ihn in die Vergangenheit zurückversetzt. Die alten Wunden wurden erneut aufgerissen. Schon einmal hatte er hier gestanden und auf ein blutiges Häufchen hinuntergeschaut. Wenige Tage später war seine Anastasia gestorben. Die Erinnerung verschwamm mit der Realität, und er durchlebte den verdrängten, vergessen geglaubten Schicksalsschlag aufs Neue. Er roch den Duft der Kräuter, die er für seine Frau zubereitet hatte, damit sie wieder zu Kräften käme, aber die Blutung wollte nicht aufhören.

»Bitte nicht«, flüsterte er kaum hörbar. »Nicht schon wieder.« Er wollte Johanna nicht verlieren, sie war ihm ans Herz gewachsen. Nicht dass er sich in sie verliebt hätte oder sie gar zur Frau nehmen wollte, das nicht, trotzdem wünschte er, dass sie am Leben blieb. Sie war ein guter Mensch – mehr noch, sie war Mutter von drei Kindern, die ohne sie verloren wären.

Mit zitternden Fingern tastete er nach ihrem Puls. Ihr dünner Hals fühlte sich weich und zerbrechlich an. Der kaum spürbare Herzschlag gab ihm Hoffnung, dass alles wieder gut werden würde. Etwas peinlich berührt legte er seine Hand dicht unter ihre linke Brust, auch hier konnte er das leise Pochen wahrnehmen. Ihr Brustkorb hob und senkte sich regelmäßig. Der sich stetig ausbreitende rote Fleck auf ihrem Rock bereitete ihm größere Sorgen.

Als er den schlaffen Körper aufhob, flatterten ihre Lider. Sie öffnete die Augen, aber sie schienen ins Leere zu starren. Igor war trotzdem erleichtert, es erschien ihm als Hoffnungsschimmer am Horizont und gab ihm einen Grund mehr, nicht zu verzweifeln.

»Igor? Was ist passiert?«, flüsterte sie kehlig.

»Nichts, worüber du dir jetzt den Kopf zerbrechen musst«, gab er zurück. Seine Zunge klebte am Gaumen, der Mund war staubtrocken und das Herz hämmerte gegen die Rippen wie ein Schmiedehammer.

»Ich blute.« Es klang wie eine Entschuldigung. Als schäme sich Johanna.

»Du hast bestimmt nur deine Tage«, stammelte er und zog die Tischdecke über den roten Fleck, als könne er ihn so aus der Welt schaffen.

»Nein, Igor. Ich bin schwanger – ich *war* schwanger«, korrigierte sie sich und wandte ihren Blick von ihm ab.

»Es tut mir leid …«

»Nein, Igor, nein«, krächzte sie kaum hörbar. »Ich habe dieses Kind nie gewollt. Es war die Brut eines schändlichen …« Ihre Stimme brach.

»Du musst nicht darüber sprechen, und überhaupt musst du dich jetzt ausruhen …«

Das Geräusch von Schritten drang gedämpft aus dem Flur herein. Jemand war im Haus. *Bitte nicht die Kinder, nur nicht meine Kinder, nicht sie,* betete Johanna im Stillen. Igor drehte sich um und wollte aufstehen, doch der Störenfried stand schon in der Tür.

Fritz Müller hatte sich breitbeinig auf der Schwelle aufgebaut und starrte entgeistert auf das Bild, das sich ihm bot. Die Narben schimmerten rötlich. Seine Augen weiteten sich ungläubig. »Was machst du da, Igor? Hast du sie angegriffen? Wolltest du sie etwa …«

Weiter kam er nicht. Igor mochte zwar massig und schwerfällig wirken, doch seine körperliche Verfassung war die eines Kämpfers. Wie ein Blitz sprang er auf und packte den gebrechlichen Fritz an dessen dünnem Hals. »Du bist hier nicht willkommen«, fauchte er den zu Tode erschrockenen Mann an.

»Ich bitte Sie, meine Herren. Sie, Genosse …?« Ein uniformierter Mann, der offenbar mit Müller gekommen war, trat aus dem düsteren Flur und schaute Igor fragend an.

»Titov«, antwortete Igor und lockerte seinen Griff ein wenig, ließ seinen Kontrahenten jedoch nicht los. Fritz keuchte, sein Gesicht lief puterrot an. Pfeifend rang er nach Luft.

»Lassen Sie den Mann sofort los, sonst lasse ich Sie verhaften«, kommandierte der Fremde mit der ruhigen Stimme eines Befehlshabers.

Johanna hob den Blick und sah sich den Mann genauer an. Es war Semjon Pulski. Der Mann, der zugelassen hatte, dass Petrow sich an ihr verging.

Igor versetzte dem klapperdürren Fritz einen verächtlichen Schubs. Wie eine Strohpuppe flog der schmächtige Körper gegen die Wand.

»Sie haben sich jetzt zu benehmen, Genosse Titov, sonst …«

»Sonst was?« Igor trat zwei Schritte auf den groß gewachsenen Mann zu und wartete auf seine Reaktion. Pulski wich seinerseits zwei Schritte zurück und nestelte an seiner Pistole, die im Holster stecken geblieben schien.

»Der tambowsche Wolf ist mein Genosse!« Igor spie dem jungen Mann die Worte voller Verachtung entgegen und trat noch näher an ihn heran. »Wer bist du?«, sprach er mit leiser Stimme, die dadurch noch bedrohlicher klang.

»Kommandant Pulski, ich werde die Deutschen nach Sibirien begleiten. Die Deutschen wollen …«

»Die Deutschen hier, die Deutschen da«, unterbrach ihn Igor ärgerlich. »Meinst du jetzt die Deutsch sprechenden Menschen hier oder die faschistischen Terroristen dort in Europa?«

»Die Flüchtlinge …«

»Sie wurden verschleppt und enteignet, verdammt! Wie damals schon meine Eltern …«

»Daher weht also der Wind, ja? Waren Ihre Eltern Kulaken?« Semjons Lippen bebten mehr aus Furcht als vor Zorn.

»Nein, sie waren Bauern, die für ihr Brot aufs Feld gingen, ihre Rücken krumm machten, für sich und die anderen. Sogar für solche wie dich!« Das Knurren ließ den Soldaten zusammenzucken.

»Soso, aus Ihnen spricht der Groll eines verletzten Kindes, Genosse. Halten Sie sich mit solchen Parolen besser zurück, sonst können Sie diese Familie gerne begleiten – wer weiß, wo ihre Reise hinführen wird? Vielleicht bis in den Gulag.« Ein selbstzufriedenes Grinsen huschte über Pulskis Gesicht.

Die geballten körperlichen und seelischen Schmerzen wurden zu viel für Johanna. In ihrer Brust explodierte ein Feuer, das sie von innen heraus zu versengen drohte. Die Hitze in ihrem Bauch wurde unerträglich. Der Anblick des jungen Pulski brachte die Erinnerung an die Vergewaltigung zurück. Ihre Finger gruben sich tief in das blutverschmierte Kleid. Sie stöhnte, biss die Zähne zusammen und kämpfte um ihren Verstand. Die Erde unter ihr begann zu schwanken. Ihre Hände waren nass und klebrig, sie spürte warme Feuchtigkeit zwischen den Fingern. Inzwischen war auch die Tischdecke von dem dunklen Rot getränkt.

»Was machen wir nun, Igor Titov? Ich bin zum Kommandanten ernannt worden. Der Ortsvorsitzende hat meine Position bestätigt und beglaubigt. Dieser Anblick lässt keine anderen Schlüsse zu, als ...«

»Sie braucht einen Arzt, sonst stirbt sie«, fauchte Igor und trat einen weiteren Schritt auf den dreisten Pulski zu.

Ein leises Klicken ertönte. Semjon Pulski hatte endlich seine Waffe befreit und den Hahn gespannt. Lässig hielt er den Revolver in Hüfthöhe, sein maliziöses Grinsen wurde noch breiter. Er genoss seine Machtposition. Er war Gott – er entschied über Leben und Tod.

Blitzschnell riss ihm Igor mit einem heftigen Ruck die Pistole aus der Hand und drückte den Lauf an die Stirn des frischgebackenen Kommandanten. Igor war ein guter Jäger und wusste mit einer Waffe umzugehen, auch mit der von Pulski.

»Das darfst du nicht!« Semjon kreischte wie ein Mädchen. »Ich bin Soldat der Roten Armee, ich ...« Der Lauf der Waffe in seinem Mund sorgte abrupt dafür, dass der

Satz unvollendet blieb. Seine Zähne klapperten auf dem kalten Metall. Der eben noch so überhebliche Pulski winselte nur noch.

Johanna lag immer noch auf den kalten Dielen. Alles um sie herum verschwamm und drehte sich, sie verfolgte das Geschehen wie durch einen Schleier. Für sie wirkte die Szenerie wie ein schlechter Traum. Es spielte keine Rolle, das einzig Wichtige waren ihre Kinder.

Fritz hatte sich von seinem Sturz erholt und schlich sich mit einem Holzscheit in der Hand von hinten an Igor heran. Johanna wollte ihn warnen, aber alles, was sie zustande brachte, war ein lautloses Wispern. Aus dem Augenwinkel nahm sie einen vorbeihuschenden Schatten wahr. Der Schemen trat ins Licht und gewann an Gestalt, die Konturen nahmen die klaren Züge eines Kindes an. *Michael!,* jagte der Name ihres Sohnes wie ein Blitz durch ihren Verstand. *Bitte geh, verlass das Haus!,* schrie sie ihn in Gedanken an. Er schien sie nicht einmal zu bemerken. Seine Aufmerksamkeit galt nur Igor und Semjon.

* * *

Auf der anderen Seite des Vorhangs regte sich etwas. In dem schummerigen Licht konnte Michael nur die schmale Silhouette eines Mannes ausmachen. Er schlich weiter und erkannte den unsympathischen Fritz, der mit erhobenem Arm dastand. Er schien etwas in der Hand zu halten, dicht über dem Kopf. Warum bewegte der sich so komisch? Erst nach einer Sekunde, die Michael wie eine Ewigkeit vorkam, wurde ihm klar, was dort vorging. Fritz Müller wollte

Igor angreifen! Der Gegenstand in seiner Hand war ein Holzscheit, mit dem er eben zum Schlag ausholte.

»Igor, hinter dir!«, brüllte Michael aus vollem Hals. Seine Stimme war so laut, so durchdringend, und die Warnung kam so überraschend, dass alle zusammenfuhren. Auch der hinterhältige Fritz schnellte herum.

Dann geschah etwas, womit keiner gerechnet hätte, am allerwenigsten Fritz. Sein siegessicheres Grinsen erstarrte zu einer Maske, als der Lauf der Pistole blitzschnell auf ihn gerichtet wurde. Beinahe gleichzeitig erhellte das Mündungsfeuer blitzartig den Raum, dann krachte es. Das Projektil durchschnitt die Luft und traf sein Ziel mitten in die Stirn, direkt zwischen die tückischen, weit aufgerissenen Augen. Den Mund zu einem stummen Schrei verzerrt, fiel Fritz rücklings zu Boden. Das schwere Holz entglitt seiner schlaffen Hand und polterte dumpf über die Dielen. Aus der Mündung der Pistole stieg ein feiner Rauchfaden auf.

Jetzt erkannte der völlig aufgelöste Michael auch den anderen Mann wieder. Das war der Typ von der Bahnhofsstation – Pulski hieß er –, Semjon Pulski. Sein angstverzerrtes Gesicht wirkte durch den Schock versteinert. Michael beobachtete verächtlich, wie sich im Schritt von Pulskis Uniformhose ein dunkler Fleck bildete, der sich an seinen Beinen entlang ausbreitete, bis hinunter zu den auf Hochglanz polierten Stiefeln. Der Anblick rief eine weitere Erinnerung in dem Jungen wach.

»Warum hast du ihn erschossen?«, erkundigte sich Igor mit ruhiger Stimme bei Semjon. Gelassen streckte er den Arm aus und schob den Revolver in den Hosenbund des verdutzten Soldaten.

»Ich war das nicht! Du … *du* hast ihn erschossen!«, stotterte der entgeistert. Er schien gefährlich nahe daran, den Verstand zu verlieren.

»Nein, das warst du. Ich habe noch nicht einmal eine Waffe, der Revolver gehört dir. Oder willst du deinem Befehlshaber etwa weismachen, dass dir ein dämlicher Bauer wie ich deine Dienstwaffe entwendet hat? Dir? Einem Kommandanten der Roten Armee und treuen Kommunisten? Du bist doch Kommunist?«, wiederholte er mit Nachdruck.

Semjon schüttelte langsam den Kopf. Dann nickte er.

Igors Stimme klang wie die eines Erwachsenen, der mit einem kleinen Jungen redete: »Du kommst vors Tribunal. Danach fährst du mit mir zusammen in den Gulag. Willst du das? Genosse Kommandant Pulski?«

Erneutes Kopfschütteln, heftiger dieses Mal. Michael konnte seine Halswirbel knacken hören. Semjons Lippen zitterten.

Michael wandte sich angewidert ab und erstarrte mitten in der Bewegung, als sein Blick auf Fritz Müllers Leiche fiel. Noch nie war vor seinen Augen ein Mensch erschossen worden. Ein kleines Loch war alles, was dazu nötig war, jemandem das Leben zu nehmen. Als er sich endlich von dem grausigen Anblick losreißen konnte, nahm er zum ersten Mal, seit er das Haus betreten hatte, seine Mutter wahr. Auch sie blutete. Hatte Pulski etwa auf seine Mama geschossen? Alles Blut wich aus seinem Gesicht. Eisige Kälte durchfuhr seinen Körper. Seine Knie wurden butterweich und drohten unter ihm nachzugeben. Außer sich vor Wut rannte er auf den Uniformierten zu und riss die Pistole an sich. Seine Arme zitterten von der Aufregung und dem Gewicht der schweren Waffe. Nichtsdestotrotz richtete er den Lauf direkt auf Pulskis fahles Gesicht.

»Nein!«, schrie der. Dann fiel er auf die Knie.

Tränen schossen in Michaels Augen. Er wusste, dass er den Abzug nicht betätigen würde. Er wollte es tun, doch irgendetwas hielt ihn davon ab. Sein Zeigefinger wurde taub. Die Pistole schien eine Tonne zu wiegen.

»Michael, nicht. Nicht heute. Er hat mir nichts getan. Bitte, gib Igor die Waffe«, stöhnte seine Mutter kaum hörbar. Jedes Wort schien ihr Schmerzen zu bereiten.

Langsam ließ der Junge die Arme sinken. Die Pistole rutschte ihm aus der Hand und landete mit einem Poltern auf dem Boden. Erschrocken kniff er die Augen zu und wartete auf den Schuss. Er kam nicht. Stattdessen spürte Michael, wie sich eine schwere, warme Hand auf seine Schulter legte und sie sanft drückte.

»Geh bitte kurz raus, Mischa.« Igors vertraute tiefe Stimme gab ihm Hoffnung. Dem Buben war siedend heiß und bitterkalt zugleich. Trotzdem nickte er stumm und ging nach draußen. Er war noch nicht weit gekommen, da traf er auf Gregor, der mit weit aufgerissenen Augen auf das Haus zugerannt kam. Michael packte seinen Bruder am Ärmel und fragte: »Wo ist Anita?«

»In der Scheune, bei den Pferden«, keuchte Gregor, dessen ängstlicher Blick immer noch auf das Haus gerichtet war. »Wer hat da geschossen?«, verlangte er zu wissen und befreite sich mit einem Ruck aus Michaels Griff.

»Niemand. Kümmere dich nicht darum, Gregor, gehen wir lieber zu unserer Schwester.«

»Ich will wissen, ob Mama nichts passiert ist. Warst du im Haus?«

»Ihr geht es gut«, entgegnete Michael barsch, ignorierte den wütenden Blick, den Gregor ihm zuwarf und lief einfach auf die Scheune zu.

* * *

»Ich werde dafür sorgen, dass du vor Gericht kommst, du hast einen unschuldigen Bürger der Sowjetunion umgebracht, einfach so …«, krakeelte Semjon wichtigtuerisch.

»Dieser Mann hat mehr Menschen auf dem Gewissen als der Teufel persönlich.«

Semjon rappelte sich hoch. Mit dem Rücken an die Wand gelehnt nestelte er an seinem Revolver herum, der schmerzhaft tief in die Hose gerutscht war. »Er … war mein Adjutant … meine deutsche Stimme …«, stammelte er hilflos.

»Er war verlogen und heimtückisch. Er hat dich manipuliert und dann alles so übersetzt, wie es ihm passte.«

Semjons Augen weiteten sich, er schien Igor nicht folgen zu können.

»Er hat deine Anweisung absichtlich falsch übersetzt. Ist jetzt auch nicht mehr wichtig. Verschwinde einfach aus meiner Hütte, und nun nimm seine Beine.« Igor klang jetzt mehr müde als erzürnt. An Armen und Beinen schleppten sie den Toten nach draußen und warfen ihn auf den Schlitten, der vor der Tür auf Pulski wartete. Das Pferd wieherte unruhig und scharrte mit den Hufen.

»Kannst du den Gaul führen?«

Semjon nickte nur kurz.

»Sag dem Ortsvorsitzenden, dass dieser Fritz ein Saboteur gewesen ist und du ihn erschossen hast. Aus Notwehr oder aus Liebe zum Vaterland – oder lass dir meinetwegen selbst was einfallen, mir ist es einerlei. Lass dich einfach in Zukunft nicht mehr hier blicken.«

Semjon sank bei diesen Worten sichtlich in sich zusammen, so als wäre in seinem Inneren etwas zerbrochen. Die Knute sirrte durch die Luft, das Pferd setzte sich langsam in Bewegung und zog den Schlitten müde hinter sich her.

Igor ging ins Haus zurück. Er vermied es, der immer noch am Boden liegenden Johanna in die Augen zu schauen, als er sich ihr näherte. Sie tat ihm sehr leid, und er litt mit ihr. Jedes Mal, wenn sie sich vor Schmerzen krümmte, zuckte auch er zusammen.

* * *

KAPITEL 18

Kasachstan,

März 1942

Alexander lag auf der Erde und schaute in den blauen Himmel. Das frische Gras roch nach Leben, und das leise Summen der Bienen und das kaum wahrnehmbare Blöken der Schafe wiegten ihn in einen Tagtraum. Seine Augen fielen zu, sein Atem wurde flacher und gleichmäßiger.

Seit einigen Tagen durfte er sich in der Siedlung frei bewegen und sie sogar verlassen. Viele Kasachen waren immer noch Nomaden. Trotz der Eingliederung in die Kolchosen und der Verstaatlichung aller Güter, weigerten sich die Stämme, ihre Freiheit aufzugeben. Alexander konnte immer noch nicht recht fassen, wie knapp er dem Tod entronnen war. Fast ein halbes Jahr lebte er jetzt hier. Er hütete eine große Schafherde, und manchmal war er mehrere Tage mit anderen Männern unterwegs. Die flache, karge Landschaft gefiel ihm und stimmte ihn ruhig. Morgen würde er sich für einige Wochen mit den Tieren auf Wanderschaft begeben. Nur er und die Natur. Darauf freute er sich ganz besonders.

Doch immer noch musste er jeden Tag an seine Freunde denken, die er bei der Flucht verloren hatte, und mit der Erinnerung stiegen Bilder in ihm auf, die seine gute Laune trübten.

»Lauf, Alexander! *Lauf!*«, hörte er eine Stimme, die aus weiter Ferne zu ihm zu dringen schien. Müde schlug er seine Augen auf. Noch immer sah er das verzerrte Gesicht seines Freundes Andrej vor sich. Als er sich in die Senkrechte hochstemmte, hörte er erneut eine aufgeregte Stimme: »Alexander, lauf! Lauf, die Soldaten sind da!« Es war das Mädchen, das ihn mit den Federn aus der Welt der Toten wach gekitzelt hatte. Obwohl er schon seit Monaten hier lebte und jedem willkommen zu sein schien, kannte er ihren Namen nicht. Sie vermied jeglichen direkten Kontakt mit ihm, warf ihm nur verstohlene Blicke zu, wenn sie sich begegneten. Jetzt lief sie auf ihn zu und schrie sich die Seele aus dem Leib. Alexander stand da wie paralysiert. Das schwarze Haar des hübschen Mädchens wogte in der sanften Frühlingsbrise.

Ich muss sie auffangen, dachte Alexander und breitete seine Arme aus. Sie warf sich an seine Brust und ließ sich von ihm umarmen. Ihr Atem ging stoßweise, sie schluckte und suchte nach Worten. Ihr Herz hämmerte so laut, dass Alexander das rasende Pochen sogar zu spüren glaubte. Ihre Augen trafen sich. Alexander wurde von einem unwiderstehlichen Verlangen übermannt, sie zu küssen, jetzt und hier, aber sie wehrte ihn mit einer beiläufigen Handbewegung ab. Das rotwangige Mädchen legte zwei Finger auf seine trockenen Lippen und flüsterte: »Alexander, sie suchen nach Desa … *Desa-*«, das schwierige Wort wollte ihr nicht über die Lippen kommen, »nach Verrätern«, keuchte sie schließlich und zog ihn an der Hand den sanften Hügel hinunter. Hand in Hand liefen sie davon.

KAPITEL 19

Russland,

20. März 1942

Seit einer Woche lag Johanna im Bett. Die Schmerzen in ihrem Unterleib wurden von Tag zu Tag unerträglicher. Das ungewollte Kind in ihr wuchs zu einer Bestie heran, die von innen das Leben aus ihr heraussaugte. Die Blutung ließ sich einfach nicht stillen. Sie würde verbluten. Die Kräuter, die Igor für sie zubereitete, halfen ihr nicht wirklich. Johanna hatte hohes Fieber und bekam nicht viel von dem mit, was um sie herum vor sich ging. Sie sah nicht, wie ihre Kinder vor ihrem Bett knieten und für ihre Heilung beteten. Ebenso wenig registrierte sie, wie Igor ihre Umschläge wechselte und in Abwesenheit der Kinder ihren Körper mit einem feuchten Lappen wusch, der stark nach Kräutern roch. Auch seine Tränen sah sie nicht, die über das müde Gesicht kullerten, um in seinem Bart zu versickern.

Die Momente, in denen sie bei klarem Verstand war, wurden immer seltener. Sie hörte Stimmen, manchmal die ihrer toten Mutter, aber auch andere, die ihr Angst einflößten. Ihre fiebrigen Augen waren von dunklen Rändern umgeben, ihre Lider flatterten. Alles um sie herum schien zu brennen, das Licht verursachte ihr Schmerzen. Erneut hörte sie jemanden sprechen.

»Der Deutsche wird uns angreifen! Wir müssen weiter nach Osten – sie können nicht hierbleiben.«

»Aber Johanna liegt im Sterben«, antwortete Igor in seinem unverwechselbaren Bariton. Johanna gab sich größte Mühe, sich zu konzentrieren. Igor schien aufgebracht, seine Stimme klang tief besorgt. Wer der andere war, konnte sie nur vermuten: Semjon. Er kam nur selten vorbei und hielt respektvollen Abstand zu Igor und seinen Schützlingen. Bisher jedenfalls.

»Die, die wir nicht mitnehmen können, müssen logischerweise liquidiert werden«, entgegnete die Stimme ohne jegliche Regung, gerade so, als ginge es um das Wetter.

»Und die Kinder?«

»Die sind doch transportfähig, oder etwa nicht?«

»Doch«, entgegnete Igor schroff, »aber sie sind doch keine Viecher!« Seine Stimme wurde zunehmend lauter.

Johanna hörte das Holz knarzen. Die Dielen ächzten. Igor lief auf und ab, das tat er oft, wenn er versuchte, seine Gedanken zu ordnen.

»Dann kommen die natürlich mit. Genosse Stalin hat klare Anweisungen erteilt.« Die Schadenfreude in der unangenehm polternden Stimme war nicht zu überhören.

* * *

Für eine Sekunde erhaschte er einen Blick auf die Silhouette des Mannes, dann sah er auch sein Gesicht: Semjon. Er grinste gemein und starrte auf das Bett von Michaels

Mutter. Dieser Mensch suhlte sich regelrecht in der Wirkung seiner Worte, auch wenn sie nicht auf seinem Mist gewachsen waren. »*Alle* kommen wieder in die Viehwaggons, denn die Deutschen sind nichts anderes als Tiere – Schweine, die abgeschlachtet gehören.«

»Hüte deine Zunge, Semjon«, verwies ihn Igor nachdrücklich in seine Schranken.

»Hast du gedacht, ich hätte den Tag damals vergessen? Ha! An jenem Tag, an dem du mich gedemütigt und wie einen dummen Schuljungen abgekanzelt und bis auf die Knochen blamiert hast – genau da habe ich mir geschworen, dich fertigzumachen. Ich wusste, meine Stunde würde kommen.« Er stand dicht vor Igor und ahnte nicht, dass ihn jemand belauschte.

»Und nun willst du auf Kosten dieser armen Menschen Rache an mir nehmen? Du armseliger …«

»Wer weiß.«

Michael hasste diesen Mann, jetzt noch mehr als zuvor. *Irgendwann,* schwor er sich grimmig, *werde* ich *mich an ihm rächen.*

»*Du* bist viel schlimmer als die Deutschen …«, hörte Michael Igors bebende Stimme.

»Genug der Floskeln. In drei Tagen fährt der Zug ab. Wenn du versuchst, sie zu verstecken, werde ich dich erschießen müssen. Einfach so«, war das Letzte, was Semjon zu sagen hatte. Das dumpfe Poltern seiner Stiefel war nicht zu überhören. Michael duckte sich und rannte zu dem Holzhaufen hinüber, wo sein Bruder mit lautem Wutgeschrei die Axt schwang. »He, wo warst du die ganze Zeit? Du drückst dich schon wieder …« Gregors dunkle Augenbrauen zogen sich fragend kraus, die glänzende Stirn bekam Furchen. »Warum heulst du? Michael, du meinst doch nicht ... oder ...?« Die Axt senkte sich auf die staubige Erde.

»Halt einfach dein Maul!«, zischte Michael, über Gregors Begriffsstutzigkeit erzürnt. Schnell legte er sich einige Holzscheite auf die Arme und stapelte sie neben der Scheune zu einem ordentlichen Stoß. Gregor packte die Axt fester und drosch voller Zorn auf das nächste Scheit ein. Splitter flogen herum, das Holz knackste und zersprang unter der Wucht der scharfen Klinge. Er holte zu einem weiteren Schlag aus.

»Fleißig seid ihr, das ist schön. Bald werdet ihr noch fleißiger arbeiten müssen«, lachte Semjon im Vorbeigehen hämisch und steckte sich eine selbstgedrehte Zigarette zwischen die dünnen Lippen. Gregor starrte den Soldaten mit ungläubiger Miene an. Die Axt erstarrte in der Luft über seinem dunkel glänzenden Kopf, dann sauste sie knackend auf den Holzklotz nieder und blieb stecken.

»Wo ist eigentlich eure kleine Schwester?«, fragte Semjon Pulski jovial und wedelte das Streichholz mit zwei kurzen Handbewegungen aus.

»Sie ist ...«, entfuhr es Gregor. Angestrengt zerrte er an der Axt, die er nur mit Mühe wieder freibekam. »Sie war gerade noch ...« Doch sein Bruder fiel ihm ins Wort.

»Sie ist nicht hier«, entgegnete Michael knapp und wedelte mit seinem Arm in Richtung seines Bruders, dass dieser ihm folgen sollte. Gregor rammte die Axt in den Hackstock und lief hinter Michael her. Schweigend schlenderten sie mit gesenkten Köpfen Richtung Stall. Ihre nackten Füße wirbelten die trockene Erde auf. Mit gespielter Gelassenheit machten sie, dass sie wegkamen.

Ihre Schritte wurden immer schneller, je weiter sie sich von dem Soldaten entfernten.

»Michael, was ist denn passiert? Warum sind wir weggelaufen?«, wandte sich Gregor an seinen Bruder, sobald sie das große Tor hinter sich zugezogen hatten und sich halbwegs in Sicherheit wiegen konnten. Seine Stimme zitterte leicht.

»Wir werden bald wieder abreisen müssen, und zwar …«

»Zurück nach Hause?« Gregor strahlte vor Freude. Ein Funken Hoffnung flackerte in seinen Augen auf und brachte sie zum Leuchten.

Michael fühlte sich noch mieser als ohnehin schon, weil er seinem Bruder die Freude nicht nehmen wollte. Statt einer Antwort legte er Gregor die Hand auf die schweißnasse Schulter. Die Haut fühlte sich unter seinen Fingern heiß und glatt an.

Gregor zuckte zusammen, dann senkte er den Kopf und schloss mit einem gequälten Ausdruck die Augen. Sein von der harten Arbeit gestählter Körper zitterte. Auch Michael schluckte schwer. Eine Weile standen sie nur stumm da.

»Mama kommt nicht mit. Und wir gehen nicht nach Hause«, flüsterte Gregor. Michael schüttelte den Kopf.

»Wann müssen wir weg?«

Michael zuckte unbestimmt die Achseln.

»Wann?« Gregors Stimme zitterte vor Ungeduld.

»Semjon sagte, es wird bald geschehen.«

»Und Mutter? Kommt sie dann später nach?«

»Gregor, ich glaube, dass Mama ster …«

Ein schneller Fausthieb in die Magengrube brachte Michael zum Schweigen. Statt sich zu wehren, stützte er sich nur keuchend am Tor ab. »Find dich endlich damit ab. *Sie wird sterben!* Verdammte Scheiße, Mama stirbt!«, flüsterte er.

Ein weiterer Schlag folgte, diesmal ein Leberhaken. Als Gregor erneut ausholte, rammte ihm Michael den Ellenbogen in die Magengrube. Der Ältere der beiden ging hart in die Knie. Als er versuchte, wieder auf die Beine zu kommen, hörten sie eine Mädchenstimme, die ihre Namen rief. Anita suchte sie.

»Anita ruft nach uns«, keuchte Gregor. Er klopfte sich müde den Staub von der Hose und streckte seinen Rücken durch. »Wir müssen zu ihr«, murmelte er, immer noch außer Atem.

Michael verzog sein Gesicht zu einem schmalen Lächeln: »Brüder?« Dabei streckte er seinem älteren Bruder die rechte Hand hin.

Gregor schlug ein und lächelte zurück. Es war kein Ausdruck der Freude, sondern ein Zeichen des Zusammenhalts zweier Kinder in tiefster Verzweiflung.

»Brüder«, bestätigte er mit ruhiger Stimme und zog an dem schweren Riegel, schnell drückte er das Tor auf. Anita stand vor ihnen. Die Augen rot und glänzend, das Gesicht vom Weinen verquollen. Ihr Kinn zitterte, sie zog einen Flunsch und sah ihre Brüder unschlüssig an.

»Mama ruft nach euch. Sie sagt … sie sagt …« Sie brach in Tränen aus, warf sich herum und lief zurück ins Haus. Michael und Gregor folgten ihr.

KAPITEL 20

Kasachstan,

20. März 1942

Alexander hatte die Uniform abgelegt und trug stattdessen die traditionelle Kleidung der Steppenbewohner, einen Kaftan und eine Hose aus grober Baumwolle. Darüber eine ärmellose Jacke aus dunklem Schaffell. Trotz dieser Tarnung beunruhigte ihn der Gedanke an die Flucht und den Aufstand. Das schüchterne Mädchen stand vor ihm und weinte. Seine Mandelaugen glänzten, Tränen liefen über das runde Gesicht. Alexander hatte sich in sie verliebt. Das begriff er jetzt, in diesem Augenblick. Wie oft hatte er nachts von ihr geträumt. Manchmal haftete sein Blick zu lange an ihr. Sie musste gemerkt haben, dass er sie begehrte – empfand sie dasselbe für ihn? Wieso musste er weglaufen? Was war passiert?

Sie trat näher an ihn heran. Ihre Stirn berührte seine Lippen. Er konnte sie riechen. Für einen Augenblick schloss er seine Augen und sog tief ihren Duft ein. Dann blickte er sich zum letzten Mal um. Die kleine Anhöhe war zu ihrem heimlichen Treffpunkt geworden. Sie standen einfach nur eng umschlungen da und genossen die Nähe des anderen. Das war nur wenige Male möglich gewesen, trotzdem war dies die schönste Zeit seines Lebens. An jenem Augenblick jedoch war überhaupt nichts schön, die Unruhe und die Hast zerstörten die Harmonie.

Von dem abrupten Umschwung der Gegebenheiten überrascht, klammerte er sich noch fester an das zierliche Mädchen und flüsterte: »Wie heißt du?« Plötzlich war es das Wichtigste auf der Welt für ihn, ihren Namen zu kennen.

»Blume«, antwortete sie ebenso leise.

»Blume?«

»Ja, in deiner Sprache.«

Zart legte er zwei Finger auf ihre Lippen. Sie verstummte. Ihr Mund war weich und warm. Alexander spürte, wie das Herz in seiner Brust laut und schnell zu hämmern begann. »Blume ist schön, genauso wie du …«

»Alexander, du musst weg von hier, sonst passiert ein Unglück. Wenn du nicht gehst, werden wir alle sterben. Im Dorf sind Soldaten, die einen Deutschen suchen. Sie werden uns nichts tun, wenn wir dich ausliefern. Mein Vater hat sie in eine falsche Richtung geschickt. Du hast ein bisschen Zeit.«

Die Worte schlugen eine tiefe Wunde in ihn. Dankbarkeit erfüllte ihn, für diese Menschen, die ihn – einen Fremden – in ihre Gemeinschaft aufgenommen hatten und nun ihr Leben riskierten, damit er fliehen konnte. Blume drückte ihm einen flüchtigen Kuss auf die Lippen und schob ihn sacht von sich. Ohne sich noch einmal umzuschauen, lief sie zu ihrer Familie zurück.

Erst jetzt bemerkte Alexander das Bündel vor seinen Füßen. Das zarte Geschöpf hatte die schwere Last bis hierher geschleppt, um ihm zu helfen. Einen Augenblick stand er noch unschlüssig da, dann ergab er sich seufzend in sein Schicksal. Er zerrte den Sack hoch, der wirklich schwer war, warf sich den Riemen über die Schulter und lief in die Richtung, die ihm Blume gewiesen hatte. Nach zwei Tagen würde er ein anderes Dorf erreichen und sich dort um ein Versteck kümmern müssen. Einige Schritte später entschied sich Alexander anders und bog rechts ab. Er wollte sich nicht mehr zu Menschen gesellen, die er mit seiner Anwesenheit nur unnötig in Gefahr brachte. Er würde seine Familie finden und sich dort verstecken.

Alexander wandte sich nach Norden – Richtung Heimat.

KAPITEL 21

Russland,

21. März 1942

Michael stand mit seinen Geschwistern vor dem Bett ihrer Mutter, deren Atem flach und unregelmäßig ging. »Ich werde mich bald von euch verabschieden müssen, meine Honigkinder«, keuchte sie. Die Worte klangen wie eine Entschuldigung.

Sie hob ihre rechte Hand, ihre Finger tasteten nach Michaels Hand. Mit letzter Kraft zupfte sie daran.

Michael schluckte schwer und trat dicht an sie heran. Sie zog erneut. Er verstand, was sie von ihm erwartete, und beugte sich über sie. Als sein Gesicht das ihre berührte, zuckte er zusammen. Ihre Haut war glühend heiß.

»Michael, du musst jetzt auf Anita und Gregor aufpassen. Ich werde euch wohl heute verlassen. Nein – warte …« Sie hustete. Ihre zitternden Finger umfassten seine Hand fester, als Michael sich ihrem Griff entziehen wollte. Gleich darauf schämte er sich dafür und schimpfte sich einen Feigling. Die Tatsache, dass seine Mutter bald sterben würde, zehrte an ihm und trieb ihm Tränen in die Augen.

»Igor ist ein guter Mensch. Tut, was er euch sagt, ohne Wenn und Aber. Versprichst du mir das, Michael?«

Er nickte stumm.

»Michael, versprichst du mir das?«, wiederholte sie ihre Bitte eindringlich.

Erst jetzt bemerkte Michael, dass ihre Augen geschlossen waren. Sie hatte keine Kraft mehr, sie zu öffnen. »Ja, Mama, ich verspreche es.«

»Gut«, flüsterte sie. Ihr Griff ließ nach, ihre Finger lösten sich langsam von seiner Hand und sanken schließlich schlaff auf die Bettdecke. Eine einzelne Träne kullerte über ihre Wange. Als Michael seine Mutter durch einen Schleier aus Wut und Machtlosigkeit ansah, erkannte er sie kaum wieder. Sie schien um Jahre gealtert, ihre Wangen waren eingefallen, ihr Gesicht wirkte grau und irgendwie unecht.

Ohne es eigentlich zu wollen, berührte er ihr Gesicht erneut. Es war immer noch warm und weich, trotzdem fühlte es sich anders an. Da floss kein Blut mehr unter ihrer Haut. Er beugte sich tief über seine tote Mutter und küsste ihre Wange. Zum letzten Mal, das wusste er nun.

Hinter ihm fing Anita leise an zu wimmern. Gregors geflüsterte Worte klangen verzweifelt: »Ist Mama tot?«

Als Michael sich umdrehte, sah er seine Geschwister schuldbewusst an. Zwei verquollene Augenpaare schauten ihm entgegen. Anitas Kinn bebte. Sie warf sich in seine Arme, auch Gregor lehnte sich an ihn und weinte leise. Gemeinsam trauerten die Kinder um ihre Mutter. Nun hatten sie nur noch sich und sonst niemanden mehr.

Für einen Moment fiel ein Schatten auf sie. Dann hatte Igor sie erreicht und nahm alle in seine Arme. Seine Hände strichen über die Köpfe und schmalen Rücken der Kinder. »Jetzt muss sie nicht mehr leiden«, brummte er leise.

»Ist sie jetzt bei den Engeln?«, wollte Anita mit bebender Stimme wissen.

Igor runzelte die Stirn.

Michael übersetzte schnell, weil das aufgelöste Mädchen das russische Wort für ›Engel‹ nicht kannte.

»Deine Mutter ist beim lieben Gott im Himmel, meine Kleine«, tröstete sie der große Mann und strich mit seinem Daumen über ihre tränennasse Wange.

»Was wird denn jetzt aus uns?« Michaels Stimme klang trocken und matt.

»Wie meinst du das?« Igor schien überrascht.

»Was passiert jetzt mit uns? Wir sind doch jetzt Waisen …«

»Ich weiß, aber diese Entscheidung liegt nicht in meinen Händen«, gab er ehrlich zu.

Das durchdringende Heulen einer Sirene unterbrach sie abrupt. Die Kinder rissen erschrocken die Augen auf, und auch Igor wirkte irritiert. Er ging zum Fenster, schob den Vorhang beiseite und spähte nach draußen.

»Was ist das?«, rief Gregor verstört.

»Ein Alarm«, sagte Igor und wandte sich schnell zu den Kindern um. »Ich glaube, das gilt den Soldaten. Irgendetwas muss passiert sein.«

Michael hörte gar nicht richtig zu. Was konnte noch schlimmer sein als der Tod der eigenen Mutter? Zwei Tage hatte er an ihrem Bett gewacht. Nach der Auseinandersetzung mit Gregor in der Scheune hatte er sehr lange mit seiner Mutter gesprochen. Er redete wie ein Wasserfall oder las ihr aus der Bibel vor, die stets in Griffweite lag. Sie hatte das kleine schwarze Buch beinahe genauso beschützt wie ihre eigenen Kinder. Michael konnte noch nicht akzeptieren, dass der Mensch, der ihm alles bedeutet hatte, nicht mehr da war. Sacht, als habe er Angst, seine Mama zu wecken, nahm er das ledergebundene Buch an sich. Der Umschlag war hart und rissig geworden. An manchen Stellen war das Leder abgewetzt, und braunes Papier schimmerte durch. Michael drückte die Bibel an seine Brust und weinte.

»Wir werden deine Mutter noch heute begraben müssen, Mischa«, erklang Igors tiefe Stimme in seinem Rücken. Er spürte die schwere Hand auf seiner Schulter, folgte der Bewegung und ließ sich umdrehen. Zu seinem Erstaunen sah er, dass auch Igor weinte. Tränen liefen über seine Wangenknochen und versickerten in seinem dunklen Bart.

»Aber … sie braucht ein schönes Kleid … und einen Sarg …« Beim letzten Wort versagte Michaels Stimme. Seine Kehle kratzte, als habe er sich erkältet.

»Ich weiß«, flüsterte Igor.

»Du hast gewusst, dass Mama …«

»Ich habe es befürchtet, ja«, unterbrach ihn Igor und fügte schnell hinzu: »Ich habe auch einst einen Menschen verloren, der mir so lieb war wie deine Mutter dir. Und ein kleines, sehr kleines Baby …«

Michael stand da wie elektrisiert. »Deine Frau? Deswegen hast du so viele Kleider und Babysachen?«

Jetzt war Igor derjenige, der schweigend nickte. Ein unsichtbares Band war zwischen den beiden geknüpft, das sie zu Verbündeten machte. Michael war versucht, aufzubrausen, als Igor die Decke über das Gesicht seiner Mutter zog, besann sich aber anders. Er wandte den Blick ab, weil er merkte, dass er seine aufkommende Wut nur schlecht verbergen konnte. Auch wenn sein Groll nicht Igor galt, wollte er trotzdem nicht mit ihm darüber reden, jedenfalls nicht jetzt. In diesem Augenblick musste er allein sein. Mit gesenktem Kopf lief er nach draußen. Als er sich außer Hörweite glaubte, stieß er einen gellenden Schrei aus, der tief aus seinem Inneren kam und sich zu einem verzweifelten Wutgeheul steigerte.

Nichts würde jemals mehr normal sein. Warum mussten die Deutschen diesen Krieg führen? Sein Leben zerrann wie Sand zwischen seinen Fingern und zerfiel zu Staub und Asche. Er sank auf die Knie und schrie, bis sein Hals kratzte und sein Wehklagen zu einem stumpfen Krächzen verkam.

»Komm bitte zurück ins Haus, Mischa.«

Michael schenkte den leisen Worten keine Aufmerksamkeit, in diesem Moment gab es nichts mehr, was ihn noch interessiert hätte.

»Mischa, du sollst …«

Der Junge sprang auf, fuhr herum und wollte auf den Störenfried losgehen, ihm die Augen auskratzen, ihm die Nase blutig schlagen. Doch als er sich umgedreht hatte, erstarrte er mitten in der Bewegung. Wie erwartet, sah er Igor vor sich stehen. Seine Gegenwart war es aber nicht, die Michael innehalten ließ. Semjon ragte neben Igor auf, mit einem dümmlichen Grinsen auf seinem knochigen Gesicht. Wie ein ständiger Juckreiz an dieser bestimmten Stelle auf dem Rücken, die man auch unter den abenteuerlichsten Verrenkungen nicht erreichen konnte, um sich zu kratzen, vergällte dieser Mann das Leben des Jungen.

Schon sein Anblick war Michael unerträglich. Wo immer er auftauchte, stiftete er Unfrieden und weidete sich am Unglück anderer.

»Wir führen unter euch Deutschen eine Volkszählung durch. Das bedeutet, du und deinesgleichen müsst euch im Gemeindehaus versammeln.« Sein Grinsen wurde breiter und entblößte zwei Reihen gelber Zähne. Geräuschvoll zog er die Nase hoch und spuckte Michael vor die Füße.

Die verquollenen Augen des Jungen verengten sich, er rang sichtlich um Beherrschung. Seine Kiefer mahlten, das Knirschen seiner Zähne erzeugte in der Stille der Nacht ein erschreckend lautes Geräusch.

»Was sagst du?«

»Ich … ich werde dich …«

»Überleg dir gut, was du sagst, Bürschchen. Sonst …« Pulski strich demonstrativ über den Riemen seines Gewehrs. Die Pistole war ihm nach dem letzten Zwischenfall zu unsicher geworden.

»Lass ihn bitte in Ruhe, Genosse Pulski.«

»Du hast mir nichts zu befehlen, Genosse.«

»Ich bitte dich. Befehle zu erteilen steht mir nicht zu. Der Junge hat eben seine Mutter verloren«, brummte Igor beschwichtigend. Schon aus Sorge um Michael wollte er die Situation auf keinen Fall eskalieren lassen.

»Wann ist sie … *gestorben?*« Das letzte Wort ließ sich Pulski auf der Zunge zergehen.

»Vor zwei Tagen.«

»Aha. Na, dann kann ich *sie* ja von der Liste streichen.« Seine Fröhlichkeit jagte Michael eine Gänsehaut über den Rücken. »Das Zentralkomitee sieht vor, alle Gefangenen nach Sibirien zu verfrachten, denn jeder von ihnen kann eine unmittelbare Gefahr für das Wohl unseres Landes darstellen. *Ich* sage, sie sind die personifizierte Bestie des Faschismus in der Sowjetunion. Ein Geschwür, das unser Land von innen heraus aufzehrt, darum müssen wir uns ihrer entledigen. Wie giftiges Unkraut muss der Deutsche samt Samen und Wurzel vernichtet werden.« Wie zur Verdeutlichung rieb er seine Hände. »Wir werden sie bald alle auf einem riesigen Scheiterhaufen verbrennen.«

»Zügle deine Zunge, Soldat«, knurrte Igor, aber es klang müde und erschöpft. Er war nicht auf Streit aus, dafür fehlte ihm die Kraft.

Instinktiv spürte Semjon seine Schwäche und setzte nach: »In wenigen Tagen ...« Er zog ein Blatt Papier aus seiner abgewetzten Mappe und setzte ein ernstes Gesicht auf. Als er etwas darauf zu entziffern versuchte, verfinsterte sich seine Miene. Er zog die Augenbrauen zusammen und verkündete theatralisch: »Aha, da steht's doch ...« Das Lesen bereitete ihm Schwierigkeiten. Ohne es zu merken, bewegte er lautlos die Lippen. »Kurz gesagt«, jetzt schaute er wieder auf, »du und der Rest von euch, ihr alle werdet nach Osten weitertransportiert und helft uns dabei, eure Verwandten aus dem Westen zu vernichten. Und ...«, er hob den Zeigefinger, »wenn wir mit denen fertig sind und euch nicht mehr brauchen, dann ...« Unvermittelt trat er zwei große Schritte auf den Jungen zu und schaute überheblich auf ihn herab.

»Es reicht, Semjon. Du machst dem Jungen Angst!«, nahm Igor Michael in Schutz und machte seinerseits einen riesigen Schritt auf den Soldaten zu. Seine Stimme bebte vor unterdrücktem Zorn.

Pulski hob in einer dramatischen Geste die Arme und grinste. »Ist ja gut, du Faschistenfreund. Die Zeit wird kommen, in der du den Tod herbeisehnst.« Semjon entfernte sich rückwärts von den beiden, sorgsam darauf bedacht, den großen Mann im Blick zu behalten. Als wolle er sich vergewissern, dass sein Gewehr noch da war, schob sich seine Hand zu dem breiten Riemen. Der Daumen zwängte sich unter den abgeschabten Stoff, das Gewehr bewegte sich leicht.

»Wenn du das machst, schlage ich dir den Schädel ein«, sagte Igor ruhig und hob einen großen Brocken vom staubigen Boden auf. Demonstrativ wog er den Stein in seiner rechten Hand. Keiner der Anwesenden zweifelte auch nur eine Sekunde daran, dass er es ernst meinte.

»Ich gehe ja schon. Aber denk daran, Towarischtsch Titov: Deine Bälger haben im Gemeindehaus zu erscheinen. Sollte einer von ihnen *fehlen*«, das letzte Wort buchstabierte er beinahe, so sehr dehnte er es, »dann gnade dir Gott!«

»Blasphemie ist eine Todsünde.«

Semjon wollte auffahren und etwas erwidern, aber Igor achtete gar nicht darauf, sondern sprach einfach weiter. »Ist es nicht gefährlich für einen Anhänger der Partei, von Gott zu sprechen?« Seine Stimme entlud sich wie ein Donnerschlag. »Ich werde nicht schweigen – ich werde allen erzählen, dass du in meinem Haus einen Mann erschossen hast. Ich werde ihnen erzählen, wie du danach zu Gott gesprochen und ihn um Verzeihung gebeten hast. Alle werden erfahren …«

»Genug jetzt!«, kreischte der Soldat und starrte gebannt auf Igors Hand. Der Stein tanzte in der Luft und landete immer wieder sicher in der riesigen Pranke. »Ich werde

euch rufen lassen. Ihr dürft die Siedlung auf keinen Fall verlassen – auch du nicht, Titov.«

Igor nickte nur, warf den Brocken über seine Schulter und klatschte in die Hände, um sie vom Staub zu befreien. »Komm, Mischa, wir wollen deiner Mutter Lebewohl sagen und sie angemessen zu Grabe tragen. Hör nicht auf den bösen Mann.« Als wäre Semjon Luft, tätschelte Igor Michaels Schulter und ging in die Hocke. Dem aufgebrachten Soldaten den Rücken zugewandt, sprach er mit sanfter Stimme auf den Jungen ein.

Michael nickte und fiel dem großen Mann um den Hals.

In Igors Brust zog sich etwas zusammen. Wie gern hätte er den Jungen bei sich behalten. *Ich wäre ihm ein guter Vater gewesen.* Igor schluckte den Zorn und die Wehmut hinunter, nahm den Jungen auf den Arm und trug ihn zurück ins Haus. Den verdutzten Semjon würdigte er dabei keines Blickes.

KAPITEL 22

Kasachstan,

22. März 1942

Alexander spürte seine Beine kaum noch. Alle seine Glieder schmerzten. Er war die ganze Nacht hindurch gelaufen. Die Schwielen an seinen Füßen taten bei jedem Schritt höllisch weh und ließen ihn nicht selten aufheulen, wenn er auf einen Stein oder ein Stück Holz trat. Die Schuhe hingen an den Schnürsenkeln zusammengebunden um seinen Nacken. Jede Minute dachte er daran, aufzugeben, wenigstens eine Pause einzulegen, doch die Bilder in seinem Kopf trieben ihn weiter voran. Er wollte nicht wie seine Freunde sterben. Jedes Mal, wenn er stehen blieb, hörte er Hufgetrappel, Schüsse und Männerstimmen, die seinen Namen skandierten.

Die Strahlen der Morgensonne strichen über sein Gesicht und gaben ihm neue Hoffnung. Am Horizont sah er die Wipfel von Nadelbäumen. Wald! *Endlich vertrautes Terrain, wo ich mich verstecken kann!* Der Gedanke vermittelte ihm ein wenig Zuversicht, dass seine Flucht gelingen konnte.

Ein zaghaftes Grinsen erschien auf seinem Gesicht. Seine ausgetrockneten Lippen platzten auf und begannen zu bluten. Die Feldflasche war halb leer, er konnte sich nur erlauben, seinen Gaumen zu benetzen. Er gierte nach mehr, mörderischer Durst quälte ihn, doch sein Überlebenswille war stärker – noch. Leicht nach vorne gebeugt torkelte er direkt auf die Bäume zu.

Er hörte das Wiehern von Pferden. Mit einer unwilligen Geste versuchte er, die unsichtbaren Tiere zu verscheuchen. Als sich Rufe von Männerstimmen daruntermischten, ignorierte er auch die und setzte weiter einen Fuß vor den anderen. Offensichtlich halluzinierte er. Alexander hatte damit gerechnet – ohne Schlaf und Wasser endete früher oder später jeder so.

Die Stimmen wurden lauter und das Getrappel von schweren Hufen deutlicher. Der Boden bebte unter seinen Füßen. Erst als ein Peitschenhieb seinen Rücken streifte, begriff Alexander, dass er sich das nicht eingebildet hatte: Die Verfolger hatten ihn gefunden. Als Nächstes würden sie seinen malträtierten Leichnam den Krähen überlassen. So kurz vor seinem Ziel.

Der Lederriemen der Knute zerriss seinen Mantel und schälte einen Fetzen seiner Haut ab. Ein sengender Schmerz durchfuhr seinen Körper bis ins Mark und zwang ihn beinahe in die Knie. Nur mit Mühe konnte er sich auf den Beinen halten. Mit zusammengebissenen Zähnen wandte er sich um und sah seinem Peiniger in die Augen.

Alexander taumelte, als der Mann auf dem Pferd erneut die Peitsche schwang. Er fiel hart auf den Rücken. Wie eine Schlange zischte das Ende des Riemens dicht vor seiner Wange, verfehlte glücklicherweise sein Ziel, und der Mann, der die Knute führte, sprang vom Pferd, um Alexander einen Tritt in die Magengrube zu verpassen.

Ein zweiter Mann kam hinzu, der ebenfalls auf den geschwächten Alexander einschlug.

Ihr Opfer, das nicht imstande war, sich zu wehren, wartete auf den Tod. Instinktiv rollte sich der junge Mann zusammen, machte sich so klein, wie er konnte, und betete ein Vaterunser. Seine Worte klangen rau, kaum mehr als ein Flüstern, trotzdem wurden sie offenbar erhört. Der gewichtige Rucksack schützte ihn wie ein Schild vor schwereren Verletzungen. Endlich ließen die Männer von ihm ab und hievten ihn auf die Beine. Grobe Hände zerrten an dem Sack auf seinen Schultern. Sie mussten die Gurte mit einem Messer durchtrennt haben, denn die Last fiel ruckartig von Alexander ab, sodass er keuchend vornüberkippte und im Staub liegen blieb.

»He, lasst ihn am Leben!«, grölte unvermittelt eine laute Stimme, und die schweren Stiefel scharrten über die trockene Erde. Die Angreifer murmelten unverständliche Flüche und traten zur Seite.

»Weit bist du nicht gekommen, was? Der März ist ungewöhnlich heiß, aber für dich scheint die Sonne nicht, was?«

Alexander vermochte den Sinn der Worte nicht richtig zu erfassen. Er lag immer noch im Staub, das Gesicht dicht an die warme Erde gepresst. Er schmeckte Blut, die feinen Staubpartikel verstopften seine Nase, daher rollte er sich herum und hob den Kopf.

»Du bist noch am Leben, warum antwortest du mir dann nicht, Soldat? Soll ich die beiden Halsabschneider wieder auf dich loslassen? Steh auf, wenn dir dein Wohlergehen lieb ist.«

Alexander zögerte nur kurz. Eine weitere Attacke würde er nicht überleben. Eine seiner Rippen war gebrochen oder angeknackst, der Schmerz raubte ihm den Atem. Als er versuchte, sich hochzustemmen, nahm er aus dem Augenwinkel eine Bewegung wahr. Ein harter Fußtritt gegen sein linkes Knie brachte ihn erneut zu Fall.

»Hätten wir den Kasachen geglaubt, wärst du uns wahrscheinlich durch die Lappen gegangen.« Der Kommandant des kleinen Trupps, der nur aus fünf Männern zu bestehen schien, spuckte die Worte aus, als wären sie Dreck. Auf einen Wink von ihm packten zwei seiner Leute Alexander an den Schultern und zogen ihn auf die Beine.

Der grauhaarige Mann trat so dicht an ihn heran, dass der seinen Atem riechen konnte. »Wie ist dein Name, Deserteur?«

Alexanders Halswirbel knackten, als einer der Handlanger ruckartig an seinen Haaren zerrte. Der Schmerz schoss am Ohr vorbei bis in seine Schläfen. Gequält verzog er das Gesicht.

»Wie ist dein Name? Oder sollen wir dich gleich hier begraben? Lebendig? Oder dir vorher die Arme und Beine brechen?«, säuselte der alte Haudegen. Er genoss seine Macht sichtlich.

Der Fünfte im Bunde war bei den Pferden geblieben. Alexander sah, wie der junge Soldat nervös von einem Bein aufs andere trat. Einer der Klepper scheute und stieg wiehernd auf. Dabei traf das Tier den jungen Mann mit dem Vorderlauf am Rücken. Mit weit aufgerissenen Augen ging der Soldat zu Boden, während das Pferd sich losriss, davon trabte und nur eine Staubwolke hinterließ. Alexander verfolgte das Ganze mit einer gewissen Schadenfreude, allerdings wäre es ihm lieber gewesen, wenn der Gaul den Kommandeur getreten hätte anstatt den Jungen.

»Smirnov! Was glotzt du so blöde? Hol das Vieh zurück, sonst kannst du nach Hause laufen!«, brüllte der Anführer einen Soldaten an, der immer noch auf einem der Pferde saß. Ohne zu zögern gab er dem Braunen die Sporen und jagte dem ausgebrochenen Tier hinterher.

Alexander begann im Geiste alle möglichen Szenarien für seine Befreiung und Flucht durchzuspielen, aber als hätte er seine Gedanken gelesen, raunte der Grauhaarige: »So einfach wirst *du* uns nicht mehr davonlaufen, Bürschchen.«

Einer der Männer verpasste Alexander einen Tritt in die Kniekehle, sodass er auf die Knie fiel wie ein Gläubiger vor dem Altar. Nur dass sein Opfertisch ein nach Schweiß und Zigarettenrauch stinkender Soldat war, den er ebenso verabscheute wie fürchtete.

»Welcher Abteilung hast du angehört, du Verräter?« Einer der Schneidezähne des Kommandanten fehlte, dadurch wirkte sein fieses Grinsen noch boshafter.

Alexander schwieg stoisch und wandte das Gesicht ab. Nur für eine Sekunde, denn sofort wurde sein Kopf herumgerissen und wieder starrten ihn zwei stahlgraue Augen an.

»Warst du bei der Revolte am Bahnhof dabei? Hast du den Aufstand angezettelt?«

Alexander blieb stumm und verriet sich durch kein Wort und keine Bewegung.

»Sollen wir dich …« Der betagte Kommandant hustete und klopfte sich mit der Faust auf die Brust. Wie ein alter Köter begann er zu keuchen. Dann würgte er und spuckte einen schleimigen Klumpen direkt vor die Geisel. »Hebt den Drecksack auf. Und unseren Pferdejungen auch. Ich hoffe, dass er nicht draufgegangen ist. Obwohl – eigentlich wäre das kein großer Verlust, er war eh zu nichts zu gebrauchen.« Als er an dem jungen Mann vorbeiging, stupste er den schlaffen Körper mit der Spitze seines rechten Stiefels an. Der junge Soldat rührte sich nicht. Der Kommandeur gab ihm einen weiteren Tritt gegen die Lende, diesmal etwas heftiger – erneut keine Reaktion. Er schniefte und packte den scheinbar Toten am Hemdkragen. Als er ihn auf den Rücken gedreht hatte, wurde mehr als deutlich, dass er nicht mehr am Leben war. Sein einst so makelloses Gesicht war entstellt und an einer Stelle tief eingedrückt. Der felsige Boden war mit dunklem Blut besudelt.

»Verdammt, er ist auf den verfluchten Stein …« Ein erneuter Hustenanfall unterbrach den Kommandeur. Er schniefte, zog geräuschvoll hoch und spie aus. »Wir machen es so, Verräter: Du nimmst den Toten auf den Rücken, und wir reiten zurück ins Dorf. Nein …«, verbesserte er sich und verzog dabei seinen Mund zu einem Grinsen. »Du läufst bis zum Stützpunkt hinter uns her. Mit dem Toten auf dem Rücken.« Seine Kameraden lachten.

Der Kommandeur schaute Alexander prüfend an. Dieser hielt dem kalten Blick des Mannes stand, ohne auch nur mit einer Wimper zu zucken. Seine Kieferknochen traten hervor, als er die Zähne zusammenbiss. Scheinbar gelangweilt warf er einen Blick über die Schulter. Smirnov hatte das Pferd eingefangen und hielt jetzt in schnellem Tempo auf die kleine Gruppe zu. Mit jungenhafter Leichtigkeit sprang er von seinem Hengst ab und gesellte sich zum Befehlshaber. Die Zügel der Tiere übergab er im Vorbeigehen einem seiner Kameraden.

Mit einer beiläufigen Bewegung griff der grauhaarige Kommandant in seine Brusttasche und holte eine selbstgedrehte Zigarette heraus, die er zwischen Daumen und Zeigefinger rollte, um den Tabak zu lockern. Seine Augen huschten zu Smirnov. Dieser nickte kaum merklich. Der Gruppenführer steckte sich umständlich die aus Zeitung und billigem Kraut fabrizierte Zigarette an. Der Tabak war zu trocken, beißender Qualm vernebelte sein Gesicht.

Wie hypnotisiert starrte Alexander auf die gelbe Wolke. Ein heftiger Faustschlag in die Brust ließ ihn nach Luft schnappen, dabei atmete er zu viel von dem kratzigen Rauch ein und hustete sich beinahe die Seele aus dem Leib.

»Smirnov, verpass ihm eine Kugel«, kommandierte der Befehlshabende mit fester Stimme.

»Jetzt?«

»Ja, verdammt, sonst kommst du noch vor ihm dran.«

»Alexander … Alexander Berg. Ich bin kein Fahnenflüchtiger, ich habe nur die Chance genutzt, um …«

»Um was?«, schrie der Mann.

Eine Sekunde später starrte Alexander resigniert in den dunklen Lauf einer Pistole. Das schwarze Auge bewegte sich langsam nach oben und drückte dann schmerzhaft gegen seine Stirn.

»Um zu überleben. Ich wollte niemanden töten.« Mutlos schaute Alexander den Kommandeur an.

»Das wäre aber vielleicht gar nicht mal so verkehrt gewesen. Dann wüsstest du nämlich, wie schmerzhaft und vor allem langsam der Tod sein kann.« Ein metallisches Klicken ertönte, als der Hahn gespannt wurde. Dann klackte es erneut. Die Mündung zuckte, und Alexander lief ein kalter Schauer über die Haut. Der Grauhaarige hatte tatsächlich abgedrückt.

Erstaunlicherweise hatte sich aber kein Schuss gelöst, sein Kopf war ganz geblieben. Sein Herz dagegen schien in tausend Fetzen explodiert zu sein. Alexander stand da wie paralysiert, alle Muskeln zum Zerreißen angespannt.

»Mhm, war wohl keine Kugel drin«, grinste der Kommandeur selbstzufrieden. »Und du hast dir nicht mal in die Hose gemacht.« Ein Hauch von Respekt schwang in seiner Stimme mit. Eine Sekunde lang sagte niemand etwas. Die ohrenbetäubende Stille wurde nur vom rauen Krächzen eines aufgeschreckten Vogels unterbrochen.

Und dann ging doch noch ein Schuss los. Der schwarz gefiederte Körper fiel schlaff zu Boden. Blut rann aus dem kleinen Kadaver und sprenkelte die staubige Erde mit dunklen Flecken. »Die Krähe hatte nicht so viel Glück wie du«, sagte der Mann. »Die Pistole ist geladen, wie du siehst. Scheint auch noch einwandfrei zu funktionieren, verdammt noch mal.«

Alexander schaute nur kurz auf das tote Tier, das nicht weit von ihnen aufgeschlagen war. Vereinzelte schwarze Federn tanzten immer noch durch die warme Luft. *Als hätten sie vom Tod des Vogels gar nichts mitbekommen,* dachte Alexander melancholisch.

»Fesselt seine Hände und bindet ihn an dem Pferd fest. Er ist zwar ein Deutscher, aber er ist kein Feigling. Wenn alle Deutschen so sind wie dieser hier, wird der Krieg viele Leben kosten.«

Zwei Paar Hände banden Alexanders Handgelenke zusammen. Das grobe Seil schnitt so tief in sein Fleisch, dass er sich auf die Unterlippe beißen musste, um nicht aufzuschreien. Dann wurde er auf eines der Pferde gesetzt. Der Sattel war schlecht angelegt und passte dem Klepper nicht richtig. Als Pferd konnte man das ausgemergelte Tier nun wahrlich nicht bezeichnen, dachte Alexander. Er würde sich während des Ritts in Acht nehmen müssen. Der tote Junge wurde wie ein Sack auf dem Rücken des Tieres festgebunden. Der kleine Tross aus fünf Männern, fünf Pferden und einem Toten folgte dem schmalen Weg, der sich durch die karge Landschaft schlängelte.

Alexander wusste, dass er Blume nie wiedersehen würde, immerhin war sie in Sicherheit. Er gab sich den Gedanken an die vergangenen Tage hin, sein Blick wurde trüb, seine Lider schwer. Sein Gaul war an dem Tier davor festgebunden, er musste sich nicht darauf konzentrieren, den Anschluss nicht zu verlieren. Hinter ihm ritten zwei Soldaten, sodass Alexander im Moment keinen Gedanken an einen möglichen Fluchtversuch verschwendete. Er hoffte nur, dass sie ihn schnell töten würden, wenn es so weit war …

KAPITEL 23

Russland,

22. März 1942

Michael sah ein letztes Mal nach seiner Mutter. Sie lag immer noch im Bett. Als wolle er sich vergewissern, dass sie wirklich nicht mehr atmete, hob er das Bettlaken an und hielt sein Ohr dicht an ihren Mund. Er zuckte zusammen, als er zu nahe kam und die erkaltete Haut berührte. Noch vor wenigen Tagen hatten diese Lippen seine Stirn, die Wangen, die Schläfen geküsst und geflüstert, dass sie, seine Mama, bald nicht mehr da sein würde. Erst jetzt begriff Michael, dass seine Mutter gewusst hatte, dass sie bald zu den Engeln gehen musste. Seine Finger umfassten ihre kalte Hand und drückten sie sacht. Er strich über ihre Stirn, so wie sie es immer getan hatte, wenn sie ihren Kindern eine gute Nacht wünschte. »Schlaf gut, Mama«, flüsterte er und deckte ihr Gesicht wieder zu.

Als er sich umdrehte, sah er Anita weinend in Gregors Armen liegen, dessen Augen gerötet waren und das von Trauer gezeichnete Gesicht feucht glänzte. Michael ging hinüber und schlang die Arme um seine Geschwister. »Wir müssen zusammenhalten«, krächzte er unter Tränen.

»Vielleicht schläft Mama nur«, wisperte Anita. Ihre Hand nestelte an dem weißen Laken, sie wagte nicht, die tote Mutter zu berühren. »Mama, bitte wach auf …«, murmelte sie.

»Nein, Anita, Mama schläft jetzt für immer. Ihr tut nichts mehr weh, sie ist bei den Engeln – nein –, sie *ist* ein Engel«, tröstete Michael seine Schwester mit bebender Stimme.

Igor hatte schweigend danebengestanden. Nun fasste er sich ein Herz und wandte sich ohne Umschweife an die Kinder: »Das Schicksal bedient sich jedes Lebens und verändert die Zukunft eines jeden, ob Kind oder Greis, ob Freund oder Feind, ob Mutter oder … So ist der Kreislauf unseres Daseins, und so wird es bleiben, für immer und ewig.« Er schaute Michael an, als hoffe er, dass wenigstens einer verstand, was er ausdrücken wollte.

Das in Tränen aufgelöste Mädchen klammerte sich bei diesen Worten noch fester an seine Brüder und vergrub sein Gesicht an Gregors Brust. »Was hat er gesagt, Michael? Was hat er gesagt?« Michael fühlte ihren heißen Atem auf seiner Haut und das Zittern ihrer Hände. Sie schien zu frieren. Der ältere der beiden Jungs drückte Anita in einer beschützend anmutenden Geste fest an sich und strich mit der rechten Hand über ihr langes Haar.

Michael übersetzte Igors Worte so, dass auch seine kleine Schwester sie verstand. Der große Mann wartete geduldig und nickte nur.

Plötzlich erklang ein Donnern, der Himmel öffnete sämtliche Schleusen, und der Regen ergoss sich über die durstige Erde. Igor trat näher an die Kinder heran.

Michael hob den Kopf und ging dem Mann einen Schritt entgegen – beinahe so, als wolle er sich ihm in den Weg stellen. Übelkeit erfasste den Jungen. Er wusste, dass es an der Zeit war, sich von Mama zu verabschieden. Für immer und ewig.

»Ich kann mich nicht mehr lange um euch kümmern«, sagte Igor bedrückt. Auch er kämpfte mit den Tränen. Sein Mund war trocken, das Schlucken fiel ihm schwer. Das, was die Menschen Schicksal nannten, hatte stets dunkle Schatten auf sein Leben geworfen, dachte er bitter. Erneut war ihm ein lieb gewonnener Mensch genommen worden, und jetzt auch noch die Kinder.

Erklärungen und gutes Zureden waren vergebens, er musste den Kindern die Wahrheit so schonend wie möglich beibringen. Doch wie? Igor kratzte sich unentschlossen den dichten Bart. Dann ging er langsam in die Hocke, auf Augenhöhe mit dem tapferen Michael. Seine Knie knackten laut. Einen Moment lang schauten sie sich nur in die Augen. Igor hatte das Bedürfnis, den Jungen in die Arme zu nehmen. Behutsam zog er ihn an sich und presste ihn an seine Brust. Er spürte, wie Michael zitterte, und drückte ihn noch enger an sich. Er hätte alles dafür geben, dass diese Kinder bei ihm bleiben konnten, aber er wusste, dass es unmöglich war. Igor spürte heiße Wut in sich aufsteigen, die den Schmerz in den Hintergrund drängte und die unsichtbaren Fesseln um seinen Brustkorb sprengte. Endlich konnte er wieder atmen. Nur erschien ihm die Luft vergiftet, seine Lunge brannte mit jedem Atemzug heftiger. Die Flammen in seiner Brust wuchsen zu einem Inferno an.

Michael befreite sich mit sanfter Bestimmtheit aus seiner Umarmung und sah dem großen Mann ins Gesicht. Dessen Bart war nun nicht mehr so ungepflegt, sondern kurz geschnitten und an den Kanten sauber rasiert. Auch das Haar war ordentlich gekämmt. Igor hatte sogar ein weißes Hemd an.

»Ich weiß, was mit uns passiert …«, setzte Michael an.

»Du kannst nicht wissen, was auf euch zukommt. Woher denn auch? Das weiß wahrscheinlich nicht einmal Gott. Doch die Zukunft, die uns erwartet, wird viele Menschenleben kosten. Die Deutschen haben uns den Krieg erklärt, und ihr werdet die ersten Opfer dieses Krieges sein. Dieser Pulski wird euch morgen mitnehmen, euch und die anderen Deutschen.«

Als Michael protestieren wollte, legte ihm Igor den Zeigefinger auf die Lippen. »Als Erstes werden wir eure Mutter zu Grabe tragen. Ich verspreche euch, so wahr ich hier vor euch stehe, dass ich mich um ihre Beerdigung kümmern werde.« Die sonst so feste Stimme schwankte.

»Ich will aber nicht gehen«, flüsterte Michael.

Erneut erschütterte der Donner die Welt, diesmal so laut, dass die Fensterscheiben klirrten.

»Ich weiß«, versetzte der große Mann traurig. »Ich weiß.« Dann stand er auf. Seine Hand lag schwer auf Michaels Schulter, als er ihn Richtung Tür schob. »Du und deine Geschwister müsst euch jetzt waschen gehen und saubere Sachen anziehen.«

»Aber wir haben keine«, unterbrach ihn Michael und schaute zu Igor auf. Der trotzige Ausdruck war aus seinen Augen verschwunden. Doch der abwesende Blick des Mannes schien durch ihn hindurchzugehen. Als er in die Realität zurückkehrte, winkte er Gregor und Anita zu sich. Die beiden gehorchten, und er drückte jedem der Kinder eine Münze in die flache Hand.

»Wisst ihr, was ein Talisman ist?«, fragte er mit verschwörerisch gesenkter Stimme.

»Ein Glücksbringer«, wisperte Anita und schniefte.

»So etwas in der Art. Diese Münzen habe ich von meinem Opa. Die bedeuten mir sehr viel, müsst ihr wissen. Als ich noch ein Kind war – so etwa in deinem Alter, Gregor –, da hat mir mein Opa diese Münzen geschenkt. Geht sorgsam damit um und zeigt sie niemandem. Verstanden?« Dabei setzte er ein übertrieben grimmiges Gesicht auf, sodass Anita zu kichern begann. Igor kniff ihr in die Wange und fuhr schließlich fort: »Wenn ihr morgen abgeholt werdet, möchte ich, dass ihr tapfer seid und immer, immer zusammenhaltet. Versprecht mir das.«

Alle drei nickten. Igor öffnete die obersten Knöpfe seines Hemdes und zog eine lederne Schnur heraus, an der etwas Glänzendes befestigt war. In seiner Rechten lag eine ebensolche Münze, wie die Kinder sie in der Hand hielten. Nur war der Adler auf seiner Münze nur noch als verschwommener Umriss erkennbar. »Ich trage sie seit diesem Tag immer bei mir …«

»Hatte deine Frau auch so eine Münze?«, fragte Michael neugierig. Als er begriff, was er da gesagt hatte, hätte er sich am liebsten die Zunge abgebissen. Innerlich schalt er sich selbst einen Dummkopf.

Igors Blick verfinsterte sich, seine Augenbrauen zogen sich zusammen. Das gestärkte Hemd spannte sich über seiner Brust, als er tief durchatmete. »Sie sagte, es sei Unfug, Hokuspokus. Sie glaubte nicht an solche Dinge.«

»Ist sie deswegen krank geworden?«, wollte Anita mit bebender Stimme wissen.

»Vielleicht, ich weiß es nicht.«

»Wir sollten uns waschen gehen«, meinte Michael, um Igor aus der unangenehmen Situation zu befreien, in die er ihn mit seiner vorlauten Frage gebracht hatte.

Igor nickte dankbar und gab jedem ein Bündel mit sauberen Kleidern und einer dünnen Lederschnur für die Münzen mit. Michael stand schon in der Tür, als er sich jäh umwandte und schnell noch einmal zu Igor zurücklief.

»Hast du was vergessen, Kleiner?«

»Ich möchte, dass Mama auch gewaschen wird …«

»Selbstverständlich«, entgegnete Igor. »Darum habe ich mich schon gekümmert, die Frauen werden bald da sein.«

Michael nickte, umarmte den bärtigen Mann kurz und verschwand nach draußen.

* * *

Als die Trauergäste die Kinder bemerkten, machten sie ihnen Platz, damit die drei zu ihrer Mutter treten konnten.

»Sie war eine gute Frau und Mutter«, brummte einer der alten Männer. Michael kannte ihn nicht. Die anderen pflichteten ihm bei und wiederholten seine Worte wie ein Echo aus vielen Stimmen. Worte wie ›gütig‹ und ›fürsorglich‹, aber auch ›arme Frau‹ plätscherten durch den Raum und verschmolzen zu einem monotonen Stimmengewirr.

»Eure Mutter ist jetzt im Himmel, aber sie lebt in unseren Herzen weiter, denn sie war ein guter Mensch. Sie hätte noch viele Jahre verdient gehabt, doch dort oben wird sie anscheinend mehr gebraucht als auf der Erde, darum hat sie der liebe Gott zu sich geholt«, sprach der kahlköpfige Greis weiter und strich mit zittriger Hand über Michaels Haar. Michael würdigte ihn keines Blickes. Er hasste falsches Mitleid.

Dann kann er selbst kein guter Mensch sein, sonst wäre er nicht so alt geworden, dachte Michael sarkastisch und bahnte sich den Weg durch die Menge. Als er dicht vor dem Sarg stand, spürte Michael, wie ihm übel wurde, und er wandte den Blick ab. Eine zarte Schamesröte huschte über sein Gesicht, dabei wollte er doch nur seine Mama so in Erinnerung behalten, wie sie zu Lebzeiten gewesen war, und nicht als einen toten, steifen Körper. »Nichts bleibt mehr als eine fleischliche Hülle, wenn der Mensch seine Reise in den Himmel antritt«, hatte Pfarrer Gustav aus ihrem Dorf bei den Gottesdiensten immer gesagt. Was das genau bedeutete, wusste Michael nicht.

Ohne lange darüber nachzudenken, griff Michael in die Hosentasche und tastete nach Igors Münze. Als er das warme Metall zwischen seinen Fingern spürte, ballte er seine Hand zur Faust und hielt für einen Augenblick inne.

Ich schenke diese Münze dir, liebe Mama, du hast den Glücksbringer bestimmt nötiger als ich. Du bist allein, und wir sind zu dritt, ich hoffe, du wirst … Der Gedanke riss ab, Michael wusste nicht, wie man richtig betete. Schnell sprach er noch ein Vaterunser und steckte seine Hand unter das weiße Laken, mit dem seine Mutter zugedeckt war. Als habe er Angst, etwas zu zerbrechen, schob er die Münze vorsichtig unter ihre gefalteten Hände. Zaghaft, ohne jede Hast, zog er seinen Arm wieder zurück und starrte auf die versammelten Menschen, die morgen allesamt abtransportiert werden würden.

In Michael stieg das Verlangen auf, das Geschehene rückgängig zu machen, die traurigen Gedanken so schnell wie möglich loszuwerden. Als er die teils mitleidigen, teils neugierigen Blicke nicht mehr ertrug, stapfte er nach draußen. Heiße Tränen der Wut und der Hilflosigkeit kullerten über sein Gesicht. Warum war die Welt so ungerecht? Er legte den Kopf in den Nacken, sah in den wolkenverhangenen Himmel und genoss die feinen Regentröpfchen auf seiner erhitzten Haut. Die sanfte Kühle tat ihm gut und beruhigte sein aufgebrachtes Gemüt.

»Du holst dir noch den Tod«, vernahm er eine vertraute Stimme hinter sich, die ihn aus der Melancholie riss und in die Gegenwart zurückholte.

»Wir haben Frühling. Wenn es regnet, wächst alles schneller, hat meine Mama immer gesagt«, entgegnete Michael leise. Dabei verzog er seine Lippen zu einem flüchtigen Lächeln.

Igor strich ihm mit gespreizten Fingern durch das feuchte Haar. »Ich habe gesehen, was du getan hast«, fügte der große Mann mit trauriger Stimme hinzu. »Du hast deine Mutter sehr geliebt. So wie sie auch euch geliebt hat, doch dich mochte sie am meisten. Sie liebte es, dich in ihrer Nähe zu wissen, dich ständig um sich zu haben. Du warst ihr stets eine Stütze, hat sie mir erzählt.« Er warf dem Jungen einen sorgenvollen Blick zu und ging in die Hocke. Igor wollte Michael in die Augen schauen, so wie es sein eigener Vater früher immer getan hatte, wenn er etwas Ernstes mit ihm zu klären hatte. »Weißt du, Mischa, ich finde auch, dass du eine starke Persönlichkeit bist. Du bist ein guter Freund, wenn man in eine schwierige Situation geraten ist oder einen Rat braucht.«

Michael runzelte die Stirn. Er war sich nicht sicher, ob er richtig verstand, was Igor damit meinte. Der räusperte sich und fuhr dann fort: »Du hast Charakter – du musst nur deine Gefühle etwas besser im Zaum halten.«

Die Augen des Jungen verengten sich. Jetzt war er noch verwirrter.

»Du darfst nicht so stur sein und vor allem nicht so hitzköpfig. Diese Charaktereigenschaften sind im Krieg nicht gerade von Vorteil. Die Mutigsten sterben immer zuerst, musst du wissen. Das hat mir mein Vater beigebracht. *Er* kam wieder nach Hause. Seine ›heldenhaften‹ Kameraden jedoch bekamen Tapferkeitsmedaillen – sie hingen lange an den Kreuzen auf ihren Gräbern. Verstehst du, was ich dir zu erklären versuche?«

»Ich bin kein Feigling …«

»Das weiß ich, aber Besonnenheit hat nichts mit Feigheit zu tun. Sei den anderen einen Schritt voraus, handle nie aus einer Laune heraus, hörst du? Obwohl Gregor der ältere von euch beiden ist, hast du mehr Grips. Er wird es niemals zugeben, aber er schaut zu dir auf und tut, was du sagst.«

»Macht er nicht«, widersprach Michael und kniff die Lippen zu einem unsichtbaren Strich zusammen.

»Doch – nur nicht sofort. Schließlich will er sich nicht von seinem jüngeren Bruder herumkommandieren lassen.« Igors Hände verschwanden hinter seinem Kopf. Vorsichtig zog er die silberne Münze aus dem Hemdkragen. Sie glänzte im diesigen Tageslicht, als er sie Michael hinhielt.

»Warum gibst du mir deinen Glücksbringer?« Michaels Finger schlossen sich um das Medaillon.

Igor hob verlegen die Schultern und murmelte nachdenklich: »Dieser Pulski ist ein Scheißkerl.«

Michaels Augen wurden groß. Igor fluchte eigentlich nie. Für einen Moment vergaß er seine Trauer und grinste.

Auch Igor rang sich ein Lächeln ab, aber es erreichte seine Augen nicht. Nur Leere und tiefe Trauer lagen darin. »Er hat mich denunziert, weißt du. Ich möchte deiner Mutter folgen.«

»Das darfst du nicht!«, fuhr Michael ihn zornig an.

»Aber ich werde es tun … müssen«, das letzte Wort war nur ein Hauch. »Pulski hat mich bei seinem Kommandanten des Hochverrats beschuldigt.«

»Aber das stimmt doch gar nicht! Du hast niemanden verraten.«

»Mein Wort – das Wort eines einfachen Bauern – steht gegen das Wort eines Soldaten, noch dazu eines Kommunisten.«

»Was wird mit dir geschehen?«

»Die wollen mich in einen Gulag stecken.«

»Dort sind mein Vater und mein Bruder auch. Falls sie überhaupt noch leben«, sagte Michael traurig und schloss seine Faust um die Münze. Der Regen hatte aufgehört, die Luft roch warm und frisch. Trotzdem fröstelte der Junge und spürte einen kalten Schauer über seinen Körper kriechen. Er schniefte und meinte: »Ich kann das nicht.«

»Was kannst du nicht?«

»Das ist *dein* Glücksbringer. Vielleicht kommst du dort nach einem Jahr wieder raus und kannst ein neues Leben beginnen. Oder das Gericht spricht dich frei, vielleicht lässt der Richter Gnade walten.«

Igor lachte, bis ihm die Tränen kamen. Belustigt strich er über Michaels Wange. »Du hast ziemlich viele Bücher gelesen, nicht wahr?«

»Woher weißt du das?«

»Dein Wortschatz – meine Güte! Du sprichst wie ein Erwachsener, auf jeden Fall viel besser als dieser Pulski.« Jetzt lachten beide. Igor erhob sich. Seine Knie knackten wie trockene Äste. »Ich bin alt geworden, die Gelenke müssten mal wieder geschmiert werden«, raunte der große Mann und winkte Michael zum Hineingehen. Aus dem Inneren des Hauses erklangen melodische Frauenstimmen, die ein altes Trauerlied sangen.

»Komm, wir hören mal zu, und du sagst mir, wovon das Lied handelt«, meinte Igor.

»Vom Leben und Tod«, entgegnete Michael. Diese Zeilen kannte er gut, fast auswendig. Dieses Lied hatte er oft gehört, als er klein war. Die Frauen in seinem Dorf sangen solche Melodien bei den Begräbnissen, vor allem dieses. Auch seine Mama. *Jetzt singt sie nicht mehr mit …*

»Was sagst du?«, wollte Igor wissen. Er schien ein wenig irritiert.

Ohne es zu merken, hatte Michael den Gedanken laut ausgesprochen. Er winkte beiläufig ab und starrte auf den Sarg, der soeben zugedeckt wurde. Ein eisiger Schauer überlief seinen Körper. Er kaute auf seiner Unterlippe herum, bis sie anfing zu bluten. Gregor und Anita standen mit feuchten Augen dicht neben ihm. Als Michael die Hand seiner Schwester mit den Fingerspitzen berührte, zuckte sie zusammen und entzog sich ihm. »Du bist kalt! Und nass«, zischte sie entrüstet. Ihr Zorn galt eigentlich nicht ihm, trotzdem fühlte Michael sich unbehaglich und ein wenig ausgeschlossen. Sie lehnte ihren Kopf an Gregors Schulter und begann wieder zu weinen. Sein älterer Bruder stand stoisch, fast regungslos da, den Blick zur Decke gerichtet. Als das Trauerlied verklungen war, kam Bewegung in die Menge. Ein kratzendes Schaben, dann das Dröhnen von Hammerschlägen. Zwei alte Männer, drei Frauen und Igor traten an den Sarg, hoben ihn vom Tisch und trugen die Kiste nach draußen.

Anitas plötzliches Wehgeschrei ging Michael durch Mark und Bein. Erst jetzt hatte sie begriffen, was passiert war: dass ihre Mutter für immer weggegangen war und nie wieder zurückkehren würde. Gregor und Michael mussten sie festhalten. Sie biss und kratzte, fauchte wie eine Wildkatze und beschimpfte ihre Brüder. Gregor holte schon zu einer Ohrfeige aus, aber Michael warf sich in letzter Sekunde dazwischen. Anita riss sich los und lief hinter den Sargträgern her.

»Lasst mich bitte zu meiner Mama! Sie schläft nur, sie ist krank, sie braucht nur etwas Ruhe. Igor, lass sie los!«, kreischte sie und schlug mit ihren kleinen Fäusten auf Igors Unterarm ein. Er ging in die Hocke und zog Anita behutsam an sich. Als sie sich an seine Brust warf, schloss Igor sie fest in die Arme. Er weinte mit ihr. Anita barg ihr Gesicht in seinem weichen Bart. Ihre Worte klangen dumpf. Igor verstand sie nicht, aber er wusste trotzdem, was sie so quälte. »Deine Mama hat dich auch lieb. Sie hat mir verraten, dass sie euch jetzt vom Himmel aus beschützen und immer in deinem Herzen bleiben wird.«

»Wirklich?« Anita schaute ihn voller Hoffnung an.

Er nickte, nahm sie auf den Arm und stand auf.

Die Sonne schien jetzt wieder mit voller Kraft, während die Menschenmenge durch die schlammigen Pfützen stapfte, die der Regen hinterlassen hatte. Der Friedhof war nicht weit entfernt, aber mit ihrer schweren Last war der Weg für die ausgemergelten Männer und Frauen nicht zu bewältigen. Der Sarg wurde auf einen Karren gehoben, vor den ein mächtiger Bulle gespannt war. Die Holzräder quietschten, die Frauen stimmten ein weiteres Lied an, die restlichen Trauergäste folgten der Prozession schweigend.

* * *

Die etwa drei Dutzend deutschen Deportierten wurden von vier bewaffneten Soldaten der Roten Armee eskortiert. *Diese Männer werden uns morgen wie Vieh in die Waggons pferchen,* dachte Michael niedergeschlagen. Seine Kehle war wie zugeschnürt. Bekümmert senkte er den Kopf.

Als der Sarg hinuntergelassen war und die Grube zugeschüttet wurde, stimmte Pulski ein patriotisches Lied an, in dem es um die Vernichtung der deutschen Aggressoren und all derer ging, die sich gegen den Kommunismus und die Sowjetunion erheben wollten. Seine Kameraden fielen in den Gesang ein und grölten die zynischen Verse enthusiastisch mit. Als die letzte Strophe wiederholt wurde, forderte Pulski die Menschen mit einer ermunternden Handbewegung zum Mitsingen auf. Tatsächlich stimmten einige zaghaft mit ein, andere bewegten lautlos die Lippen.

Johannas Kinder und Igor schwiegen.

Pulski schulterte das Gewehr ab und richtete den Lauf auf Anita, seine Augen blieben jedoch auf Michael geheftet.

Der hätte sich eher erschießen lassen, als auf der Beerdigung seiner Mama ein Lied zu singen, in dem er und seinesgleichen als Untiere dargestellt wurden. *Nicht mit mir – und schon gar nicht heute,* dachte der Junge mit tränenfeuchten Augen. Tief in Gedanken versunken betete er das Vaterunser, so wie Mama es ihm beigebracht hatte.

»Lass ihn in Ruhe«, mischte sich Igor ein. »Er kennt nicht mal den Text, stimmt's, Mischa?«

Michael nickte abwesend.

»Unser Towarischtsch Titov spielt sich wieder als Beschützer auf. Soll ich dir eine Lektion erteilen? Willst du dich vielleicht dazulegen, solange die Erde noch locker ist?« Semjons Stimme war nur ein leises Zischen, trotzdem dröhnte die Drohung in Michaels Ohren wie Donner. Igor dagegen schien völlig unbeeindruckt. »Dass du in Zeiten des Friedens genauso tapfer bist, wage ich zu bezweifeln …«, erwiderte er trocken und machte sich auf den Heimweg.

Michael riskierte einen verstohlenen Blick in Pulskis Gesicht. Was sich darin spiegelte, überraschte den Jungen – es war eher Furcht als Überlegenheit und Zorn.

Pulski zielte auf Igors Rücken, schloss die Augen und … die Sekunden wurden zu einer Ewigkeit. Alle hielten den Atem an, doch keiner wagte, einen Ton von sich zu geben. Bis auf ein junges Mädchen. »Bitte nicht, ein Toter am Tag ist genug«, sagte es mit flehender Stimme.

»Was sagst du da, Mädchen? Ich verstehe deine Sprache nicht!« Pulskis hektisch zuckende Kaumuskulatur trat in dicken Strängen hervor.

»Maria, nicht«, mischte sich eine Frau auf Russisch ein. Sie wirkte erschrocken.

Michael traute seinen Augen nicht – tatsächlich, es war Maria. Seine Kehle wurde auf einmal eng, als er sie wiedererkannte.

»Und wer bist du, Frau?«, schnaubte Pulski barsch.

»Annette Gruber«, antwortete sie mit klarer Stimme. Sie schien keine Angst zu haben. »Meine Nichte kann kein Russisch, darum bitte ich um Nachsicht. Sie ist ja noch ein Kind.«

»Dann ist es an der Zeit, ihr Manieren beizubringen.«

»Gewiss, Towarischtsch …« Die kleine Frau zögerte, ihr von feinen Falten überzogenes Gesicht lief rot an. Langsam hob sie den Blick, überlegte und stotterte dann: »Pulski, Towarischtsch Pulski.« Ihre Stimme bebte.

»Wie kommt's, dass sie kein Russisch spricht, obwohl sie deine Nichte ist? Du scheinst unsere Sprache doch gut zu beherrschen. Ist sie dumm?«

»Nein, das hat andere Gründe. Ich werde Ihnen das gerne später erklären, aber jetzt lasst uns bitte gehen.«

Semjon Pulski hängte sich das Gewehr wieder um und stapfte davon. »Bringt das Pack zur Siedlung zurück, ich habe noch etwas zu erledigen«, schrie er über die Schulter und entfernte sich.

Alle atmeten erleichtert auf. Nur Michael nicht, der unverwandt Maria anstarrte. Sie lebte, und sie war hier! Zu seinem Erstaunen drehte sie sich um und kam auf ihn zu. Sie wirkte verlegen.

»Das mit deiner Mutter tut mir leid. Ich weiß nicht, was man da sagen muss, aber ihr Dahinscheiden muss schrecklich für dich sein. Auch für deine Geschwister«, fügte sie hastig hinzu. »Ich kann mir vorstellen, was du im Moment fühlst.«

Michaels Mund war so trocken, dass er kein Wort sagen konnte. Statt einer Antwort nickte er nur.

»Wir werden morgen …«

»Wir auch«, unterbrach er sie und hätte sich am liebsten dafür geohrfeigt. Was war er nur für ein Tollpatsch.

»Dann fahren wir zusammen?«, mischte sich Anita unvermittelt ein, was die peinliche Situation ein wenig auflockerte. Maria und Michael atmeten erleichtert auf, als sich auch Gregor zu ihnen gesellte und Maria mit Fragen bombardierte. Selten war Michael seinem Bruder so dankbar gewesen wie in diesem Moment.

»Kommt, wir gehen lieber weiter, bevor uns die dort Ärger machen.« Mit einem Kopfnicken deutete er auf die Soldaten, die sich murrend unterhielten und eine selbstgedrehte Zigarette nach der anderen rauchten. Als der letzte Stummel im hohen Bogen davonflog, setzte sich die Menge in Bewegung. Sie folgte Igor, der den Stier führte.

KAPITEL 24

Kasachstan,

23. Juli 1942

Wir sind zur Abfahrt bereit«, grölte draußen eine Stimme, die dumpf und heiser klang.

Alexanders Schädel brummte wie ein Bienenstock. Er lag rücklings auf den staubigen und mit Tierkot beschmierten Brettern in einem der Waggons des langen Zuges. Natürlich war er dort nicht allein. Er rappelte sich auf und lehnte sich mit dem Rücken an die schlampig zusammengezimmerte Bretterwand. Sein malträtierter Körper schmerzte bei jeder Bewegung. Seine Peiniger hatten nicht das geringste Erbarmen gezeigt. Der Anblick, der sich ihm nun bot, gab wenig Anlass zur Hoffnung. Seine Leidensgenossen sahen nicht viel besser aus. Manchen fehlte ein Arm oder ein Bein oder beides. Sie wirkten jedoch nicht wie Kriegsveteranen. Allesamt Kriegsverbrecher, so wie er. Nicht selten wünschte sich Alexander, er wäre unter der tagelangen Folter der Verhöre gestorben, als so dahinzuvegetieren.

Der Zug ruckte und setzte sich langsam in Bewegung, ein leises Pfeifen ertönte zum Zeichen der Abfahrt. Keinen der Passagiere schien es zu interessieren, ebenso wenig wie Alexander. Alles, was er wollte, war frei zu sein und nicht länger Schmerzen leiden zu müssen. Anders als bei seiner letzten Zugfahrt fror er jetzt nicht mehr, was aber nicht hieß, dass er sich besser fühlte. Hier stank alles nach verwestem Fleisch, Fäkalien und sonstigen Ausdünstungen – und diese verdammten Fliegen waren überall und kreisten um die erschöpften Menschen. Ganze Schwärme fraßen von ihrem verfaulten Fleisch und trieben sie mit ihrem ohrenbetäubenden, nervtötenden Surren an den Rand des Wahnsinns.

Die Amputationswunde eines Mannes war über und über mit tausenden wuselnder Insekten bedeckt. Sein Blick war glasig und leer. Er saß genauso wie Alexander an die Planken gelehnt und flüsterte irgendetwas Unverständliches. Ab und an stöhnte der Mann und fiel in einen unruhigen Fieberschlaf, nur um schreiend wieder aufzuwachen. Jedes Mal starrte er ungläubig auf den Stumpf und fragte, wo denn sein Arm sei. Keiner der Männer sagte ein Wort. Sie hatten es satt, ihn ständig zu beruhigen. Jeder hatte seine eigenen Probleme.

»Wie ist dein Name?«

Alexander überhörte die Frage geflissentlich und schloss müde seine Augen. Eine Fliege krabbelte über seine aufgeplatzten Lippen. Es hatte keinen Sinn, die Biester zu verscheuchen, also ließ er das nervige Insekt in Ruhe.

»Ich habe gehört, du konntest fliehen?« Der neugierige Fremde ließ nicht locker.

Alexander blieb stumm.

Als er neben sich eine Bewegung wahrnahm, öffnete er seine Augen einen kleinen Spalt. Sein tot geglaubter Nebenmann entfernte sich von ihm. Als Alexander erstaunt seinen Blick hob, erkannte er, dass ein schmächtiger Kerl den Toten am Hosenbein von ihm wegzog.

»Haben die dir auch die Zunge abgeschnitten wie dem dort?«, unternahm der andere schnaufend einen neuen Versuch und deutete in eine Ecke des Waggons.

Alexander folgte seiner Geste nicht. Er lehnte den Kopf wieder an das warme Holz und lauschte auf das metallische Rattern der Räder auf den Schienen.

»Warum hast du dich wieder fangen lassen?«

Der blitzschnelle, schraubstockartige Griff einer starken Hand an seine Wangen zwang ihn, den Mund öffnen. Die Finger des Mannes fuhren ihm in den Rachen und tasteten sich immer weiter voran, bis Alexander das Gefühl hatte, seine Kiefer würden aus den Gelenken gerissen. Die rechte Seite knackte laut, dort hatten ihn vorgestern mehrere Tritte getroffen.

»Na also, deine Zunge ist immer noch da, wo sie sein soll«, zischte der Kerl erleichtert und lockerte seinen Klammergriff.

Alexander wollte aufspringen und dem Kerl eine Lektion erteilen, wie er es inzwischen schon oft getan hatte. Stattdessen rieb er sein Gesicht und schaute zu dem Störenfried hinüber. Dessen markant wirkendes Antlitz war von unzähligen Schrammen übersät, doch das Feuer in seinen Augen loderte, als wären sie auf einer Vergnügungsreise. Alexander musste an seinen toten Freund Elkin denken, an dessen Gesicht, bevor ihn mehrere Kugeln zur Strecke gebracht hatten. Dieser Mann war auch jung, Alexander schätzte ihn auf achtzehn, vielleicht sogar noch jünger. *Ein gefährliches Alter,* dachte er, ohne den Blick von seinem Nachbarn abzuwenden. »Wenn du mir noch einmal ins Gesicht fasst, beiße ich dir im Schlaf die Gurgel durch, verstanden?«, bemerkte er schließlich trocken.

Der junge Mann rieb sich unwillkürlich den Hals und schluckte. »So war das nicht gemeint, ich wollte nur … ich wollte …«, stotterte er. Auf einmal wirkte er nicht mehr so ruhig.

»Haben sie dich wegen deiner langen Finger eingesperrt?«, fragte Alexander beiläufig und packte die rechte Hand des anderen.

Zu spät wollte der aufdringliche Bursche seinen Arm zurückziehen. Alexander umklammerte seinen Daumen und bog ihn nach hinten. Der junge Mann rang stöhnend nach Luft und nickte resigniert.

»Wie heißt du denn? Bist du auch ein Deutscher?«

»Ja. Ich heiße Arthur.«

»Und weiter?«

»Beck – jetzt lass bitte meine Hand los, sie ist gebrochen.«

Die Verblüffung über die Dreistigkeit dieses Kerls entlockte Alexander ein widerwilliges Lächeln.

»Jetzt bist du dran«, forderte Arthur ihn auf und rieb sich die angeblich verletzte Rechte.

»Alexander.« Mehr sagte er nicht.

»Und weiter?«, äffte Arthur ihn nach. Alexander blieb ihm die Antwort schuldig. Nach kurzem Schweigen drehte er sich um und spähte durch die Lücken zwischen den Brettern nach draußen. Was er sah, war karg und öde. Er blickte nach links und nach rechts. Nichts als endlose Ebene. Enttäuscht setzte er sich wieder hin. Seit Tagen gab es keine topografischen Veränderungen, was wiederum hieß, dass

sie entweder nach Osten oder nach Norden fuhren. Beides konnte nur Arbeitslager bedeuten. *Worauf hoffe ich eigentlich noch?,* fragte er sich im Stillen und schloss die Augen.

»Warum wurdest du geschnappt?«, meldete sich die wissbegierige leise Stimme erneut.

Entweder ist dieser Arthur Beck unglaublich stur oder schwachsinnig, dachte Alexander ärgerlich. Einige Sekunden lang lauschte er dem monotonen Rattern des Zuges, dann schnalzte er ungeduldig mit der Zunge, als sein Nebenmann zu einer weiteren Frage ansetzte.

»Ich war verletzt«, erklärte Alexander mit kehliger Stimme, die ihm auf einmal selbst fremd erschien. »Sie waren in der Überzahl, und ich war dumm genug, zu glauben, dass eine Flucht gelingen könnte. Es waren Jungs wie du, die mich dazu ermutigt haben.«

»Und die haben es geschafft?«

»Ja, natürlich.«

»Echt?«, kam es ehrfürchtig zurück.

»Natürlich nicht! Sag mal, wie blöd bist du eigentlich? Sie wurden vor meinen Augen erschossen. Genau da traf einen von den beiden eine Kugel«, fauchte Alexander und bohrte seinen Zeigefinger in Arthurs knochige Brust. Er fühlte, wie dessen Herz zu rasen begann, und drückte noch stärker. Das rhythmische Pochen schien das laute Rattern der Räder zu übertönen.

Mit verächtlichem Blick nahm Alexander seine Hand von Arthurs Brust und drückte stattdessen mit Daumen und Zeigefinger die Wangen des Jungen zusammen, bis dessen Mund weit offen stand – genauso, wie es der Kerl zuvor bei ihm getan hatte. Und dann wiederholte er hämisch seine Worte: »Die Zunge haben sie dir aber nicht abgeschnitten? Warum sagst du denn jetzt nichts? Bist wohl nicht mehr so tapfer, was? Schau dich um. *Schau dich genau um, Mann!* Willst du so enden wie die?« Er drehte Arthurs schmales Gesicht grob nach rechts und links. Seine Finger rutschten ab, als sein Gegenüber zu weinen begann.

Angewidert ließ Alexander von ihm ab und starrte wieder nach draußen. Der Zug nahm eine lang gezogene Kurve. *Richtungsänderung,* dachte er und erspähte zwei schmale Schienenstränge, die die flache Landschaft teilten. Ein flaues Gefühl breitete sich in seiner Magengrube aus. Ihm wurde schwindelig. *Hoffentlich kann ich diesen verdammten Zug bald verlassen,* fluchte er lautlos.

»Gründlicher hätte ich mich in dir nicht täuschen können, du Held«, murmelte Arthur. Seine Stimme klang abwesend, als spräche er über einen schönen Traum. Unvermittelt lachte er prustend auf und spähte wie Alexander durch einen der Schlitze. »Ich dachte, du bist ein *richtiger* Held – ein Aufständischer, der dicke Eier hat«, brabbelte er weiter.

»In glänzender Rüstung auf einem weißen Pferd, jaja«, murmelte Alexander.

»Noch vor Kurzem wollte ich so sein wie du, du warst mein Vorbild. Aber jetzt bin ich nur enttäuscht. Eigentlich bist du ein Niemand.«

Völlig gelassen ignorierte Alexander die leeren Worte und ließ den Jungen Dampf ablassen. Nach einer Weile gingen Arthur tatsächlich die Beleidigungen aus, er verstummte und starrte ins Leere.

Alexanders Gedanken schweiften ab und drifteten zu seinen Geschwistern ab. Wo sie jetzt wohl waren? Die Angst um seine Familie kroch unter seine Kleidung und verursachte ihm eine Gänsehaut. Lebten sie alle noch? Hatten sie das Zuhause verlassen müssen? Würde er sie jemals wiedersehen? Er rutschte mit dem Rücken an den Brettern hinunter, bis die Schmerzen erträglich waren, und versuchte zu schlafen.

KAPITEL 25

Kasachstan,

Juli 1942

Die größtenteils ereignislose Zugfahrt dauerte jetzt schon mehrere Wochen. Michael saß mit seinen Geschwistern in einem überfüllten Waggon und ertappte er sich immer wieder dabei, wie er nach seiner Mutter suchte. Jedes Mal stellte er mit einem Stechen in der Brust fest, dass er ihren Tod noch nicht verwunden hatte. Auch sein Bruder und seine Schwester fragten nicht selten, was denn jetzt mit ihnen geschehen würde, wo ihre Mutter nicht mehr da war. Als ob er darauf eine Antwort gewusst hätte! Er war völlig ausgebrannt. Die beständige Sorge um sich und seine Lieben hatte seine Kräfte aufgezehrt.

Erneut war er von Maria getrennt worden. Ein weiterer Hoffnungsschimmer war erloschen. Sie hätte ihm die Stärke gegeben, weiterzukämpfen. Ihretwegen wäre er bereit gewesen, dem Schicksal die Stirn zu bieten und sich den Gefahren zu stellen, die das Leben für ihn bereithielt.

»Michael, ich habe Hunger«, wisperte seine Schwester. »Und ich muss mal«, fügte sie noch leiser hinzu, weil es ihr immer noch peinlich war, ihrem Bruder zu sagen, wenn sie auf die Toilette musste. Noch beschämender war, dass sie ihr Geschäft vor ihm und so vielen fremden Leuten verrichten musste.

»Gregor, rutsch mal näher«, flüsterte er seinem Bruder zu. Sie gingen Schulter an Schulter in die Hocke und begannen ein Lied zu singen. Anita wollte nicht, dass jemand das leise Plätschern hörte. Natürlich wussten trotzdem alle Bescheid, stimmten jedes Mal in das Lied ein und sangen es zu Ende, auch wenn Anita schon längst fertig war.

»Ich muss auch pinkeln«, raunte Gregor Michael ins Ohr, stellte sich in die Ecke und erleichterte sich dort, ohne mit dem Singen aufzuhören.

Michael grinste, als er sah, dass sein Bruder im Rhythmus mit dem Hintern wackelte. Die trübe Stimmung lockerte sich ein wenig auf, und Michael entspannte sich für einen Moment.

Als das Lied zu Ende war, kehrte wieder Stille ein, nur das dumpfe Klappern der Räder war zu hören. Dann vernahm er wie aus weiter Ferne eine leise Stimme, die der eines Engels gleichkam. Jedenfalls stellte Michael sich vor, dass einen die Himmelswächter so willkommen hießen.

Seine Nackenhaare stellten sich auf, und er bekam eine Gänsehaut.

Alle Köpfe in dem Waggon wandten sich in die Richtung, aus der die Stimme ertönte. Die glasklaren, glockenhellen Töne schwebten durch die stickige, von Staub und Ausdünstungen geschwängerte Luft und berührten die Zuhörer tief in ihrem Innersten.

Michaels Brust zog sich schmerzlich zusammen, einige Frauen weinten, die alten Männer senkten ihre Köpfe. Sein Blick suchte immer noch nach dem Engel. In seiner

Fantasie sah er ein hübsches Mädchen mit blonden, leicht gelockten Haaren und Flügeln. Doch zu seinem Erstaunen entdeckte er schließlich einen Jungen, der überhaupt nichts von einem Engel hatte. Sein Haar war struppig und ungepflegt, genauso wie dessen zerlumpte, dreckstarrende Kleider. Nur die Stimme – ja, seine Stimme! Sie war so rein und klar, dass man sie mit Worten nicht beschreiben konnte.

Michael war nicht der Einzige, der den Jungen mit offenem Mund anstarrte. Dieser kauerte inzwischen ganz allein in einer Ecke. Die Menschen um ihn herum waren unwillkürlich ehrfürchtig vor ihm zurückgewichen. Als sein Lied verklungen war, blieb es im Waggon sehr lange Zeit still.

»Wie heißt du, Junge?«, brach schließlich eine Frau das gebannte Schweigen.

Er lächelte nur schüchtern.

Eine spindeldürre Frau war neben ihn getreten. Nun streckte sie die Hand aus und zog ihn auf die Beine. In seinen Augen standen Tränen.

»Wie heißt du?«, wiederholte die erste Frau ihre Frage.

»Er heißt Konstantin und ist mein jüngster Sohn«, erklärte die schmächtige Frau. »Die Soldaten haben ihn gezwungen, die Hinrichtung seines geliebten Vaters mit anzusehen. Seitdem spricht er nicht mehr – aber er weiß, dass sein Vater ihn singen hören kann.«

Mit einem durchdringenden Kreischen kam der Zug zum Stehen. Der Junge und seine Mutter strauchelten und fielen zu Boden, auch alle anderen, die nicht saßen oder lagen, landeten auf den Brettern oder auf ihren Leidensgenossen. Viele fluchten laut, mehr vor Schreck als vor Zorn.

Das zweimalige Pfeifen ertönte. Endstation.

Sie waren endlich am Ziel ihrer Reise angelangt. Bald würde sich die Schiebetür öffnen, und wer nicht schnell genug aus dem Waggon sprang, würde schmerzhaft mit einem Gewehrkolben Bekanntschaft schließen.

Michaels Rücken meldete sich mit einem dumpfen Stechen, als wolle er ihn an den letzten Halt erinnern, bei dem ihm einer der Soldaten eins übergebraten hatte. Zum Glück nur mit dem Stiefel und nicht mit dem harten Holz.

Das laute Bellen der Hunde erfüllte die Luft und schürte die aufsteigende Panik.

Michael atmete tief durch, nur half das nicht viel. Mit jedem Pulsschlag wuchs die Furcht. Anita drückte sich ängstlich an ihn. »Sie haben wieder Hunde dabei«, wimmerte sie unter Tränen.

»Das sind nur Wachhunde, die tun uns nichts. Sie bewachen uns nur«, sagte Michael kaum hörbar. Auch seine Stimme zitterte.

Wie schon einige Male zuvor, mussten sich die Deportierten in einer Reihe vor den Gleisen aufstellen. Aus dem Inneren der Waggons stank es nach Unrat und Fäkalien, doch nur die Soldaten rümpften ihre Nasen, die Deutschen hatten sich bereits daran gewöhnt.

Die drei Geschwister standen ganz vorn. So lautete die Regel: Die Kleinen und Kranken mussten immer in die erste Reihe. Michael hasste diese Bestimmung. Die Hunde schnupperten oft an ihm, und er hatte jedes Mal Angst, von einem der Deutschen Schäferhunde gebissen zu werden.

»Endlich seid ihr angekommen! Und wie ich sehe, haben tatsächlich einige von euch die Reise gut überstanden«, ertönte eine Stimme, so plötzlich, dass Michael nicht begriff, woher sie kam. Auch die anderen reckten die Köpfe und schauten sich suchend um.

»Diese Siedlung trägt einen hoffnungsvollen Namen – *Nowaja Prawda,* was in eurer barbarischen Sprache so viel bedeutet wie ›Die neue Wahrheit‹.«

Endlich konnte Michael den Mann ausmachen, dessen Stimme sich vor Selbstsicherheit und Eitelkeit beinahe überschlug. Er war noch jung, allem Anschein nach ein ›Patriot‹ – so wurden alle Soldaten genannt, die ihre Uniform mit Stolz trugen –, denn auf seiner Jacke konnte er einen kleinen Lenin-Anstecker erkennen. Der Bewaffnete lächelte, seine Wangen leuchteten rosig im Schein der Abendsonne. Er stand auf der Ladefläche eines alten Lastwagens und streckte seinen rechten Arm aus, so wie Michael es aus den Büchern und von den Lenin-Monumenten kannte.

»Unser hochgeschätzter Genosse Stalin war so gnädig, euch eine zweite Chance zu geben, um eure Sünden und Verbrechen durch eure Arbeit und euren Schweiß zu tilgen. Wer sich bereit erklärt, unserem Land treu zu dienen, dem hellen Wege des Kommunismus zu folgen, den patriotischen Aufforderungen Folge zu leisten, um die hehren Ziele unseres Towarischtschs Lenin zu erreichen, dem sei versprochen, dass er am Leben bleibt. Wer sich weigert …« Er verstummte und legte eine bedeutungsschwangere Pause ein. Dann fuhr er mit noch lauterer Stimme fort: »Wir, das sowjetische Volk, entscheiden über die Zukunft unseres Landes, und wir sind bereit, unser Leben für die Ideologie unserer Denker zu opfern. Genosse Stalin weist uns den richtigen Weg, dem wir nur zu folgen brauchen. Jeder, der sich uns in die Quere stellt, wird niedergetrampelt und vernichtet. Wir sind das Volk, wir werden die Deutschen aus unserem Land vertreiben! Wir fürchten uns nicht davor, für unsere Vorsätze unser Leben zu geben. Alle Macht dem Volke!« Die herumstehenden Soldaten skandierten die patriotischen Parolen wie aus einer Kehle, so lange, bis der Anführer erneut seine Hand erhob.

»Ihr, Verräter unseres Landes, seid wie ein Tumor, den es aus dem Volkskörper herauszuschneiden gilt, euch wird die Sühne für die Verbrechen eurer Landsmänner auferlegt. Es liegt allein an euch, ob ihr daran scheitert oder den Krieg dank eurer Arbeit überlebt …«

Ab da hörte Michael dem Mann nicht mehr zu, egal, wie laut er auch wurde. *Wie blöd sind die Menschen eigentlich?*, fragte er sich und dachte an die Worte seines Vaters. ›Die Welt verändert sich‹, hatte er eines Abends zu seiner Frau gesagt. Michael hatte wie so oft wach gelegen und seine Eltern belauscht. Wenn sein Vater so spät nach Hause kam, waren seine Erzählungen am interessantesten. Er sprach von Machtwechsel, nächtlichen Übergriffen auf Oppositionelle und Gegnern des Roten Regimes, aber auch über ideologische Manipulation und Geldwäsche, etwas, das Michael bis heute nicht wirklich verstanden hatte.

Endlich verstummte der Redner, und die Inhaftierten mussten sich in einer langen Reihe aufstellen. Die Namen auf den Listen wurden abgehakt. Michael und seine Geschwister trotteten wie immer einfach hinter den anderen her, keiner schien sich darum zu kümmern, dass sie alleine waren. Immer wieder ließ er den Blick über die Gesichter schweifen, in der Hoffnung, Maria zu entdecken. Entmutigt senkte er jedes Mal den Kopf, wenn seine Erwartung enttäuscht wurde.

»Dein Name?«, erklang eine Stimme von rechts. Michael zuckte zusammen. Ein Mann mit einer Mappe stand neben ihm und klopfte ungeduldig mit einem Bleistiftstummel auf den Rand seiner Unterlage.

»Berg.«

»Eltern?«, blaffte ihn der Uniformierte an und zog seine buschigen Augenbrauen zusammen. Michael verneinte mit einem zaghaften Kopfschütteln.

»Verdammt, was mache ich jetzt nur mit euch?«, schimpfte der schlaksige Mann und rümpfte angewidert die Nase. »Warum stinkt ihr alle so fürchterlich?«, sagte er zu niemand Bestimmtem und wandte sich um. Er rief einen Namen, den Michael nicht richtig verstand, und wies die Kinder an, zur Seite zu treten, damit die Anmeldung ungehindert weitergehen konnte.

Michael und seine Geschwister standen eine gefühlte Ewigkeit da, bis ein untersetzter älterer Herr im Anzug auf sie zukam. Schon durch seine äußere Erscheinung hob er sich von den restlichen Männern ab. Einige hatten Gewehre und trieben unter gebrüllten Befehlen kleine Gruppen von Deutschen vor sich her.

»Das Mädchen kann ich nicht gebrauchen«, beschwerte sich der Mann im Anzug leise bei dem Schreiber, trotzdem hörten ihn die Kinder sehr gut. Anscheinend war er schwerhörig, konstatierte Michael mit einem unbehaglichen Gefühl. »Sie sind zwar klein, haben aber Hunger wie die Großen«, setzte er hinzu, als ihm der Soldat keine Beachtung schenkte.

»Wir werden nicht viel essen, nicht mehr als die Rationen für zwei Kinder, so können Sie eine Mahlzeit sparen«, setzte sich Michael für seine Schwester ein. Als er noch etwas sagen wollte, brach seine Stimme. Der Mann wedelte ihn von sich wie ein lästiges Insekt und trat noch etwas näher an den Soldaten heran. Dessen finsterer Blick ließ ihn wieder zurückweichen.

»Was schlägst du vor?«

»Ich könnte …«

»Der Nächste!«, schrie der Soldat und spornte die anderen zur Eile an. Ungeduldig riss er seine Mütze vom Kopf und fuhr mit gequälter Miene durch sein dichtes Haar. *Läuse,* dachte Michael. Diese Viecher waren eine richtige Plage. An einigen Stellen hatten die kleinen Blutsauger Löcher in dessen Kopfhaut hinterlassen.

»Wie ist dein Name?«, brüllte der Schreiber einen Jungen an. Michael erschrak, als er Konstantin erkannte – den Knaben mit der engelsgleichen Stimme. *Wo ist seine Mutter?,* dachte er voller Sorge.

»Er heißt Konstantin. Er kann nicht sprechen, aber wunderbar singen«, mischte Michael sich ungefragt ein.

»Woher willst du das wissen? Du redest wohl immer so, wie dir der Schnabel gewachsen ist, nicht wahr? Und wer ist dieser Konstantin?« Der schlaksige Mann trat einen Schritt auf ihn zu, doch anstatt zurückzuweichen, deutete Michael mit ausgestreckter Hand auf den Jungen und sagte: »Er kann einfach nicht sprechen …«

»Lauter Invalide – ein Volk von unnützen Fressern seid ihr«, schimpfte der dürre Mann mit der Liste und zeigte mit dem Stift auf Konstantin. »Den nimmst du auch mit, das Mädchen bleibt da«, sagte er zu dem dicken Mann im Anzug. »Vielleicht kann ich es irgendwo unterbringen.« Dann winkte er die Nächsten heran. »Schneller, schneller!«, brüllte er auf Deutsch.

Anscheinend das einzige Wort, das er kennt, dachte Michael und überlegte fieberhaft, wie er seiner Schwester helfen sollte, die sich an ihm festklammerte. Tränen liefen über ihre blassen Wangen. Als zwei Männer Anitas zarten Körper von ihm lösen wollten, beobachtete Michael, wie der schmale Riemen an ihrem Hals riss und die silbern glänzende Münze zu Boden fiel. Schwere Stiefel trampelten darauf herum, bis sie unter Staub und losen Erdklumpen verschwand.

Anitas Finger, die sich fest in Michaels Arm krallten, wurden mit brachialer Gewalt aufgebogen. Wie versteinert stand er da und suchte verzweifelt nach einer Lösung, die ihm um nichts in der Welt einfallen wollte. Zaghaft tastete Michael nach seinem eigenen Glücksbringer, schloss die Augen und richtete in Gedanken einen Hilferuf an Gott. Als habe ihn der Allmächtige erhört, sprudelten die rettenden Worte aus seinem Mund: »Sie kann gut mit Kindern umgehen und Ihrer Frau im Haushalt zur Hand gehen …« Woher wusste er, dass der Mann Familie hatte? Unvermittelt überkam ihn die Angst vor der eigenen Courage, aber er wollte seine Furcht auf keinen Fall zeigen. So senkte er scheinbar demütig den Kopf. Dabei fiel sein Blick auf die Stelle, wo er Anitas verlorene Münze vermutete, und tatsächlich glaubte er, einen winzigen Lichtreflex zu erkennen.

In einer fließenden Bewegung beugte sich Michael nach vorne und hob das silberne Stück Metall auf. Der Mann im Anzug deutete das fälschlicherweise als eine Art Verbeugung, so wie sich Untertanen früher respektvoll vor ihren Herren verbeugt hatten. Offenbar brachte ihn das in Verlegenheit, denn er begann zu stottern. »Ich weiß nicht, ob sie so … doch wenn ich es mir recht überlege … jetzt, wo du es erwähnt hast. Aber für sie bekommst du keine Kopeke«, wandte er sich abrupt an den Soldaten. Der Uniformierte, der immer noch mit der Zählung beschäftigt war und dem entstandenen Tumult keine Aufmerksamkeit mehr geschenkt hatte, starrte den kleinen Mann verständnislos an. »Für die Göre zahle ich nichts. Ist eine Art Entschädigung, dass du mir einen Behinderten unterschiebst. Sieh es als Kompensation für die beschädigte Ware. Was bringt mir einer, der nicht reden kann?« Er kräuselte theatralisch die fleischigen Lippen.

»Bis auf wenige Ausnahmen sprechen sie alle nicht unsere Sprache. Aber sei's drum. Doch sie sind nicht dein Eigentum, bald werden sie weitertransportiert, vergiss das nicht. Ich habe sie alle vier auf meiner Liste stehen. Verstanden?«, sagte der Schreiber. Ein kleines, in Zeitungspapier gewickeltes Paket wechselte den Besitzer. Der Soldat stopfte das Bündel in die Innentasche seiner abgenutzten Lederjacke. Ohne sich zu verabschieden, bedeutete der dicke Mann den Kindern, ihm zu folgen. »Wenn einer von euch aus der Reihe tanzt oder sich meinen Anweisungen widersetzt, dann gnade ihm Gott.« Dabei hob er einen Hemdzipfel und zeigte den eingeschüchterten Kindern eine Pistole, die in seinem Hosenbund steckte.

»Von nun an bin ich für euch verantwortlich. Ihr nennt mich Onkel Fjodor, verstanden?« Er fuhr auf dem Absatz herum und sah den Kindern nacheinander ins Gesicht. Sein Blick war stechend, die Augen erinnerten an die einer Krähe, schwarz und gnadenlos. Michael wurde auf einmal kalt ums Herz und Anita presste sich erneut an seine Seite.

»Ja, Onkel Fjodor«, flüsterten sie im Chor.

»Wir tun alles, was Sie wollen«, sagte Michael, als der Mann sie weiter durchdringend musterte. Der nickte anerkennend. »Du gefällst mir, Junge! Du hast zwar ein vorlautes Mundwerk, aber du hast Pfiff, wie ich früher, als ich noch so jung war wie ihr.«

Als Michael sich zu seiner Schwester umwandte, schnappte er erschrocken nach Luft. Aus dem Augenwinkel sah er jemanden, der ihm sehr bekannt vorkam. Er meinte Achim Scherenkind entdeckt zu haben, Alexanders früheren Schulkameraden, der mit ihnen zusammen bei Oberleutnant Petrow gewesen war. Er war es auch. Was Michael stutzig machte, war die Art, wie er sich bewegte. Er ging wie ein freier Mann, nicht wie ein Gefangener oder Deportierter. Er wollte nach ihm rufen, doch Achim war so schnell aus seinem Blickfeld verschwunden, dass er zu zweifeln begann, ob er ihn überhaupt gesehen hatte. Möglicherweise war es nur jemand gewesen, der ihm sehr ähnlich sah, überlegte Michael. Die Vorstellung, dass er vielleicht langsam verrückt wurde, bestürzte ihn zutiefst. *Nein, das muss eine Einbildung gewesen sein,* beruhigte er sich.

»Wollt ihr hier etwa Wurzeln schlagen?«, fauchte der Mann die Kinder an, als auch Gregor und Konstantin stehen blieben und unentschlossen zu Michael hinüberschielten.

»Entschuldigung, Onkel Fjodor, ich hatte nur etwas gesehen, das ich hier …«

»Richte deinen Blick zu Boden. Schau lieber auf deine Füße«, schimpfte der Dicke. Ungeduldig drängte er sie vorwärts. Gregor fing sich einen Klaps auf den Hinterkopf ein, weil er gerade in Reichweite stand, was seinem kleinen Bruder wiederum einen giftigen Blick einbrachte. Mit gesenktem Kopf lief Michael seinem Schicksal entgegen, dabei hielt er seine Schwester fest an der Hand und hörte sie leise wimmern. Sanft drückte er ihre schmale Hand. Sie verstand seine Geste und verstummte.

KAPITEL 26

Irgendwo in Russland

Alexander lag auf der Seite und versuchte zu schlafen. Die ewig lange Reise zermürbte ihn und zehrte an seinen Kräften. Jeden Tag rechnete er mit dem Tod. Immer mehr Insassen kamen und gingen. Manchmal dauerte es Tage, bis ein verwester Leichnam aus dem Waggon geschafft wurde. Fortlaufend starben die Männer an ihren Verletzungen oder ansteckenden Krankheiten. Sein Leidensgenosse Arthur war jedoch immer noch am Leben. Alexander wusste nicht, ob er sich darüber freuen oder ärgern sollte. Dieser Kerl ging ihm gehörig auf die Nerven mit seinen Gesprächen, die sie beide das Leben kosten konnten. Er bohrte ständig nach und wollte Sachen von ihm wissen, über die Alexander nicht einmal im Traum nachdenken wollte. Zum Glück schlief Arthur nachts wie ein Stein, und Alexander hatte Ruhe und Zeit für sich.

Dann konnte er endlich versuchen, sich zu entspannen. An ruhigen Schlaf war nicht zu denken. Das Rattern der Räder, das rasselnde Schnarchen, das Stöhnen und Weinen der Männer hinderten ihn daran, in eine erholsame Nachtruhe zu sinken. Nur wenn er völlig erschöpft war und von dem Grauen nichts mehr mitbekam, schlief er für wenige Stunden ein.

Als seine Lider wie schwere Vorhänge zufielen, sah er Blume. Ihr tintenschwarzes hüftlanges Haar, das in der Sonne schimmerte. Ihre schmalen Augen, den vollen Mund.

»Blume«, flüsterten seine Lippen ihren ungewöhnlichen Namen. Er dachte an die Zeit seiner Genesung in dem kleinen Dorf in Kasachstan. An ihre Lieder, und wie ihr Vater sie seinetwegen gerügt hatte. Er erinnerte sich daran, wie er sie einmal heimlich beim Baden beobachtet hatte. Wie sie sich aus ihrem Kleid schälte, um in den kalten Fluss zu steigen, die verräterische Wärme in seinen Lenden. Er versuchte, den Gedanken zu verscheuchen. Das Mädchen verschwamm wie eine Rauchwolke.

Würde er jemals den Frieden finden, nach dem er sich so sehnte? Warum mussten die Deutschen diesen Krieg gegen Russland führen? Die Gefangenschaft wäre ihm lieber gewesen als das hier. Hätte er doch nur das Angebot der Deutschen angenommen. Vielleicht hätte er dann jetzt seinen Seelenfrieden. Wäre seine Laufbahn in Deutschland anders verlaufen? Was wäre aus seiner Familie geworden? Wo waren sie jetzt? Hoffentlich waren alle noch am Leben. Dunkle Vorahnungen beschlichen ihn, als er sein Gesicht an das warme Holz presste und durch einen Spalt zwischen den Brettern lugte. Die Weite des Landes war erschreckend, sie fuhren jetzt seit mehreren Tagen, ohne auf eine Siedlung zu treffen. Ab und zu bekamen sie ein Stück Brot und etwas Wasser. Die toten Körper wurden einfach neben die Schienen geworfen, dann ging die Reise weiter.

Als Alexander die Augen zusammenkniff, erkannte er kleine Spitzen am Horizont, die ihn an zu Hause erinnerten. Baumwipfel von unzähligen Tannenbäumen. Sie erstreckten sich wie Zacken über den Grat eines Berges, der dadurch wie der Rücken eines Drachen aussah. Fuhren sie nach Russland?

»Denk nicht mal daran.« Das kam so plötzlich, dass Alexander laut nach Luft schnappte. Er fuhr herum und sah in Arthurs dunkle Augen.

»Bist du verrückt, mich so zu erschrecken?«, fuhr er den jungen Mann an.

»Man haut nicht einfach so ab und lässt seine Freunde im Stich«, erwiderte der bissig.

»Du glaubst doch nicht, dass ich tatsächlich vorhatte …«

»Keine Ahnung. Vielleicht stimmt es ja, was man über dich sagt.« Der junge Mann ließ den Satz unvollendet. Er schaute jetzt seinerseits nach draußen. »Ist das die Taiga?«, fragte er, ohne den Blick abzuwenden.

»Nein.«

»Sibirien?«

»Warum ist das so wichtig für dich? Ist doch egal, wo wir erschossen werden«, entgegnete Alexander resigniert.

»Nein, ist es nicht. Wir *werden* nicht erschossen. Wir kommen in einen Gulag und werden dort vor Erschöpfung sterben. Oder jemand rammt uns für einen Kanten Brot ein rostiges Messer in den Rücken. Was wäre dir lieber?«, fauchte Arthur bissig und begab sich scheinbar gelangweilt auf seinen Schlafplatz.

Alexander gönnte seinem selbst ernannten Freund nicht die Genugtuung, ihn nun mit Fragen zu bestürmen. Anstatt sich also neben Arthur zu legen, lehnte er sich mit dem Rücken an die Bretter und schloss die Augen.

»Idiot«, hörte er Arthurs gedämpfte Stimme, bevor er in einen traumlosen Schlaf fiel.

KAPITEL 27

Onkel Fjodors Haus

Michael, seine Geschwister und Konstantin wurden früh geweckt. Keines von den Kindern hatte richtig schlafen können. Viel zu sehr plagten sie Sorgen und Ängste. Die erste Nacht hatten sie auf einem Heuhaufen in einem Stall verbracht, der nach Kuhmist und Fäulnis stank. Während der langen Zugfahrt hatten sie sich an den beißenden Geruch von Fäkalien gewöhnt. Doch mit der Angst und dem Tod konnte sich niemand anfreunden.

Anstatt von Onkel Fjodor wurden sie von einem anderen Mann geweckt. »Aufwachen, Kinder! Der Tag hat angefangen«, forderte er sie mit sanfter, aber bestimmter Stimme auf.

Michael sah ihn mit seinen müden Augen prüfend an. Breitbeinig und mit in die Seiten gestemmten Armen stand der drahtige Mann vor ihnen und wartete. Sein schulterlanges hellbraunes Haar wurde von einem geflochtenen Lederriemen zusammengehalten. So hatte Michael sich die Drachentöter immer vorgestellt. Nur trug dieser anstatt einer golden glänzenden Rüstung ein mehrfach geflicktes leinenes Hemd.

»Na los, aufstehen, wenn ihr keinen Ärger wollt«, schimpfte der Mann und klatschte laut in die Hände.

Als wären wir Hühner, dachte Michael.

»Fjodor hat nicht gerade das Gemüt eines Heiligen. Wenn er euch nicht bald auf seinem Hof arbeiten sieht … Aufstehen, das Essen muss hart erarbeitet werden«, drängte er sie zur Eile. Als sie an ihm vorbeihuschten, überlegte er es sich aber noch einmal anders. »Ihr stinkt ja wie tote Ratten! Zuerst geht ihr euch waschen«, murmelte der Drachentöter und hielt sich die Nase zu.

Seine Stimme klang wie die eines Frosches, und Michael musste insgeheim grinsen.

Die Miene des Mannes verfinsterte sich sofort. »Und du lachst auch noch«, quakte er und holte zu einer Ohrfeige aus. Michael duckte sich instinktiv und barg seinen Kopf in seinen Händen.

»Halt!«, donnerte eine tiefe Stimme. »Wenn du einen von ihnen schlägst, wirst du die restlichen Tage deines Lebens im Sitzen pissen!«

»Aber sie wollten … vor allem der hier!«, stotternd versuchte sich der Kerl aus dem Schlamassel herauszureden. Mit der gebeugten Haltung eines Untergebenen entfernte er sich rückwärts von Michael. Seine Augen sprühten zornige Blitze und verhießen spätere Rache.

»Ihr da!«, grollte die Stimme. Der Mann stand irgendwo im Dunkel, sodass Michael ihn sehr gut hören, jedoch nicht sehen konnte. Er wusste nicht, wer ihm mehr Angst einflößte: der Drachentöter oder der Mann, dessen Stimme wie Donnergrollen klang.

Als Michael und seine Geschwister sich vorsichtig der Tür näherten, trat der unsichtbare Mann aus dem Schatten. Mit seinem Erscheinen brachte er die Kinder ins Stocken. Als Michael stehen blieb, spürte er, wie jemand ihm in den Rücken rannte. Es war niemand anderer als Konstantin, der ihm einen schuldbewussten Blick zuwarf, mit seinen Achseln zuckte und einfach hinter ihm stehen blieb.

Feiger Kerl! Nur Gregor traute sich an seine Seite. Die beiden Brüder standen Schulter an Schulter und schauten zu dem groß gewachsenen Mann auf. Gemächlich trat er mit vor der Brust gekreuzten Armen zwei Schritte vor. Sein kahler Kopf glänzte wie ein gepelltes Ei, die Augen schimmerten so hell und kalt wie Eiszapfen, dass sie beinahe durchsichtig wirkten. Sein ungewöhnlich schmallippiger Mund saß ein bisschen schief. Als er sprach, bewegte sich nur die linke Gesichtshälfte, die andere hing schlaff herab.

»Wie heißt ihr denn?«, erkundigte er sich beiläufig. Er klang nicht direkt gelangweilt, aber Michael spürte ein gewisses Desinteresse. Als sie ihm alle ihre Namen gesagt hatten – Anita stellte Konstantin gleich mit vor –, brummte der Berg von einem Mann: »Ich bin Stepan, mein Gehilfe da heißt Nikolai.« Der Drachentöter nickte. »Ihr Kinder seid ab heute für den Stall und die Tiere verantwortlich«, erklärte der Glatzköpfige kurz angebunden. »Aber auch für das Holz, damit der Ofen der Feldküche nie erkaltet und auch die Wäscherei immer heißes Wasser zum Waschen hat.«

Michael und Gregor waren die Stieren zugewiesen, zwei große, sehr schöne Tiere. Ihre Hörner flößten Michael nicht nur Respekt ein, sondern auch eine gewisse Skepsis, ob er sich überhaupt an sie herantraute. Anders als die Pferde mussten sie zum Glück nicht gesattelt werden, scherzte Stepan und lachte schallend über seinen Witz.

Nikolai giggelte so gezwungen mit, dass einen die Ohren schmerzten. Sie würden sich vor diesem Mann in Acht nehmen müssen. *Er ist kein Drachentöter, sondern eine falsche Schlange,* dachte Michael, während er den Mann aufmerksam beobachtete.

»Pass mal auf, Jungchen, wenn du mich ständig so anstarren tust, wirst du bald ein Auge weniger haben, verstanden?«

Recht helle ist er also auch nicht, vervollständigte Michael seinen Gedankenfluss, nickte und senkte den Kopf. ›Du darfst nicht so hitzköpfig sein‹, hallten Igors Worte in ihm nach und brachten ihn umgehend zur Räson.

Anita wurden die kleineren Tiere zugeteilt, Hühner, Enten und das andere Geflügel. Auch das Melken sollte sie übernehmen, scherzte Stepan. Milchkühe gab es hier nämlich im Moment keine. »Außer die Stiere, die haben für gewöhnlich ja nur eine Zitze, was das Melken leichter macht«, brummte er und grinste breit.

Michael fand den Spruch gar nicht witzig, Anita verstand ihn überhaupt nicht und schaute den Mann dümmlich an.

Konstantin würde das Ausmisten übernehmen müssen.

»*Mist* ist das Signalwort, verstanden?«, brummte Stepan, woraufhin der Knabe nickte.

Jetzt, da alle Aufgaben verteilt und die Kinder eingewiesen waren, mussten sie sich erst einmal waschen und andere Sachen anziehen. Ihre eigene, wochenlang getragene Kleidung würde wohl verbrannt werden, erklärte Stepan und drängte die kleine Gruppe, sich zu beeilen. »Los jetzt! Wer fleißig ist, bekommt Frühstück, die anderen werden an ihrem Daumen lutschen müssen«, scherzte er erneut.

Michael nahm das Angebot dankend an, die Aussicht auf ein Bad und frische, saubere Kleidung stimmte ihn mehr als fröhlich, zumal der wolkenlose Sommermorgen einen schönen Tag verhieß.

Energisch schüttelte Konstantin den Kopf, als sie vor einem schmalen Bach standen. Offenbar konnte er nicht schwimmen.

»Ersaufen wirst du schon nicht. Das Mädchen kommt mit uns.« Stepans Anweisungen kamen kurz und bündig. Ein merkwürdiger Unterton in seiner Stimme ließ Michael aufhorchen. Auch Gregor spitzte die Ohren und hielt in der Bewegung inne. Er hatte eben sein Hemd ausgezogen und war schon auf dem Weg ins Wasser. So etwas wie Scham kannten die Brüder nicht. Sie würden ihre Hosen selbst vor Anita ausziehen, nötigenfalls aber auch vor anderen Mädchen – eine Lektion, die ihnen von der Zugfahrt im Gedächtnis geblieben war.

»Sie geht nur zu dem Ried dort – wollt ihr dabei zuschauen?«, schnaubte Stepan verächtlich.

»Konstantin soll dorthin gehen, ich bleibe bei meinen Brüdern«, flüsterte Anita.

»Und wer passt dann auf euch auf?«, mischte sich Nikolai ein.

»Ach, die werden schon nicht weglaufen, wohin auch?«, wiegelte Stepan ab und stampfte davon. »In zehn Minuten seid ihr bei der Scheune, verstanden? Die Sachen lasse ich hier, und du …«, er deutete auf Konstantin, »… du nimmst das Hemd und gehst dort hinüber. Alles klar?«

Konstantin nickte ergeben, schnappte sich das Kleidungsstück und machte, dass er wegkam. Der fiese Nikolai warf den Geschwistern einen indignierten Blick zu und drohte ihnen hinter Stepans Rücken mit der Faust.

Als die Männer endlich weg waren, konnte Michael nicht mehr länger an sich halten und begann lautlos zu weinen. Er wollte seinen Bruder und seine Schwester nicht verunsichern. Mit einer Handvoll sandiger Erde rieb er über seine nackten Arme und Beine. Auch über die Stellen, die wund und eitrig waren. Gregor und Anita taten es ihm nach, als wollten sie all die Erniedrigung und das Leid abscheuern. Sie schrubbten ihre Haut, bis sie dunkelrot schimmerte.

Plötzlich erklang ein verzweifelter Schrei. Die melodische Stimme vibrierte vor Furcht. Gleich darauf rannte Konstantin splitterfasernackt auf sie zu und wedelte mit den Armen. Er schrie so laut, dass es in den Ohren wehtat. Ohne zu überlegen, sprang er zu den aufgeschreckten Geschwistern ins Wasser.

»Du sollst singen«, redete Anita auf den zu Tode erschrockenen Jungen ein. Zuerst begriff keiner, was sie da von sich gab, doch dann fielen auch Michael die Worte der Frau ein, die sich als Konstantins Mutter vorgestellt hatte.

»Ja, Konstantin, hör auf zu schreien, sing uns vor, was dir dort widerfahren ist. Wer hat dich so erschreckt, was hast du dort gesehen? Sing! *Sing endlich!*«, schrie Michael, packte Konstantin an den Armen und schüttelte ihn.

Der riss ungläubig die Augen auf und begann – zuerst unsicher, dann etwas lauter – tatsächlich zu singen. »Dort ist eine Schlange, sie lag auf meinen Sachen.«

Im ersten Moment lachten die Kinder, doch als sie begriffen, worum es ging, riss Anita ihrerseits die Augen auf und schluckte schwer. Beunruhigt schaute sich das Trio um. Die Augen wanderten zum Ufer, dann auf das klare Wasser.

»Eine Schlange, eine Schlange«, sang Konstantin mit zittriger Stimme und deutete die ganze Zeit den kleinen Fluss abwärts.

»Ich höre wohl nicht recht«, grollte es vom Ufer. »Seid ihr alle nicht ganz dicht? Ihr sollt euch waschen und nicht singen!« Stepan stand breitbeinig vor ihnen und verdeckte mit seinem massigen Körper die Sonne.

Michael leckte sich hastig über die Lippen und wählte seine Worte mit Bedacht. Eine leise Unruhe hatte sich seiner bemächtigt. Sie durften Stepan nicht verärgern, er war vielleicht ihr einziger Freund, auch wenn sie noch nicht wussten, ob sie ihm vertrauen konnten.

Das klatschende Geräusch einer Ohrfeige, die sich Nikolai eingefangen hatte, weil er auf Anitas nackten Körper starrte, ließ die Kinder zusammenzucken. Als sie sich ihrer Blöße bewusst wurde, tauchte sie bis zum Kinn in dem kristallklaren Wasser unter. Die Schamröte stieg ihr ins Gesicht und in ihren Augen sammelten sich Tränen.

Der dürre Drachentöter japste wie ein Hund und hielt sich mit der Rechten die glühend rote Wange. »Sie ist noch ein Kind, verdammt! Mach bloß, dass du wegkommst, du perverses Schwein! Geh in den Stall und hol dir von mir aus eine Ziege«, brüllte Stepan, dessen Halsschlagadern gefährlich anschwollen und zu pulsieren begannen. »Warum in drei Teufels Namen singt dieser Verrückte? Fjodor wird zuerst euch und dann mir das Fell über die Ohren ziehen, ihr dummen, nichtsnutzigen Bälger! Macht, dass ihr fertig werdet!«, schrie er.

Michael erkannte an dessen Ton, dass er tatsächlich Angst hatte. Obwohl er viel größer und stärker war als Fjodor, fürchtete er sich vor seinem Herrn.

»Da war eine Schlange, und Konstantin kann nur dann etwas sagen, wenn er singt«, brachte Michael zu ihrer Verteidigung vor. Die glänzende Haut auf dem kahlen Kopf legte sich in tiefe Furchen. Die eisgrauen Augen sprühten regelrechte Funken, die Michael frösteln ließen.

»Das stimmt wirklich«, mischte sich Gregor ein, was sehr ungewöhnlich war. Als er begriff, dass er die Worte tatsächlich laut ausgesprochen hatte, senkte Gregor reumütig den Kopf.

»Ihr seid in fünf Minuten am Tor«, krächzte Stepan heiser, drehte sich um und schlenderte davon.

Ohne nachzudenken, schlug Gregor Konstantin mit der Faust mitten ins Gesicht. Genau auf dessen schmale Nase. Ein Schwall Blut ergoss sich über die Lippen und tropfte am Kinn hinunter, um sich im klaren Wasser des kleinen Flüsschens aufzulösen. Der Hieb war so heftig gewesen, dass Konstantin ausrutschte und rückwärts ins Wasser fiel.

Michael und Gregor packten beinahe gleichzeitig die wild rudernden Arme des krampfhaft nach Luft schnappenden Jungen und zerrten ihn in die Senkrechte. Wankend, mit eingeknickten Beinen, kämpfte Konstantin mit seinem Gleichgewicht. Immer wieder rutschte er auf den Steinen aus.

»Warum hast du ihn geschlagen?«, krächzte Michael. Auch ihm fiel jetzt das Atmen schwer.

»Er hat uns das alles eingebrockt«, entgegnete Gregor mit eisiger Stimme.

»Hat er nicht! Er ist ein genauso armes Schwein wie wir. Schlimmer noch, er hat niemanden mehr außer uns«, flüsterte Michael traurig.

»Auf *mich* braucht er nicht zu zählen.« Der aufgebrachte Gregor versetzte dem eingeschüchterten Konstantin einen Stoß in den Rücken, der ihn Richtung Ufer taumeln ließ. »Sieh zu, dass du dein Hemd findest«, fauchte er.

Mit gesenktem Kopf ging der Knabe davon.

Michael hatte keine Lust, Konstantin in Schutz zu nehmen. Er wusste nur zu gut, dass als Nächstes seine Nase bluten würde, wenn er sich einmischte. Er und Gregor mussten jetzt zusammenhalten. Vielleicht hatte sein großer Bruder ja recht, und sie wären ohne Konstantin besser dran.

Gregor wusch sich neben Michael, seine Unterlippe bebte immer noch vor Zorn. »Wir müssen uns dem Schicksal stellen. Ich bin kein Sklave, ich bin Gregor, und ja, ich bin ein Deutscher, verdammt noch mal. Wir sind ein stolzes Volk, und wir werden die Russen besiegen«, flüsterte er monoton.

»Halt die Klappe, Gregor! Wo hast du denn das wieder aufgeschnappt? Wenn Stepan das hört, bist du ein Deutscher ohne Kopf«, ermahnte ihn Michael. So plötzlich, dass sein Bruder sich nicht wehren konnte, zog er ihn am Arm, stemmte sich gegen seine Schultern und drückte ihn bis auf den steinigen Grund in das kühle Nass. Laut prustend kam Gregor wieder an die Oberfläche.

Anita kicherte leise und rief: »Ich kann deinen Pimmel sehen, und der ist blau … und ganz winzig!« Ihre Wangen waren rot, doch auf ihren Lippen lag ebenfalls ein bläulicher Schimmer.

»Wir müssen uns aufwärmen, schnell raus aus dem Wasser.« Michael zog sie mit und lief zum Ufer, schnappte sich das graue Hemd und schlüpfte hinein. Auch Anita zog sich einen solchen Fetzen über den Kopf, ihr großer

Bruder Gregor ebenfalls. Unterwäsche gab es keine, Hosen genauso wenig. Nur diese sackartigen Hemden aus grobem Stoff.

Die drei Geschwister warteten kurz auf Konstantin, aber der kam nicht. Schließlich entschieden sie sich, nach ihm zu suchen. Sie liefen auf die Stelle zu, wo das Wasser von grünen Halmen umgeben war. Das Schilf raschelte sanft und vermittelte einen trügerischen Eindruck von Ruhe und Frieden. Zuerst sah Michael ein Paar nackte, schlammverschmierte Füße. Irgendetwas stimmte daran nicht. Die Schlammschicht war schon am Trocknen. Eine der Zehen war unnatürlich rot und stark gekrümmt. Michael lief es eiskalt den Rücken herunter. Die Geschwister blieben abrupt stehen. Als wären sie gegen eine unsichtbare Wand gelaufen, wichen alle drei einen Schritt zurück. Einen Wimpernschlag lang warteten sie schweigend. Dann trat Gregor einen winzigen Schritt näher an den scheinbar schlafenden Körper heran.

Michael schluckte hart. Irgendwie glaubte er, zu wissen, was passiert war, wollte den furchtbaren Gedanken aber nicht akzeptieren. *Nicht schon wieder,* dachte er und rieb geistesabwesend über seine Arme, auf denen die feinen Härchen zu Berge standen. Einen Atemzug später wusste er, dass sie etwas unternehmen mussten. Michael wollte sich Konstantin genauer ansehen und wagte sich zwei Schritte nach vorn. Unvermittelt fand er sich Auge in Auge mit einem toten Jungen wieder. Den Mund zu einem stummen Schrei aufgerissen, die Augen in Panik geweitet. Eine plötzliche Bewegung schreckte Michael auf. Es war eine Schlange, die sich im Dickicht der grünen Halme versteckt hatte. Das Ried wogte in der sanften Brise des sommerlichen Windes. *Der angenehme Lufthauch hat Konstantins Seele schon davongetragen,* dachte Michael und ballte seine Hände zu Fäusten.

»Zufrieden? Bist du immer noch ein stolzer Deutscher? Sag es! Hat er es deiner Meinung nach verdient, zu sterben, nur weil er sich vor Schlangen fürchtete? So wie ich auch? Jetzt ist er tot, verdammt …«

»Ich habe gedacht, er … ich dachte nur …«

»Wir müssen es Stepan melden«, mischte sich Anita aufgeregt ein.

Michael unterdrückte den Drang, sich auf seinen Bruder zu stürzen, der mit hängenden Schultern dastand und reumütig auf den toten Körper starrte.

»Das wirst *du* ihm sagen, verstanden?«, blaffte Michael ihn an.

»Ich werde ihn tragen.«

»Was?«

»Ich werde Konstantin zurücktragen. Wir dürfen ihn hier nicht allein lassen.«

»Nein! Dort könnte sich noch eine Schlange versteckt haben«, rief Anita und zog ihn ängstlich an der Hand weg.

Gregor riss sich aus ihrem Griff los und ging zu der Leiche hinüber. Als Michael ihm helfen wollte, Konstantins Körper aufzuheben, stieß ihn Gregor hart gegen die Brust.

»Hau bloß ab, sonst werfe ich *dich* zu den Schlangen«, zischte er durch die Zähne und hievte den toten Jungen hoch. Seine Arme und Beine hingen schlaff herunter. Gregors Gesicht wurde rot, kleine Schweißperlen traten auf seine Stirn, aber er trug Konstantin zur Scheune – allein. Michael blieb die ganze Zeit einen halben Schritt hinter ihm. Als Gregor strauchelte, packte er ihn am Arm und hielt ihn so lange fest, bis er das Gleichgewicht wiedererlangt hatte und weitergehen konnte.

So liefen sie einmal mehr stumm ihrem Schicksal entgegen. Die Gebäude des Gehöfts ragten zwischen den Baumwipfeln auf und schienen sie zur Eile anzutreiben. Michaels Brust hob und senkte sich unregelmäßig, mit jedem Atemzug wurde das laute Hämmern seines Herzens schneller.

»Ich habe ihn getötet, also werde ich auch dafür gradestehen. Nur ich, kapiert?«, keuchte Gregor.

Michael verstand zuerst gar nicht, was er da hörte. Als er endlich begriffen hatte, dass sein Bruder sich die Schuld am Tod des Jungen gab, packte er Gregor an der Schulter. Ihre Blicke trafen sich. Die dunklen Augen seines Bruders sahen ihn flehentlich an. Michael schluckte den dicken Kloß, der ihn am Atmen hinderte, hinunter, nahm den toten Jungen wortlos aus Gregors Händen und legte ihn auf die Erde. »Nein, Gregor, das warst nicht du. Eine Schlange hat ihn gebissen. Wir lassen ihn hier liegen und sagen, dass es hier passiert ist …«

»Aber das stimmt doch gar nicht«, entgegnete Gregor weinerlich.

»Doch, ich habe sie auch gesehen, genau hier, sie kam aus diesem Gebüsch da«, behauptete Anita todernst und zeigte auf ein Gestrüpp aus vertrockneten Grashalmen, die früher grün und voller Leben gewesen sein mussten. Jetzt waren sie tot, genau wie Konstantin.

»Ihr meint, er wird uns glauben?«

»Wenn wir alle das Gleiche erzählen«, sagte Michael trocken.

Gregor nickte stumm. »So machen wir es.« Seine Stimme klang heiser.

»Dann lasst uns gehen, sonst wird Stepan bald hier sein«, flüsterte Anita. Mit spitzen Fingern zupfte sie eine kleine Blume ab und legte sie neben Konstantins Kopf. »Tut uns leid, Konstantin, ich hoffe, dass du jetzt bei den Engeln bist.«

Ein Leichenhemd hat er ja schon an, dachte Michael und folgte seiner Schwester, die sich auf den Weg zur Scheune machte, ohne ein weiteres Wort zu verlieren. Er hörte auch die leisen Schritte seines Bruders. Das dichte Gras unter seinen Füßen fühlte sich weich an, und voller Leben. Was würde sie jetzt erwarten? Er wusste es nicht. Michael fröstelte, obwohl die warmen Sonnenstrahlen den morgendlichen Tau vertrieben hatten und wärmend über ihre Haut streichelten.

Die Arme weit ausgebreitet, strich er über die Grashalme, die im sanften Hauch des jungen Tages hin und her schwankten. Wie gerne hätte er sich auch wie Konstantin auf die Erde legen, die Augen schließen und an nichts mehr denken wollen. Einfach nur sterben. Nur die Liebe zu seinen Geschwistern hielt ihn davon ab, sich zu ertränken. *Und die Angst vor dem Tod,* fügte er in Gedanken hinzu.

KAPITEL 28

Der Schuss

Alexander lief zwischen den liegenden Körpern herum wie ein Tier im Käfig. Manche schliefen, obwohl die hellen Strahlen der Sonne durch die Bretter hindurchschimmerten. Sie flackerten wie schwache Lichtblitze. Eine beklemmende Vorahnung schnürte seine Brust schmerzhaft zusammen.

Als sein lästiger Nebenmann etwas sagen wollte, hörten sie das Quietschen der Räder. Alexander beeilte sich, zur Schiebetür zu kommen, presste sein Gesicht an den Spalt und versuchte einen kurzen Blick zu erhaschen, um zu erfahren, wo sie dieses Mal anhalten würden. Zu seinem Erstaunen wirkte die Umgebung überhaupt nicht vertraut. Er sah ein Gebäude und Rauchwolken. *Im Sommer?*, stutzte er. Das konnte nur eins bedeuten: Fabriken und Gulag. Seine Kehle wurde eng. Ein energisches Zupfen an Alexanders Ärmel bewegte ihn dazu, sich umzusehen.

»Wo sind wir?« Wie nicht anders zu erwarten, stand Arthur dicht hinter ihm und versuchte, sich an ihm vorbeizuquetschen, um auch einen Blick nach draußen werfen zu können.

»Da, wo wir hingehören – in einem Gulag«, konstatierte Alexander trocken. Eigentlich hätte Wut in ihm aufwallen müssen, doch alles, was er spürte, war eine endlose Leere. Mit gesenktem Kopf zwängte er sich durch den Pulk und bahnte sich seinen Weg. Er wollte nur auf seinen Platz, in seine Ecke, wo es nach Pisse und Erbrochenem stank.

»Allein wirst du die Strapazen nicht überleben, Alexander. Wir müssen jetzt zusammenhalten. Du und ich.«

Alexander schaute seinen Nebenmann resigniert an.

»Wenn du keinen Freund hast, gibt es niemanden, der traurig ist, wenn du stirbst. Meinst du nicht, es ist besser, wir kümmern uns umeinander?« Arthur lachte albern. »Rein platonisch meine ich natürlich, aber trotzdem …«

Ohne jegliche emotionale Regung packte Alexander ihn am Kragen und zog ihn dicht an sich heran. Die Nähte seines Hemdes platzten, in Alexanders starken Fingern bekam der dünne Stoff Risse. »Wenn du philosophieren möchtest, dann bin ich der falsche Gesprächspartner. War das deutlich genug? Hat der feine Herr meine Botschaft begriffen, oder soll ich noch genauer darauf eingehen?«, zischte Alexander und stieß den anderen grob beiseite.

Arthur griff sich an den Hals und hustete, das Hemd musste ihm die Atemwege abgeschnürt haben, denn an Kehle und Nacken zierten rote Striemen seine weiße Haut.

»Du bist ein … ein Misanthrop – wenn du mit der Bezeichnung überhaupt etwas anfangen kannst, du Bauerntrampel …«

»*Ich* weiß, was ein Psychopath ist, und wenn du jetzt nicht die Schnauze hältst, wirst du am eigenen Leib spüren, wozu ich fähig bin«, flüsterte Alexander drohend.

Endlich kam der Zug zum Stehen. Die Tür wurde zur Seite geschoben. Sofort strömte warme, nach Rauch stinkende Luft ins Innere des Waggons, die jedoch viel angenehmer war als der Geruch von Fäkalien und menschlichen Ausdünstungen.

»Alle Mann ins Freie treten, einer nach dem anderen. Wer sich den Befehlen widersetzt, wird auf der Stelle erschossen«, erklang eine sonore Stimme, gelangweilt und vollkommen emotionslos.

Knapp die Hälfte der Männer, darunter Alexander und Arthur, sprang aus dem Zug. Viele humpelten oder hielten ihre verletzten Arme dicht an die Brust gepresst. Der grobe Splitt knirschte unter ihren Schuhsohlen. Die restlichen Insassen, die sich noch bewegen konnten, kletterten langsam aus den Waggons. Viele waren so erschöpft, dass sie sich von ihren Kameraden stützen lassen mussten, um nicht hinzufallen. Wie jedes Mal nach mehreren Tagen Fahrt schien sich die Erde unter den Füßen zu bewegen. Unsicher gesellte sich Alexander zu den Männern, die sich einige Schritte vor dem Gleis in einer Reihe aufgestellt hatten. Arthur stand nicht mehr an seiner Seite, er hielt einen Abstand von drei Männern zu ihm, sein Blick war in die Ferne gerichtet. *Hoffentlich hat er es dieses Mal begriffen,* dachte Alexander zornig und sah stur geradeaus, so wie es die Soldaten stets von den Gefangenen verlangten.

Vier uniformierte Männer sprangen leichtfüßig in den Waggon, um nach den Zurückgebliebenen zu schauen. Einer der jüngeren kletterte nach kaum einer Sekunde wieder an die frische Luft und übergab sich laut würgend direkt an einem der großen Räder. Der Gestank und der Anblick der verwesten Leichen waren so intensiv, dass auch die anderen die Nasen rümpften oder sich die Hände vors Gesicht hielten.

»Die Gefangenen treten im Gleichschritt zwei Schritte vor«, brüllte ein Mann mit grauem Schnurrbart. Unbewusst wurde hier eine perfekte Selektion durchgeführt – nur die zähesten und Stärksten überlebten diese unmenschlichen Bedingungen, die zu einer Art Prüfung geworden waren. Die Strapazen zehrten an den Kräften und laugten die Männer aus. Alexander verschwendete nicht einen Gedanken ans Aufgeben. Er hatte ein Ziel, er musste seine Familie wiedersehen, geschehe was wolle, dachte er trotzig und stapfte unsicheren Schrittes mit seinen Leidensgenossen hinter dem winkenden Kommandeur her.

»Umdrehen, stillgestanden, Blick nach vorn«, befahl der Mann als Nächstes.

Alexander hörte die gedämpften Stimmen seiner Kameraden, die nicht mehr aus eigener Kraft aufstehen konnten und von den russischen Soldaten herausgezerrt werden mussten. Das dumpfe Aufschlagen ihrer Körper auf der staubigen Erde ließ ihn schaudern. Er hielt seine Augen geschlossen, was gegen den Befehl verstieß und mit dem Leben bezahlt werden musste. Ein mechanisches Klicken und eine kalte Berührung im Nacken ließen Alexander schon das Schlimmste befürchten.

»Der hier wird euch helfen. Händigt ihm ein Gewehr aus. Wenn er ein Soldat ist, wird er damit umzugehen wissen. Bei jeder falschen Bewegung dürft ihr ihn erschießen!« Die letzten Worte waren mehr an ihn gerichtet.

Alexander spürte den warmen, nach Zigaretten riechenden Atem an seinem rechten Ohr. »Du musst mindestens zwei von deinen Kameraden abknallen, sonst wirst du sie bei ihrem Abgang begleiten, verstanden?« Der Druck in seinem Nacken verstärkte sich, der Lauf der Pistole wurde hart gegen seine Halswirbel gepresst. Er nickte. Endlich ließ der Schmerz nach.

Diese Prüfung wurde zu einer der bisher härtesten in Alexanders Leben. Das schwere Gewehr in seinen Händen zitterte, ebenso der Rest seines Körpers. Alexander war schon im Begriff, die Waffe fallen zu lassen, doch ein Zungenschnalzen hinderte ihn daran.

»Entweder, oder … Die Natur ist gnadenlos, nur die Stärksten und die Besten werden weiterleben. Der einzige Unterschied zwischen Mensch und Tier ist …«, der Soldat ließ seine Worte eine Zeitlang bedeutungsschwanger in der wabernden Luft hängen. Dann sagte er: »Wir töten nicht nur mit unseren Zähnen.« Ein lauter Knall hämmerte gegen Alexanders Trommelfell. Einer der Todeskandidaten zuckte und fiel mit verzerrtem Gesicht zu Boden.

»Jetzt du.« Der Graubärtige zeigte mit seiner Pistole, aus deren Lauf immer noch blauer Rauch quoll, auf einen jungen Mann, der noch jünger war als Alexander selbst. Eines seiner Beine war mit schmutzigen Lumpen umwickelt, das andere fehlte ganz.

Bittere Galle stieg in seiner Kehle auf und verätzte Alexanders Speiseröhre. Er schluckte einige Male, legte an, zielte und flatterte mit den Lidern, um die Tränen wegzublinzeln. Durchdringend starrte er den jungen Mann an, der am Boden lag. Sein Haar war schmutzig und klebte nass an seinem Kopf. Das Gesicht verschmiert, nur die Augen schimmerten bläulich und sahen zum Himmel. *Er wird seinen Verletzungen erliegen,* beruhigte sich Alexander in Gedanken.

»Wird's bald!«, schrie der Kommandant ihn von der Seite an.

»Mach es bitte schnell«, erklang ein leises Flüstern. Er sah, wie der junge Mann seine Lippen bewegte, das Licht in den Augen verlor an Glanz und wurde schwächer. Alexander drückte den Abzug durch. Er tat es schnell, bevor ihm die Tränen wieder die Sicht rauben konnten. Er sah den jungen Kerl von seiner Hand niedergestreckt vor sich liegen. Eine rote Blutlache breitete sich unter dem erschlafften Körper aus. Alexander senkte die Waffe und taumelte rückwärts. Seine Gedanken kreisten in seinem Kopf. Er hob das Gewehr erneut, unterdrückte jedoch den Wunsch, den schreienden Kommandeur ebenso zu erschießen. Alles, was ihm fehlte, war eine weitere Kugel. So stützte er sich einfach auf die Flinte, als wäre sie eine Krücke. Seine Beine zitterten, sein Körper zuckte. Alexander weinte stumm. Warum hatte er nur abgedrückt? Weil er sich selbst in dem jungen Mann gesehen hatte? Oder verkörperte der Tote das Leid, das er beenden wollte? Alexander wusste es nicht.

Die todbringenden Schüsse setzten den Qualen derjenigen ein Ende, die den Kampf um das Weiterleben verloren oder aufgegeben hatten. Hier und da schrien die Verletzten, viele flehten um Gnade, andere verfluchten ihre Henker und beschimpften sie als Hurensöhne, die nicht einmal einen wehrlosen Mann richtig erschießen konnten. Die Gewehre wurden erneut geladen, Schüsse knallten, die Stimmen verstummten jedoch nicht. Zu viele waren noch am Leben. Erst nach einem Dutzend, in kurzen Abständen aufeinanderfolgenden Salven konnten die leblosen Körper verladen und abtransportiert werden. Die Klepper zerrten an den Deichseln, die überladenen Karren fuhren mit quietschenden Rädern davon.

Alexanders Gelenke brannten vor Anstrengung. Er war bei dem Massaker nicht nur Zuschauer gewesen, nein, er hatte in dieser Tragödie die Rolle eines Henkers gespielt. Als die Exekution vollendet war, riss ihm einer der Soldaten das Gewehr aus den Händen und schubste ihn zurück zu seinen Kameraden. »Mörder«, »Verräter«, »Kameradenschwein«, hörte er die dumpfen Stimmen von überall. Alexander zuckte bei jedem Wort zusammen, als wären es Peitschenhiebe.

Sein Nebenmann war mit Blut besudelt. Er atmete schwer. Wie viele andere auch hatte er die Toten auf die Karren laden müssen. »Es waren mindestens dreißig Mann, und einer von ihnen gehörte dir. Er hieß Artjom, er war mein Bruder. Du weißt, was das für dich bedeutet?«, flüsterte dieser Alexander zu, und der wusste, das war keine leere Drohung. Alexander traute sich nicht, dem Mann in die Augen zu sehen. *Artjom,* er wiederholte den Namen wieder und wieder, um ihn sich einzuprägen. *Ich werde dich irgendwann rächen, Artjom, bei der ersten Gelegenheit,* schwor er sich und schmeckte Blut auf seiner Zunge.

»Wisst ihr, was wir mit Verrätern machen?«, meldete sich der Kommandeur erneut zu Wort. Sein maliziöses Grinsen verhieß nichts Gutes. Auch sein Blick war stur auf Alexander gerichtet, in seinen Augen standen Hass und Verachtung. »Ich habe schon immer gewusst, dass ihr Abschaum seid. Zuerst seid ihr aus eurem eigenen Land geflohen in der Hoffnung, hier ein neues, besseres Leben anzufangen. Zum Glück blieb das für die meisten von euch nur ein Wunschtraum. Und jetzt …« Er hob seine rechte Hand und gestikulierte mit der Waffe, als wäre der Pistolenlauf sein verlängerter Zeigefinger. Urplötzlich senkte sich sein gestreckter Arm. Er kniff ein Auge zu und zielte auf Alexander. Der hatte sich dem Tod noch nie näher gefühlt als in diesem Moment. Er starrte in die Mündung, die auf sein Gesicht gerichtet war. Das metallische Geräusch beim Spannen des Hahns war nicht zu überhören. Alexander schwitzte aus allen Poren.

»Auf die Knie«, kläffte der Kommandeur.

Alexander blieb stehen, mehr noch, er hob den Kopf und sah in die glänzenden Augen seines Vollstreckers. *Ich werde nicht um Gnade flehen,* beschloss er. Das bisschen Würde, das ihm noch geblieben war, wollte er auch im Tod behalten.

Sein Gegenüber leckte nervös über seine fleischige Unterlippe. Seine Hand begann leicht zu zittern. »Auf die Knie«, wiederholte er seinen Befehl voller Zorn. Die Zähne gefletscht wie ein tollwütiger Hund, spie er einige Beschimpfungen aus und trat näher an sein Opfer heran.

»Auf. Die. Knie.« Seine Stimme vibrierte.

»Auf die Knie!« Jetzt hatte er Alexander erreicht und presste ihm den Lauf der Waffe an die Stirn. Seine Kiefermuskeln traten wie dicke Stränge unter seiner Haut hervor und zuckten. Doch anstatt um Gnade und Vergebung zu betteln, brach Alexander in Gelächter aus. Zuerst verhalten, dann immer lauter.

Der Kommandeur trat einen Schritt zurück. Es war nicht auszuschließen, dass Alexander verrückt geworden war. Auch er selbst staunte über seinen Lachanfall und rechnete jede Sekunde mit dem tödlichen Schuss, konnte sich jedoch nicht zusammenreißen. Lachtränen liefen ihm übers Gesicht und tropften von seinen Wangen. *Warum lache ich, verdammt? Die anderen Männer, die hingerichtet wurden, fluchten, keuchten und flehten um Gnade – und was tue ich? Mache mich darüber lustig …* Der Gedanke erschreckte ihn, konnte ihn jedoch nicht daran hindern, sich die Angst von der Seele zu lachen.

»Schieß doch endlich, du Schwein!«, schrie Alexander den Kommandeur an, der ihn wie vom Donner gerührt anstarrte. Er wich erschrocken noch einen weiteren Schritt zurück. »Haltet ihn fest!«, befahl er mit nicht mehr so beherrschter Stimme. Als sich mehrere Männer in Bewegung setzten, wurde es auf einmal dunkel. Finstere Wolken verdeckten die Sonne und hüllten alles in ein mattes Grau.

Riesige Regentropfen fielen auf die staubige Erde und hinterließen kleine dunkle Krater. Es wurden immer mehr. Unzählige Tropfen tränkten den Boden, die müden Körper der Gefangenen und auch ihre Aufseher.

Alexander hob sein Gesicht zum Himmel. Die Tropfen wurden zu Bindfäden und hüllten die Welt in Schwärze. Ein Blitz zuckte und wurde von einem Donnergrollen begleitet. Für Alexander schien die Zeit jetzt in einem anderen Tempo abzulaufen. Alles flog an ihm vorbei. Der Himmel hing tief, die schweren Wolken wurden immer größer. Das von grellen Blitzen erhellte Firmament schien in Stücke gerissen zu werden, der Donner ließ den Boden erzittern.

»Wir brauchen den Mann, er kann Motoren reparieren«, hörte er eine schwache Stimme von irgendwoher.

»Was?«, schrie der Kommandeur.

»Er versteht was von Technik.« Wieder dieselbe Stimme, die Alexander bekannt war, dennoch wusste er sie nicht einzuordnen. Zuerst hatte er die anderen Stimmen gar nicht wahrgenommen. Der Regen und das Rauschen des Blutes in seinen Ohren machten ihn taub – oder war er schon tot? Doch sie wurden stetig lauter. »Bitte lassen Sie ihn am Leben!«

Jemand schrie.

Alexander bedeckte seine Ohren mit den Händen und lauschte nur dem Pochen seines Herzens. Die Ruhe war berauschend.

Der Regen hörte so plötzlich auf, wie er über sie hereingebrochen war. Helle Sonnenstrahlen zerfetzten die Schwärze. Wie eine scharfe Klinge schnitt das helle Licht durch die Dunkelheit. Keiner sagte ein Wort.

Alexander nahm die Hände von seinen Ohren und lauschte. Er quittierte das lang anhaltende Schweigen, das ihn umgab, mit einem vorsichtigen Augenzwinkern. Seine Lider flatterten wie die Flügel eines Schmetterlings.

Die verschwommenen Silhouetten der Männer, die ihn unschlüssig anstarrten, gewannen langsam an Schärfe, sodass Alexander ihre Gesichtszüge erkennen konnte. Rechter Hand stand der verdutzte Kommandeur, um seine Augen bildeten sich Krähenfüße, was nicht unbedingt auf gute Laune schließen ließ. Sein Blick war schneidend und huschte hin und her, zwischen Alexander und dem Mann, der verhindert hatte, dass man kurzen Prozess machte. Immer noch schwiegen beide. Langsam, wie in Trance, drehte Alexander seinen schweren Kopf nach links.

»Lassen Sie den Mann frei«, meldete sich die Stimme aufs Neue. Die Angst, die darin mitschwang, war nicht zu überhören.

Alexander schwante nichts Gutes. Der Geschmack von Schießpulver und Tod lag auf seiner Zunge. Erst jetzt traute er sich, seinen Kopf vollständig zu drehen. Er wollte endlich wissen, wem die Stimme gehörte. Vor Anspannung ballte er seine Hände zu Fäusten, dass es in den Schultern brannte.

Sein alter Schulfreund Achim Scherenkind ging an ihm vorbei und stellte sich mit gesenktem Blick zwischen ihn und den namenlosen Kommandeur. Alexander traute seinen Augen nicht. Achim war noch nie mutig gewesen, lief immer davon, wenn es nach Ärger roch. Und jetzt riskierte er sein Leben, um Alexander zu beschützen.

Der Kommandeur schubste den schlaksigen Achim einfach zur Seite, riss Alexander am Kragen zu Boden und richtete die Waffe erneut auf ihn.

»Schieß doch einfach, du Feigling«, flüsterte Alexander und sah seinem Henker direkt in die Augen. Das verräterische Klicken des Schlagbolzens erschien ihm so laut wie der Klang eines Schmiedehammers. Der am Boden Liegende schloss die Augen und ließ sich fallen. Den Schuss hörte er nicht.

Er fiel auf den Rücken. Die warme, feuchte Erde dämpfte den Aufprall. Seine Finger gruben sich tief in den Schlamm wie die Klauen eines Raubvogels. *Es ist vorbei.* Eine wohlige Woge der Erkenntnis schlug über ihm zusammen.

Zum letzten Mal schaute Alexander zu seinem namenlosen Mörder auf. Dann sah er Achim, der über ihm stand und weinte. Danach kam die erlösende Schwärze.

KAPITEL 29

Die Beichte

Die Kinder hingen alle ihren eigenen Gedanken nach. Sie würden ihrem Schicksal die Stirn bieten müssen. Ihre Mutter war früher sehr oft zur Kirche gegangen, obwohl die Gottesdienste verboten waren. Doch bei den Deutschen drückte man meist ein Auge zu. Das Gotteshaus war ja auch keine richtige Kirche, nur ein kleines Haus. Ihre Mutter nannte diese schiefe Hütte eine ›Kapelle‹. Mehr als nur einmal mussten die Kinder sie dabei begleiten. Wenn er von seiner Mama zur Beichte mitgenommen wurde, fühlte sich Michael jedes Mal mies.

Auch jetzt spürte er Zorn und Unmut in sich aufsteigen. Warum sollte er vor Gott seine Sünden bekennen? Wer oder was war Gott? Dieses Überwesen, das so mächtig und stark war und über allem stand, war nicht imstande gewesen, seine Mutter vor dem Tod zu bewahren. Wo war er, als dieser barbarische Mann sie geschlagen und ihr Kleid zerrissen hatte? Warum hatte er ihn nicht erhört, als Michael Tag und Nacht für seine Mutter gebetet hatte? Jetzt würden Michael und seine Geschwister einem anderen, viel mächtigeren Gott gegenübertreten: Stepan. Ein grobschlächtiger, kahlköpfiger Riese. *Ein Gott des Zorns,* dachte Michael ängstlich. Ein kalter Schauder kroch über seinen Rücken, als er an den Blick dieses Mannes dachte. Er würde keine Gnade walten lassen, er würde sie in Stücke reißen und an die Hunde verfüttern. Vor ihm hatte er viel mehr Angst als vor diesem Gott, den niemand jemals gesehen hatte. Michael sprach trotzdem das Vaterunser, ununterbrochen sagte er die Zeilen immer wieder aufs Neue auf.

Der Regen, der für diese Jahreszeit typisch war, trieb gemächlich weiter. Die tief hängenden Wolkenbänke schwebten wie graue Monster an ihnen vorüber, getrieben von den Launen der Natur. Wie gerne wäre auch Michael weitergezogen. *So schwerelos und frei wie diese Wolken*, dachte er. Die aufgeweichte Erde war glitschig und schmatzte leise unter ihren nackten Füßen, ansonsten herrschte Totenstille wie bei einer Beerdigung. Sofort blitzte das tote Gesicht von Konstantin vor seinem inneren Auge auf. Sein aufgerissener Mund und der leere Blick stumpf gen Himmel gerichtet.

»Bitte, Jesus, beschütze mich und meine Brüder«, hörte er die weinerliche Stimme seiner Schwester, die ihn in die Realität zurückholte.

»Vater unser im Himmel …«, betete Michael jetzt laut und deutlich. Zuerst zaghaft, dann immer sicherer fielen die Stimmen seiner Geschwister mit ein. Hand in Hand schritten sie ihrem Schicksal entgegen …

NOAH
FITZ
MISCHA
vergessen
ROMAN
KAWA
Teil 2
Ein Junge auf
der Flucht erzählt
seine bewegende
Geschichte!

Dir hat das Buch gefallen?

Ich freue mich sehr, dass du mein Buch bis zu dieser Stelle gelesen hast. Wenn es dir gefallen hat, wäre es toll, wenn du ihm bei dem Online-Shop eine Bewertung gibst, bei dem du bestellt hast. Oder du schreibst bei einem deiner Lieblings-Buchportale eine Rezension.

Es ist nicht nur sehr schön, Meinungen zu meinem Buch zu lesen. Außerdem hilft es mir auch dabei, weitere Geschichten zu schreiben und neue Leser für meine Bücher zu finden.

KAMPENWAND
VERLAG

Band 2

Band 3

Band 4

Band 5